W. M. Thackeray

O LIVRO DOS ESNOBES
ESCRITO POR UM DELES

Tradução de
Reinaldo Guarany

www.lpm.com.br

L&PM POCKET

Coleção **L&PM** POCKET, vol. 140

Texto de acordo com a nova ortografia.
Título original: *The book of Snobs, by one of themselves*

Este livro foi publicado pela L&PM Editores, em formato convencional, em julho de 1993.
Primeira edição na Coleção **L&PM** POCKET: novembro de 1998
Esta reimpressão: junho de 2010

Tradução: Reinaldo Guarany
Capa: L&PM Editores
Preparação: Luciana Balbueno
Revisão: Andréa Vigna

CIP-Brasil. Catalogação-na-Fonte
Sindicato Nacional dos Editores de Livros, RJ

T341L

Thackeray, William Makepeace, 1811-1863
   O livro dos esnobes: escrito por um deles / W. M. Thackeray; tradução de Reinaldo Guarany. - Porto Alegre, RS : L&PM, 2010.
   256p. – (Coleção L&PM POCKET; v.140)

   Tradução de: *The book of Snobs, by one of themselves*
   Contém dados biográficos
   ISBN 978-85-254-0915-4

   1. Sátira inglesa. I. Guarany, Reinaldo, 1945-. II. Título. III. Série.

10-1874.
                    CDD: 827
                    CDU: 821.111-7

© da tradução, L&PM Editores, 1998

Todos os direitos desta edição reservados a L&PM Editores
Rua Comendador Coruja, 314, loja 9 – Floresta – 90220-180
Porto Alegre – RS – Brasil / Fone: 51.3225.5777 – Fax: 51.3221.5380

PEDIDOS & DEPTO. COMERCIAL: vendas@lpm.com.br
FALE CONOSCO: info@lpm.com.br
www.lpm.com.br

Impresso no Brasil
Outono de 2010

Sumário

Nota biográfica 7
Introdução 13
Observações preliminares 19
I – O esnobe tratado de maneira jocosa 24
II – O esnobe real 30
III – A influência da aristocracia sobre os esnobes 35
IV – As "Notícias da Corte" e sua
  influência sobre os esnobes 40
V – O que os esnobes admiram 45
VI – Sobre alguns esnobes respeitáveis 50
VII – Sobre alguns esnobes respeitáveis 55
VIII – Esnobes da cidade grande 62
IX – Sobre alguns militares esnobes 67
X – Militares esnobes 72
XI – Sobre clérigos esnobes 77
XII – Sobre clérigos esnobes e esnobismo 81
XIII – Sobre clérigos esnobes 87
XIV – Sobre esnobes da universidade 91
XV – Sobre esnobes da universidade 96
XVI – Sobre esnobes literários 100
XVII – Um pouco sobre irlandeses esnobes 105
XVIII – Esnobes que dão festas 109
XIX – Esnobes que jantam fora 115
XX – Considerações adicionais sobre
  esnobes que dão festas 120
XXI – Alguns esnobes do continente 126
XXII – Continuação do esnobismo continental 132
XXIII – Esnobes ingleses no continente 136
XXIV – Sobre alguns esnobes do campo 141
XXV – Uma visita a alguns esnobes do campo 146
XXVI – Sobre certos esnobes do campo 152
XXVII – Uma visita a alguns esnobes do campo 156

XXVIII – Sobre certos esnobes do campo 160
XXIX – Uma visita a alguns esnobes do campo 167
XXX – Sobre certos esnobes do campo 172
XXXI – Uma visita a alguns esnobes do campo 176
XXXII – Snobbium assembleium 181
XXXIII – Os esnobes e o casamento 187
XXXIV – Os esnobes e o casamento 192
XXXV – Os esnobes e o casamento 198
XXXVI – Os esnobes e o casamento 204
XXXVII – Esnobes de clube I 209
XXXVIII – Esnobes de clube II 214
XXXIX – Esnobes de clube III 218
XL – Esnobes de clube IV 222
XLI – Esnobes de clube V 228
XLII – Esnobes de clube VI 231
XLIII – Esnobes de clube VII 236
XLIV – Esnobes de clube VIII 241
Observações finais sobre os esnobes 245

Nota biográfica

Sheila Michell

WILLIAM MAKEPEACE THACKERAY (1811-1863). Uma foto tirada poucos anos antes de sua morte mostra Thackeray como um homem robusto e bem vestido (aos quarenta anos, ele tinha um metro e noventa e pesava noventa e cinco quilos), com cabelos brancos, rosto barbeado, uma boca bem definida, nariz largo e com óculos. Por trás dos óculos, até mesmo em uma foto, o brilho e vigor de seus olhos mostram humor, tristeza e sagacidade.

Embora Thackeray tenha realizado seu desejo de tornar-se escritor famoso, sua vida pessoal foi de uma tristeza quase ininterrupta, aliviada apenas pela relação de amor com as duas filhas. Suas experiências pessoais e as personagens que conhecia iriam ser a essência da maior parte de seus escritos ficcionais.

Ele nasceu em Calcutá, Índia, a 18 de julho de 1811, filho único de Anne e Richmond Thackeray. Os Thackeray eram uma família bem estabelecida de Yorkshire, com descendentes em Cambridge e também na Índia. Quando William tinha quatro anos, o pai morreu e a mãe casou com um antigo amante, o capitão Henry Carmichael-Smyth. Nesse meio tempo, Thackeray foi enviado para a Inglaterra para ser criado pela tia paterna e pela avó materna. Ele frequentou a escola em Chiswick Mall, com um intervalo desastroso em uma escola desumana em Southampton, até que sua adorada mãe e o respeitado padrasto retornaram da Índia em 1820. Então, ele foi transferido para Charterhouse, uma das melhores escolas públicas; mas Thackeray não era um aluno estudioso e, embora fosse inteligente e ambicioso e amasse a leitura e o teatro, demonstrava pouca persistência em seus estudos.

Essa falta de aplicação continuou quando, após uma longa pausa na casa dos pais em Devon, ele enfim entrou para a Universidade de Trinity, em Cambridge. Permaneceu ali apenas dezesseis meses, durante os quais suas boas intenções de estudar eram continuamente abaladas por sua atração pelos prazeres lascivos, inclusive o jogo, e as lamentáveis ligações com pessoas de má-fama. Entretanto, fez sua estreia literária em *The Snob* e continuou a escrever para ele e seu sucessor, *The Gownsman,* assim como também conheceu literatos que se tornariam seus amigos e conhecidos no futuro, dentre os quais Edward Fitzgerald, Tennyson e William Brookfield. Durante os anos seguintes, após deixar Cambridge, Thackeray viveu de maneira extravagante: passou alguns meses em Weimar, onde conheceu Goethe, apaixonou-se, jogou a dinheiro e aprendeu alemão. Em seguida, retornou a Londres e depois de passar um ano decidindo não estudar advocacia e, em seguida, administrando um jornal literário em um esforço inútil, ele refugiou-se em Paris para estudar arte na condição de estudante pobre (já que a fortuna de seu pai havia sido mal-administrada). Ali ele conheceu e apaixonou-se por Isabella Shawe. Decidiu casar com ela apesar da desaprovação de sua mãe, e ficou contente em aceitar o cargo de correspondente francês do *The Constitutional*, um jornal radical lançado com o apoio financeiro de seu padrasto. Thackeray também fez seu primeiro livro, *Flore et Zéphyr*, uma sátira, em 1836, e continuou em seu esforço para estabelecer-se como artista.

Em julho de 1837, Thackeray estava casado com Isabella, era pai do bebê Annie e encontrava-se desempregado, pois o *The Constitutional* fora fechado; de modo que ele foi obrigado a tornar-se jornalista *free lance* para escapar da prisão por causa de dívidas (situação essa que Thackeray explorou em *Samuel Titmarsh and the Great Hoggarty Diamond*). Trabalhou como revisor de livros, crítico de arte, poeta e escritor de publicações em série para o *The Times*,

Fraser's Magazine, *Bentley's Miscellany*, o periódico de Dickens, e a *New Monthly Magazine*. Em 1839, a segunda filha dos Thackeray morreu, pouco após seu nascimento (outra experiência revivida em *The Great Hoggarty Diamond*), mas um ano depois nasceu outra menina, Minnie, e Thackeray viu a publicação bem-sucedida de *The Paris Sketch Book*, que recebeu boas críticas e despertou o interesse das importantes editoras Chapman and Hall e Longmans. Desse modo, Thackeray era agora um escritor estabelecido, capaz de sustentar, embora de maneira modesta, sua jovem família. Entretanto, ele não iria ter uma vida familiar feliz, pois, logo depois do nascimento de Minnie, Isabella apresentou os primeiros sinais da loucura que mudaria sua personalidade e, no final, forçaria Thackeray a perceber que ela jamais seria curada e a aceitar uma separação definitiva. Durante esses anos infelizes, ele escreveu *The History of Samuel Titmarsh and the Great Hoggarty Diamond* (publicado a primeira vez no *Bentley's Miscellany*) e, em seguida, deu seu primeiro passo em direção à fama como autor de romances longos como *Barry Lyndon* (1844). Contudo, este livro foi recebido de modo desfavorável, considerado um ultraje à moral. Nesse meio tempo, Thackeray começou a escrever para o *Punch** e em 1846 produziu o primeiro impacto importante sobre a sociedade vitoriana com seu estudo da sociedade inglesa em *The Snobs of England*. Esse livro foi seguido em 1847 pelo primeiro episódio de *Vanity Fair*, que colocaria Thackeray na mesma categoria literária do grande Dickens, que então estava publicando *Dombey and Son*, e o reintroduziria nos círculos aristocráticos da sociedade londrina.

    Thackeray instalara sua família em uma casa da Young Street e se consolava com a lembrança dos primeiros dias de seu casamento, sua fama atual e a companhia

---

* Punch: Semanário satírico inglês, ilustrado, surgido em 1841. Entre seus colaboradores, o jornal contava com George du Mauner, Bernard Partridge, John Tenniel e Thackeray. (N.E.)

das filhas. Mas seu coração estava solitário sem o amor de uma mulher. Como consequência, ele não conseguiu resistir à paixão que se manifestava por Jane, a jovem e atraente esposa de seu velho amigo de Cambridge, William Brookfield. Ela era a "mulher perfeita" para Thackeray, que a amava de todo coração, e foi esse amor que impregnou *Pendennis*, um romance autobiográfico escrito entre 1848 e 1850. Mas o relacionamento estava condenado, já que os Brookfield estavam determinados a continuar juntos apesar de sua incompatibilidade; no final, Thackeray foi obrigado a separar-se tanto de William como de Jane. Em *The History of Henry Esmond*, concluído em 1852, após sua separação dos Brookfield, ele continuou a explorar as comoções de um casamento infeliz, como o dos Brookfield, do amante frustrado e da figura da mãe dominante (como filho único, Thackeray foi adorado e, até certo ponto, dominado pela mãe possessiva e enérgica durante toda sua vida). *Henry Esmond*, ambientado no início do século XVIII, foi sua obra mais cuidadosamente preparada: "aqui está o melhor que posso fazer...", e que não sofreu pelo fato de Thackeray raras vezes estar em casa ao escrevê-la. Ele havia decidido que após a publicação de *Pendennis* encontraria uma outra fonte de renda mais confiável do que a escrita, e começou a dar conferências, uma maneira relativamente mais fácil de ganhar dinheiro e de lucro certo quando levada a cabo do outro lado do Atlântico.

Após turnês bem-sucedidas na Inglaterra, ele deu conferências nos EUA durante seis meses e retornou em maio de 1853, apaixonando-se mais uma vez e, de novo, em vão. Thackeray sabia que Sally Baxter era jovem demais para ele. Não obstante, ficou desconcertado com o casamento dela dois anos depois, mas manteve o contato até a morte solitária de Sally, de tuberculose, em 1862. Sally deu-lhe a inspiração para Ethel, a heroína do romance seguinte de Thackeray, *The Newcomes* (1853 a 1855), que mais uma vez abordou problemas do casamento e de mães, e que em parte se ambientava em Roma. Com esse objetivo, Thackeray levou as duas filhas para a Itália, onde contraiu a malária que o perturbaria pelo resto da vida, junto com eclosões ocasionais de um doloroso e persistente problema intestinal. Foi durante a doença na Itália que Thackeray escreveu *The Rose and the Ring*, com a íntima colaboração de uma menininha chamada Edith Story.

Quando os Thackeray retornaram à Inglaterra em 1854, foram para uma casa nova na Onslow Square, com Amy Crowe fazendo companhia para Annie e Minnie. Muito breve, Thackeray planejava fazer uma visita aos EUA para conseguir algum capital para as filhas, em uma outra turnê de conferências, dessa vez sobre os quatro reis ingleses George. A excursão foi um sucesso do ponto de vista financeiro, mas Thackeray ficou perturbado com algumas críticas negativas da imprensa. No entanto, voltou para casa a fim de dar as mesmas conferências na Inglaterra e na Escócia. Em 1857, com a oferta de seis mil libras por uma nova publicação em série e seu nome consagrado tanto como romancista como conferencista, Thackeray candidatou-se ao parlamento pela cidade de Oxford, e foi derrotado por sessenta e cinco votos. Não surpreso com o resultado, retornou a Londres para concentrar-se no romance seguinte, *The Virginians* (1859), que continha personagens ingleses e americanos e foi bem-recebido na Inglaterra e nos Estados Unidos.

Thackeray, agora um homem rico, conseguiu, aos quarenta e nove anos, realizar sua última ambição: editar seu próprio jornal literário: *Cornhill Magazine*, que apareceu pela primeira vez em 1860. Entre seus colaboradores estavam George Eliot, Anthony Trollope, Tennyson e o próprio Thackeray. Ele publicou *The Roundabout Papers*, uma notável coleção de ensaios, e seu último romance completo: *The Adventures of Philip on his Way Through the World*. Sua derradeira extravagância foi a reconstrução de uma casa, em Palace Green, nº 2, Kensington, onde morou por apenas dois anos, com a saúde cada vez mais precária, até morrer em 1863 de hemorragia cerebral. Thackeray foi enterrado em Kensal Green.

Introdução

Paul I. Webb

A série de artigos sarcásticos de Thackeray, *Os Esnobes da Inglaterra, por um deles*, que teve muito sucesso durante anos, tornou-o famoso. Aparecendo primeiro no *Punch* em 1846, os artigos foram publicados juntos sob o título de *O livro dos esnobes*, ilustrados pelo autor. Embora discutam as classes média e alta de quase cento e cinquenta anos atrás, esses capítulos conservam o frescor e a força através da mistura única de Thackeray do cinismo mundano com um bom humor cordial.

Thackeray usa o termo "esnobe" para descrever uma pessoa pretensiosa e mais interessada em posições, riquezas e aparências do que em caráter e valor. Com esse objetivo, até mesmo a pessoa de cargo mais alto do país pode ser descrita, com justiça, como um esnobe; e George IV aparece sob o olhar destruidor do autor em "O Esnobe Real". O tema principal do livro é a dominação social da aristocracia e a cuidadosa graduação das classes da sociedade. Essa consciência do lugar de cada um na ordem das coisas é cultivada desde os primeiros anos, como ele demonstra no capítulo sobre as Notícias da Corte:

> De repente, no auge da temporada, por alguma causa inexplicável, os Snobky decidiram sair da cidade. A Srta. Snobky conversa com sua amiga e confidente. "O que o pobre Claude Lollipop dirá quando ouvir falar de minha ausência?", perguntou a criança de coração terno.
>
> "Oh, talvez ele não venha a ouvir falar que você partiu", responde a confidente.
>
> "*Minha querida, ele lerá nos jornais*", replica a pequena, elegante e querida farsante de sete anos de idade.

É discutida uma grande variedade de esnobes, cada qual representando um aspecto diferente da sociedade de meados do século XIX e as características de sua classe e tipo. Em "Uma Visita a Alguns Esnobes do Campo", Thackeray descreve uma família em sua "residência" de campo que tenta viver no mesmo estilo de seus superiores, mas com uma pequena fração do dinheiro destes. O absurdo desse comportamento, a adoção de ares injustificados, o emprego de um criado de libré (o exemplo predileto de Thackeray sobre ostentação), tudo isso é registrado com detalhes implacáveis:

> Stripes estava com a libré da família Ponto – um pouquinho surrada, mas deslumbrante – uma profusão de magníficas rendas de lã penteada e botões de um tamanho notável. Notei que as mãos do honesto sujeito eram muito grandes e negras, e um delicado odor de estábulo flutuava pelo aposento enquanto ele andava de um lado para o outro... Mas como haverei de esquecer o solene esplendor do segundo prato, que foi servido em grande estilo por Stripes em uma baixela de prata, um guardanapo enrolado em seus polegares sujos, e que consistia em uma codorna não muito maior que um pardal corpulento.
> – Meu amor, aceita um pouco de caça? – Ponto diz...

Os clubes desempenharam um grande papel na vida de Thackeray, e os capítulos sobre os esnobes de clube estão entre os seus melhores escritos. É interessante notar que muitos homens parecem ter vivido virtualmente em seus clubes e que um grande número deles era composto de jovens solteiros – em contraste com a impressão geral de que apenas os velhos e os enfermos eram encontrados dentro de seus imponentes portais. Thackeray usava seu clube com a maior frequência possível, sendo que o exemplo mais impressionante disso ocorreu durante um jantar que deu em sua casa para Charlotte Brontë. Thackeray achou a noite tão enfadonha que fugiu para o clube à procura de companhia mais animada. Uma ação compreensível, mas não elegante.

Thackeray podia escolher entre três clubes: o *Garrick*, o *Athenaeum* e o *Reform*. Foi durante uma discussão com um colega jornalista no *Garrick* que ele se desentendeu com Dickens, depois do uso impróprio, em um artigo, de informações recolhidas em conversas privadas no clube. Embora esteja explicado que Thackeray se sentisse ofendido, sua justa fúria foi um pouco exagerada partindo do autor dos artigos sobre os esnobes de clube, que se valeu de sua própria experiência e dos comentários contidos no livro de queixas do clube para descrever com uma precisão devastadora os moradores dos palácios de Pall Mall.

Embora ainda estivesse muito distante a era do turismo em massa, um número significativo dos ingleses mais influentes e suas famílias viajava regularmente à Europa; e, quando jovem, Thackeray visitou a França e a Alemanha. Os esboços de seus personagens nos artigos sobre "Os Esnobes do Continente" foram baseados, em grande parte, nos ingleses e suas famílias que ele viu em suas viagens no outro lado do Canal. Esses viajantes não são exemplos do melhor lado dos britânicos:

> (O coronel) desceu e sentou-se à mesa do café da manhã, com uma carranca mal-humorada no rosto cor de salmão, estrangulado por uma gravata larga e com listas transversais; sua roupa de linho e acessórios ostentavam uma afetação tão perfeita e impecável que todos o reconheciam, de imediato, como um caro compatriota.
>
> Tenho visto esnobes, de paletó cor-de-rosa e botas de caça, correndo pela Campagna em Roma; e tenho ouvido suas imprecações e gírias bem conhecidas, nas galerias do Vaticano... ou rugindo "*garçong, du vang*"; ou descendo com andar afetado a Toledo em Nápoles...

Nos artigos sobre os esnobes e o casamento, Thackeray elogia a instituição do casamento, citando as vidas arruinadas e insípidas daqueles que não encontram uma esposa; sendo que muitas vezes a razão desse fracasso é o esnobismo baseado na classe ou no dinheiro, como no caso de Jack Spiggot e Letty Lovelace, à época ambos na meia-idade e sem atrativos:

> "Meu pai e o dela não conseguiram entrar num acordo", Jack disse. "O general não cederia mais do que seis mil libras. Meu progenitor disse que o negócio não seria feito por menos de oito. Lovelace mandou-o às favas, e assim nos separamos..." "E eis aí os destroços de duas vidas!", meditou o presente esnobógrafo, após despedir-se de Jack Spiggot. A bela e jovial Letty Lovelace perdeu o leme e soçobrou; e o bonito Jack Spiggot encalhou na costa qual um bêbado Trínculo.

Por mais que Thackeray zombasse de subalternos apaixonados ou de mães ambiciosas e ávidas por um bom partido, o apoio dele à instituição do casamento torna-se ainda mais comovente pelas circunstâncias de seu próprio matrimônio. Sua mulher, Isabella, deu-lhes três filhas antes de afundar em uma polida insanidade, que forçou sua remoção do lar da família para os cuidados de uma enfermeira, até sua morte, cerca de trinta anos após a do marido a quem ela deixara de reconhecer muito tempo antes.

Devido à importância da boa comida e do bom vinho em sua vida, não é nenhuma surpresa que Thackeray tenha dedicado três capítulos aos jantares, festas e esnobes que os davam e frequentavam. Sua descrição da agonia de um anfitrião novo-rico que receava que o "mordomo" que contratara para a noite fosse revelar, por alguma grosseria, seu verdadeiro ramo de negócios só é equiparada ao sofrimento de sua mulher:

A anfitriã ostenta um sorriso resoluto durante todo o jantar. Sorri em agonia, embora o seu coração esteja na cozinha e ela especule com terror se não estará acontecendo algum desastre por lá. Se o *soufflé* sofrer um colapso, ou se Wiggins não enviar os sorvetes a tempo – ela tem a impressão de que irá cometer o suicídio – essa sorridente e alegre senhora!

Por mais sarcástico que um adulto possa ser, é um truísmo que só uma criança possa denunciar a farsa e acompanhar a vida dos "crescidos", e Thackeray usa uma variação desse tema em uma cena de doloroso embaraço, onde o leitor não pode deixar de sentir pena dos pais visitantes. Nessa cena, a Sra. Ponto, esposa do Esnobe do Campo, é alertada para a chegada iminente de seus nobres vizinhos, no momento em que está dedicando-se à jardinagem. Ela corre para dentro de casa para mudar de roupa e emerge com um traje que deixaria Maria Antonieta orgulhosa. Os adultos começam a trocar amabilidades exageradamente afetadas, quando o pequeno Hugh pergunta:

"Onde tá o seu avental? Nós a vimos com ele, por cima do muro, não vimos, pai?"
– "Hum... eh... bem!" – explode Sir John, terrivelmente alarmado...
– "Bem, ela *estava* com um avental, não estava, mãe?", Hugh diz, impassível; pergunta essa que Lady Hawbuck ignorou, perguntando abruptamente pelas queridas filhas da casa, e o *enfant terrible* é retirado pelo pai.

No capítulo final, Thackeray ataca o amor aos Lordes, a suposta nobreza e a eterna aspiração – ou busca – de ascensão social que ele vê na sociedade inglesa. Embora ele admita os próprios deslizes ocasionais de esnobismo e apesar de seu criticismo ser mais eficaz por ser tão divertido, não há dúvida de que essas explosões são autênticas e que ele falava bem a sério quando disse:

> Estou farto das *Notícias da Corte*... Afirmo que um sistema de Corte que coloca homens de gênio em segundo plano é um sistema esnobe. A lista de classes e níveis é uma mentira e devia ser lançada ao fogo... se a veneração hereditária dos nobres não for uma fraude e uma idolatria, que os Stuart retornem e que as orelhas da Imprensa Livre sejam cortadas no pelourinho.

Thackeray transformou sua habilidade de observação e registro dos hábitos e fraquezas contemporâneos em uma série de artigos vigorosos e penetrantes que obtiveram uma boa repercussão entre seus contemporâneos. Temos falhas e afetações diferentes e a nobreza já não domina mais a vida social, econômica e política, mas *O livro dos esnobes* nos diz muito sobre a natureza humana que ainda hoje é pertinente e nos proporciona uma clara visão da sociedade na Inglaterra vitoriana.

Observações preliminares

O livro dos esnobes escrito por um deles

(A necessidade de uma obra sobre os esnobes, demonstrada pela História e provada por oportunas ilustrações: – Eu sou o indivíduo destinado a escrever essa obra – Minha vocação é anunciada em função de uma grande eloquência – Eu mostro que o mundo vem se preparando pouco a pouco para a obra e o homem – Os esnobes devem ser estudados como quaisquer outros objetos da Ciência Natural e fazem parte do Belo (com B maiúsculo). Eles permeiam todas as classes. – O patético exemplo do coronel Snobley.)

Todos nós já lemos alguma vez a afirmação (de cuja autenticidade duvido, pois ignoro no que se baseia) – todos nós, eu disse, fomos obsequiados com a leitura do lugar-comum segundo o qual quando a época e as necessidades do mundo exigem um Homem, esse indivíduo é encontrado. Assim, na Revolução Francesa (à qual o leitor terá o prazer de ser apresentado em breve), quando foi necessário administrar uma dose corretiva à nação, apareceu Robespierre; aliás, uma dose das mais repugnantes e nauseabundas, mas engolida com avidez pelo paciente, em grande parte para o benefício final deste; da mesma forma, quando se tornou necessário expulsar os ingleses da América, o Sr. Washington deu um passo à frente e desempenhou esse trabalho de maneira satisfatória; assim, quando o conde de Aldoborough adoeceu, o Professor Holloway apareceu com suas pílulas e curou o Sr. Conde, conforme o anúncio etc. etc. Incontáveis exemplos podem ser apresentados, mostrando que o remédio está à mão quando uma nação tem uma grande necessidade. Trata-se da versão ampliada da Pantomima (verdadeiro microcosmo), na qual quando um palhaço deseja qualquer coisa – uma caçarola, uma bomba d'água, um ganso ou um xale feminino – um sujeito surge saracoteando dos bastidores com o objeto em questão.

Além disso, quando os homens começam um empreendimento, sempre estão prontos para demonstrar a absoluta necessidade do que pretendem fazer, como se o mundo não pudesse passar sem ele. Uma estrada de ferro, por exemplo: os administradores começam estabelecendo que "uma comunicação mais íntima entre Bathershins e Derrynane Beg é necessária para o progresso da civilização, e foi demandada pela aclamação multitudinária do grande povo irlandês". Ou suponhamos que seja um jornal: o prospecto afirma que "num momento em que a Igreja está em perigo, ameaçada de fora pelo fanatismo selvagem e a incredulidade infame, e minada por dentro pelo jesuitismo perigoso e o cisma suicida, sentiu-se universalmente a Necessidade – um povo sofredor olhou para fora – de um Paladino e Guardião Eclesiástico. Por conseguinte, um grupo de prelados e cavalheiros deu um passo à frente nessa hora de perigo e decidiu fundar o jornal *O Sacristão*" etc. etc. Pelo menos uma ou outra dessas questões é incontestável: o público deseja uma coisa e, como consequência, é suprido por ela; ou o público é abastecido com uma coisa e, por conseguinte, a deseja.

Há muito tempo carrego a convicção de que tenho uma obra a realizar. Ou, se preferem, uma Obra, com *O* maiúsculo; um Objetivo a cumprir; um abismo a saltar, como Cúrcio, com armas e bagagens; um Grande Mal Social a Descobrir e Sanar. Essa Convicção me Perseguiu Durante Anos. Ela me Seguiu na Rua Movimentada; Sentou-se ao Meu Lado no Estúdio Solitário; Cutucou Meu Braço quando este Ergueu o Copo de Vinho na Mesa Festiva; Seguiu-me através do Labirinto de *Rotten Row*; Seguiu-me em Terras Distantes. Na Praia Cheia de Cascalho de Brighton, ou nas Areias de Margate, a Voz Abafou o Rugido do Mar; com seu Abraço em minha Roupa do Dormir, e seu Sussurro, "Acorda, Dorminhoco, Tua Obra Ainda Não Foi Feita". No Ano Passado, ao Luar, no Coliseu, a Pequena Voz Diligente Veio a Mim e Disse, "Smith, ou Jones" (O Nome do Escritor não é Um nem Outro), "Smith ou Jones, meu caro companheiro, tudo isso está muito bem, mas você devia estar em casa escrevendo sua grande obra sobre os Esnobes".

Quando um homem tem esse tipo de vocação, é puro absurdo tentar esquivar-se dela. Ele deve falar abertamente às nações; deve se expor, ou sufocar-se e morrer. "Observe bem", discurso mentalmente, com frequência a mim mesmo, este seu humilde criado, "a maneira gradual com que você tem sido preparado, e agora é levado por uma necessidade irresistível de assumir sua grande tarefa. Primeiro, o Mundo foi feito; depois, em uma sequência lógica, apareceram os Esnobes; eles existiam há anos e anos e faltava descobri-los; eram menos conhecidos do que a América. Mas logo – *ingens patebat tellus* – o povo, de uma maneira misteriosa, tomou consciência de que tal raça existia. Há não mais de vinte e cinco anos, um nome, um trissílabo, surgiu para designar essa raça. A seguir, esse nome espalhou-se pela Inglaterra tanto quanto as estradas de ferro; os esnobes são conhecidos e reconhecidos em toda parte de um Império no qual sou inclinado a admitir que o sol nunca se põe. O *Punch* apareceu no auge da temporada para registrar a história deles: e surgiu o indivíduo para escrever essa história no *Punch*.*

Eu tenho (e por esse dom me congratulo com uma Profunda e Permanente Gratidão) um olho clínico para o esnobe. Se o Verdadeiro é o Belo, é belo estudar até mesmo o esnobismo; seguir o rastro dos esnobes através da história, assim como certos cãezinhos procuram trufas em Hampshire; mergulhar a pena na sociedade e garimpar ricos veios de minério-de-esnobe. O esnobismo é como a Morte, segundo

---

* Estes artigos foram originalmente publicados nesse periódico popular. (N.A.)

uma citação de Horácio que espero vocês nunca tenham ouvido: "o mesmo pé que bate nas portas dos pobres chuta os portões dos imperadores". É um erro julgar os esnobes de maneira leviana e pensar que eles só existem entre as categorias inferiores. Acredito que uma imensa porcentagem de esnobes deve ser encontrada em cada uma das classes desta vida mortal. Não devemos julgar os esnobes de modo precipitado ou vulgar: se agir assim, você demonstra que também é um esnobe. Eu mesmo fui visto como esnobe.

Certa vez, quando frequentava uma estação de águas em Bagnigge Wells, hospedado no *Imperial Hotel* local, costumava sentar-se diante de mim no café da manhã um esnobe tão insuportável que eu achava que jamais obteria algum benefício das águas enquanto ele ali permanecesse. Era o tenente-coronel Snobley, de um certo regimento da cavalaria. Usava bigode e botas de verniz; ciciava, falando arrastado e deixando os "erres" fora das palavras; ele estava sempre se vangloriando e alisando as costeletas laqueadas com um lenço gigantesco e flamejante, que enchia o aposento com um odor de almíscar sufocante. Até que tomei a decisão de entrar em combate com esse esnobe, decidindo que um de nós deveria sair da hospedaria. Primeiro introduzi conversas amenas, aborrecendo-o portanto com observações inoportunas – ele não sabia o que fazer quando assim atacado; jamais tivera a menor ideia de que alguém tomaria tais liberdades com ele a ponto de falar *primeiro*; em seguida, passei a entregar-lhe o jornal, depois da minha leitura; como ele não notava esses avanços, passei a olhar fixo em seu rosto e... e usar meu garfo como se fosse um palito. Após duas manhãs com essas práticas, ele não conseguiu suportar mais e abandonou o local definitivamente.

Caso o coronel leia isso, será que se lembrará do nobre que lhe perguntou se considerava Publicoaler um bom escritor e o expulsou do hotel com um garfo de quatro dentes?

Capítulo I

O esnobe tratado de maneira jocosa

Existem esnobes relativos e esnobes absolutos. Como absolutos, eu me refiro àqueles que são esnobes em todos os lugares, em todas as companhias, da manhã à noite, da juventude até o túmulo, sendo dotados por natureza com o esnobismo – e outros que são esnobes em certas circunstâncias e relações da vida.

Por exemplo: um dia conheci um homem que cometeu diante de mim um ato tão atroz quanto o que mencionei nas observações preliminares, realizado por mim com o objetivo de repugnar o coronel Snobley; algo como o uso do garfo à maneira de um palito. Um dia, como eu disse, conheci um homem que, jantando em minha companhia na *Cafeteria Europa* (em frente ao *Grand Opera* que, como todos sabem, é o único local decente para se jantar em Nápoles), comeu ervilhas com o auxílio da faca. Ele era uma pessoa cuja companhia a princípio agradou-me muitíssimo (na verdade, nos conhecemos na cratera do Monte Vesúvio e, em seguida, fomos roubados e detidos para resgate por bandidos da Calábria, o que não é muito relevante); mostrou-se um homem muito forte, excelente coração e conhecimentos variados; mas o problema é que eu nunca o tinha visto antes diante de um prato de ervilhas, e sua conduta em relação a elas causou-me a mais profunda dor.

Após tê-lo visto comportar-se daquele modo publicamente, restou-me apenas um caminho – cortar relações com ele. Designei um amigo mútuo (o honorável Poly Anthus) para resolver o problema com esse cavalheiro da maneira mais delicada possível e dizer que circunstâncias dolorosas

– que de nenhum modo afetavam a honra do Sr. Marrowfat[1], ou minha estima por ele – obrigavam-me a evitar intimidade com ele; e assim, passamos a nos evitar de maneira ostensiva na noite do baile da Duquesa de Monte Fiasco.

Todo mundo em Nápoles percebeu a separação de Damão e Pítias[2] – na verdade, Marrowfat salvou minha vida mais de uma vez – mas, na condição de cavalheiro inglês, o que eu deveria fazer?

Nesse exemplo, meu caro amigo era o esnobe *relativo*. Não significa necessariamente ser esnobe uma pessoa de classe, de qualquer outra nação, que use a faca da maneira mencionada. Eu vi Monte Fiasco limpar o trincho com o garfo, e cada príncipe da reunião social fazer o mesmo. Eu vi, na hospitaleira mesa de Sua Alteza Imperial, a grã-duquesa Stephany de Baden (a quem rogo que se recorde graciosamente do mais dedicado de seus servos, caso estas humildes linhas cheguem a seus olhos imperiais) – eu vi, como disse, a Princesa Hereditária de Potztausend – Donnerwetter (aquela mulher de beleza serena) usar a faca em lugar de um garfo ou uma colher; eu a vi quase engolindo-a, por Júpiter!, como Ramo Sami, o mágico hindu. E eu recuei? Minha estima pela Princesa diminuiu? Não, adorável Amália! Uma das paixões mais sinceras que um dia uma mulher inspirou nasceu neste peito por essa senhora. Linda senhora! que por muito e muito tempo a faca leve comida àqueles lábios! os mais vermelhos e adoráveis do mundo!

Durante quatro anos jamais murmurei a causa de minha desavença com Marrowfat a ninguém. Encontrávamo-nos nos salões da aristocracia – nossos amigos e parentes. Abalroávamo-nos em danças ou mesas, mas a desavença continuava e parecia intransponível, até o 4 de junho do ano passado.

---

1. *Marrowfat*: ervilha graúda.
2. *Damão e Pítias*: personagens com nomes gregos criados por Thackeray e inspirados nos modelos de Orestes e Pílades.

Encontramo-nos em casa de Sir George Golloper. Fomos colocados, ele à direita, e este seu humilde criado à esquerda do grupo organizado pela admirável Lady G. Peas[3] para o banquete – patos e ervilhas verdes. Tremi ao ver Marrowfat servir-se, e desviei o olhar nauseado, temendo assistir ao disparo da arma em suas horríveis mandíbulas.

Qual foi meu assombro, qual foi meu prazer quando o vi usar o garfo como qualquer outro cidadão! Ele não manuseou o frio aço da faca uma vez sequer. Os velhos tempos voltaram rápido à minha mente – a lembrança de velhos favores – quando me salvou dos bandidos – sua elegante conduta no incidente com a condessa Dei Spinachi – quando me emprestou as 1.700 libras. Quase caí em lágrimas de alegria – minha voz tremeu de emoção. "George, meu rapaz!", exclamei, "George Marrowfat, meu querido companheiro!, um copo de vinho!"

Ruborizando – profundamente comovido – quase tão trêmulo quanto eu, George respondeu: *"Frank, um Hoch ou um Madeira?"*. Eu poderia tê-lo estreitado em meu peito, não fosse a presença do grupo de pessoas. Lady Golloper pouco sabia da causa da emoção que lançou o patinho que eu trinchava em seu colo de seda rosa. A mais bondosa das mulheres perdoou o erro, e o mordomo removeu a ave.

Desde então somos os amigos mais íntimos; mas é claro que George não repetiu seu odioso hábito. Ele adquiriu-o em uma escola de campo, onde cultivavam ervilhas e usavam apenas garfos de dois dentes; e só perdeu o horrível costume vivendo no Continente, onde é generalizado o uso de garfos de quatro dentes.

Nesse ponto – e só nesse – eu confesso ser membro da Escola do Garfo de Prata;[4] e se essa história induzir, nem

---

3. *Peas*: ervilha.
4. *Membro da Escola do Garfo de Prata*: Thackeray referia-se desta maneira ao rol de costumes aristocráticos, gênero particularmente em voga naquela época e do qual Dickens e outros, zombava com frequência.

que seja um só de meus leitores, a fazer uma pausa para um solene exame de consciência e se perguntar: "sinceramente, eu como ou não como ervilhas com a faca?" – e ver a ruína que pode desabar sobre ele, caso continue com a prática, ou sobre sua família, caso sigam o exemplo, estas linhas não terão sido escritas em vão. E neste momento, sejam o que forem outros autores, eu me congratulo de ser, pelo menos eu, um homem moral.

A propósito, como certos leitores são lentos de compreensão, posso muito bem dizer qual a moral desta história. A moral é esta – a sociedade estabeleceu certos costumes, os homens são obrigados a obedecer as lei da sociedade, e a se conformar com suas inofensivas regras.

Se eu tivesse de ir ao Instituto Britânico e Estrangeiro (e Deus proíba que eu vá sob qualquer pretexto ou com qualquer traje que seja) – se eu tivesse de ir a um dos chás festivos de roupão e chinelos, e não com o traje habitual de um cavalheiro, ou seja, sapatos fechados, um colete dourado, uma cartola, uma imitação de babado e colarinho alto branco – estaria insultando a sociedade e *comendo ervilhas com a faca*. Que os porteiros do Instituto expulsem o indivíduo que cometa tal ofensa. Tal transgressor é, de acordo com a sociedade, o mais enfático e refratário dos esnobes. A sociedade, bem como os governos, tem seu código e política, e deve sujeitar-se a eles aquele que lucra com decretos publicados para o conforto comum.

Sou por natureza avesso ao egoísmo e odeio ao máximo a autolouvação; mas não posso deixar de relatar aqui uma circunstância ilustrativa do assunto em questão, na qual sou obrigado a crer que agi com considerável prudência.

Estando em Constantinopla poucos anos atrás (em uma missão delicada – os russos estavam fazendo um jogo duplo, entre nós, e tornou-se necessário de nossa parte empregar um *negociador extra*), o paxá Leckerbiss de Roumelia, então galeongee-chefe do Sublime Porta, ofereceu um banquete diplomático em seu palácio de verão, em Bujukdere. Eu estava à esquerda do galeongee, e o agente russo, o conde de Diddloff[5], à sua direita. Diddloff é um dândi que mataria até a mais perfumada das rosas: ele tentou assassinar-me três vezes no decorrer da negociação; mas é claro que em público éramos amigos e nos cumprimentávamos da maneira mais cordial e agradável.

O galeongee é – ou era, ai de mim! pois uma corda liquidou com ele – um firme defensor da velha escola da política turca. Jantamos com os dedos e usamos bordas de pão como pratos; a única inovação que ele admitia era o consumo de bebidas europeias, às quais ele se entregava com muito gosto. Era um grande comedor. Entre os pratos, foi colocada diante dele uma grande travessa com um cordeiro adornado com sua própria lã, recheado de ameixas secas, alho, assa-fétida, pimenta-da-guiné e outros condimentos, a mistura mais abominável que um mortal já cheirou ou provou. O galeongee comeu até se fartar; e, seguindo a moda oriental, insistiu em ajudar os amigos à esquerda e à direita, e, quando chegava a um bocado especialmente condimentado, enfiava-o com as próprias mãos na boca dos convidados.

Jamais esquecerei o olhar do pobre Diddloff quando Sua Excelência, formando uma bola com uma grande quantidade de comida e exclamando "Buk Buk" (é muito gostoso), ofereceu-lhe a horrível massa. Os olhos do russo reviraram-se pavorosamente quando a recebeu; engoliu-a com uma careta que parecia preceder uma convulsão, e, agarrando uma garrafa próxima a si, que pensou ser vinho branco francês, mas que vinha a ser conhaque, bebeu quase um cálice antes de perceber o equívoco. Isso liquidou com ele; foi arrastado quase morto para fora da sala de jantar e depositado em uma casa de verão no Bósforo para resfriar.

---

5. *Diddle*: enganar, trapacear.

Quando chegou minha vez, engoli o condimento com um sorriso, disse *Bismillah*, lambi os lábios com natural satisfação e, quando o prato seguinte foi servido, fiz eu mesmo uma bola com muita destreza e joguei-a boca abaixo do velho galeongee com tanta graça que o coração dele foi conquistado. A Rússia acabou excluída das negociações e o *tratado de Kabobanople*[6] foi assinado. Quanto a Diddloff, tudo acabou para *ele*: foi chamado de volta a São Petersburgo e Sir Roderick Murchinson o viu trabalhando nas minas dos Urais, sob o nº 3967.

A moral dessa história, não preciso dizer, é que há muitas coisas desagradáveis na sociedade que você está fadado a engolir, e engolir com um sorriso no rosto.

---

6. *Kabobanople*: refere-se à Andinopla, antigo nome da cidade de Edirna, na Turquia, onde em 1829 o czar russo assinou um tratado com os turcos garantindo a independência da Grécia.

Capítulo II

O esnobe real

Há muito tempo, no começo do reinado da atual Sua Graciosa Majestade, ocorreu "em um sereno anoitecer de verão", como o Sr. James diria, de três ou quatro cavaleiros estarem bebendo um copo de vinho após o jantar em uma hospedaria chamada *King's Arms*, de propriedade da sra. Anderson, na aldeia real de Kensington. Era uma noite refrescante e os viajantes tinham vista para um cenário prazenteiro. Os altos olmos dos antigos jardins estavam cobertos de folhas, e inúmeras carruagens da nobreza inglesa moviam-se com rapidez em direção ao palácio vizinho, onde o príncipe de Sussex (cujas rendas posteriormente permitiram-no dar apenas chás dançantes) recebia sua sobrinha real em um banquete de gala. Quando as carruagens dos nobres desembarcaram seus proprietários no salão do banquete, seus pajens e criados foram beber uma caneca de cerveja escura no *King's Arms*, próximo dali. Observamos esses sujeitos de nossas gelosias. Por São Bonifácio, foi uma cena rara!

As tulipas dos jardins de Mynheer Van Dunck não eram mais deslumbrantes do que as librés daqueles empregados cobertos de bronze. Todas as flores do campo vicejavam em seus peitos preguedados, todos os matizes do arco-íris brilhavam em suas calças de pelúcia, e bengalas compridas andavam no jardim de cima para baixo com aquela encantadora solenidade, aquele andar afetado e deliciosamente trêmulo dos bezerros, que sempre foi um fascínio para nós. A alameda não era larga o suficiente para eles enquanto os laços de seus ombros subiam e desciam com seu amarelo vivo, vermelho e azul claro.

De repente, em meio a seu esplendor, um sininho tocou, uma porta lateral abriu-se e (após descer Sua Excelência Real) entraram os criados de libré carmesim de Sua Majestade, com dragonas e pelúcias negras.

Foi deplorável ver os outros pobres Joãos retirarem-se furtivamente com essa chegada! Ninguém, dentre a honesta criadagem de simples particulares, ousou enfrentar os Lacaios Reais. Saíram da alameda; esconderam-se em buracos escuros e beberam sua cerveja em silêncio. A Criadagem Real tomou posse do jardim até ser anunciado o jantar da Criadagem Real, quando então retirou-se e, vindo do pavilhão onde jantavam, ouvimos aclamações moderadas, discursos e um entusiasmo sem fim. Não vimos mais os outros criados de libré.

Meus caros Lacaios, tão absurdamente presunçosos em um momento e tão abjetos no outro, nada mais são que a representação de seus senhores neste mundo. *Aquele que admira torpemente as coisas torpes é um esnobe* – talvez esta seja uma definição segura desse personagem.

E esse é o motivo pelo qual, com todo o respeito, aventurei-me a colocar o Esnobe Real no topo de minha lista, fazendo com que todos os outros abram caminho diante dele, como os Criados diante do representante real nos jardins de Kensington. Dizer que tal ou qual Gracioso Soberano é um esnobe nada mais é do que dizer que Sua Majestade é um homem. Os reis também são homens e esnobes. Em um país onde os esnobes são a maioria, o superior deles, sem dúvida, não pode ser incapaz de governar. Entre nós eles triunfaram.

Por exemplo, Jaime I[7] foi um esnobe, e esnobe escocês, como o mundo não conhece criatura mais ofensiva. Parece que ele não tinha nenhuma das boas qualidades de um homem – nem coragem, nem generosidade, nem honestidade, nem inteligência; mas leiam o que os grandes teólogos e

---

7. *Jaime I Stuart* (1566-1625): rei da Inglaterra e da Irlanda (1603-1625), e depois da Escócia, como Jaime VII. Pai de Carlos I, favoreceu o anglicanismo e perseguiu católicos e puritanos.

doutores da Inglaterra diziam sobre ele! Carlos II[8], seu neto, foi um velhaco, mas não um esnobe; ao passo que Luiz XIV, seu velho e empertigado contemporâneo – o grande devoto do autoritarismo – sempre me pareceu o mais indubitável e Real Esnobe.

Não irei, entretanto, tomar exemplos de Esnobes Reais de nosso próprio país, mas recorrerei a um reino vizinho, o de Brentford – e seu monarca, o grande finado e lamentado Gorgius IV[9].

Com a mesma humildade com que os lacaios abriram caminho, na *King's Arms*, diante da Criadagem Real, a aristocracia da nação de Brentford inclinava-se humildemente diante de Gorgius, proclamando-o primeiro cavalheiro da Europa. E é surpreendente pensar qual a opinião da alta sociedade sobre um cavalheiro quando deram a Gorgius tal título.

O que é ser cavalheiro? É ser honesto, bondoso, generoso, corajoso, inteligente e, possuindo todas essas qualidades, exercê-las da maneira mais graciosa? Deve um cavalheiro ser um filho leal, um marido fiel e pai honesto? Deve sua vida ser decente – suas contas serem pagas – seus gostos serem elevados e distintos – seus objetivos na vida sublimes e nobres? Resumindo, a Biografia de um Primeiro Cavalheiro da Europa não devia ser de tal natureza que pudesse ser lida com proveito nas Escolas das Jovens Damas, e estudada com proveito nos Seminários dos Jovens Cavalheiros? Fiz essa pergunta para todos os instrutores de jovens – à Mrs. Ellis e às mulheres da Inglaterra; a todos os mestres-escolas,

---

8. *Carlos II* (1650-1685): filho de Carlos I, rei da Inglaterra, Escócia e Irlanda, subiu ao trono em 1660. Sem dúvida, Thackeray faz alusão à sua tolerância em relação aos católicos. Foi ele quem sancionou a lei do habeas-corpus (1679).

9. *Gorgius IV*: designa George IV (1762-1830), que reinou a partir de 1811 e foi, portanto, contemporâneo de Thackeray, que o detestava particularmente, em função de sua vida dissoluta e dos escândalos e intrigas políticas e amorais que se desenvolveram durante seu reinado.

do Dr. Hawtrey[10] ao Sr. Squeers. Fiz aparecer, num passe de mágica, diante de mim, um terrível tribunal de jovens e inocentes, assistidos por seus veneráveis instrutores (como as dez mil crianças de caridade de bochechas vermelhas em Saint Paul's), sentados em julgamento, e Gorgius, no meio, defendendo sua causa. Fora da Corte, fora da Corte, velho Florizel gordo! Bedéis, expulsem esse sujeito empolado, com o rosto coberto de pústulas! Se Gorgius *tivesse* de ter uma estátua no novo palácio que a nação de Brentford está construindo, ela deveria ser colocada no Salão dos Criados de Libré. Ele seria representado talhando um casaco, arte essa na qual dizem que ele foi excelente. Ele também inventou o ponche marasquino, uma fivela de sapato (isso foi no auge de sua juventude e no apogeu da força de seu poder inventivo) e um pavilhão chinês, o prédio mais abominável do mundo. Ele sabia conduzir uma carruagem puxada por quatro cavalos tão bem quanto um cocheiro de Brighton, conseguia pular obstáculos com elegância e dizem que tocava bem a rabeca. E sorria com um fascínio tão irresistível que as pessoas levadas à sua augusta presença tornavam-se suas vítimas, de corpo e alma, assim como um coelho torna-se presa de uma enorme jiboia.

Eu apostaria que se o Sr. Widdicomb[11] fosse colocado, por uma revolução, no trono de Brentford, as pessoas também ficariam fascinadas com seu irresistível sorriso majestoso e tremeriam ao ajoelhar-se para beijar-lhe a mão. Se ele fosse a Dublin, ergueriam um obelisco no lugar onde desembarcou pela primeira vez, como os Paddylandeses[12] fizeram quando Gorgius visitou-os. Todos nós lemos encantados a

---

10. *Dr. Hawtrey*: reitor em Eton College. É um personagem histórico, assim como Mrs. Ellis, autora de um tratado de moral *The Womens of England*, enquanto Mr. Squeers é um herói de Dickens, diretor sádico e burlesco da escola de pobres da obra *Nicolas Nickleby*.

11. *Mr. Widdicomb*: laicaio em *Mr. Yelloplush*, personagem preferido de Thackeray. Um criado mais esnobe que seu próprio mestre.

12. *Paddylandeses*: "Paddy", com maiúscula, alcunha dada aos irlandeses.

história da viagem do rei à Haggislândia[13], onde sua presença inspirou imenso furor de lealdade, e onde o homem mais famoso do país – o barão de Bradwardine – tendo subido a bordo do iate real e encontrado um copo no qual Gorgius havia bebido, colocou-o no bolso do casaco como uma relíquia inestimável, e voltou à costa em seu barco. Mas o barão sentou-se sobre o copo e quebrou-o, cortando as abas de seu casaco; e a inestimável relíquia perdeu-se para o mundo, para sempre. Oh, nobre Bradwardine, que superstição, típica do Velho Mundo, o teria colocado de joelhos diante de um ídolo como esse?

Se vocês quiserem fazer reflexões morais sobre a transitoriedade das coisas humanas, vão ao Museu de Cera e verão a figura de Gorgius em seus genuínos mantos reais – Entrada: um xelim. Crianças e criados de libré: seis pence. Vão, e paguem seis pence.

---

13. *Haggislândia*: "Haggis" – prato da culinária escocesa feito com miúdos picados de carneiro ou bezerro.

Capítulo III

A influência da aristocracia sobre os esnobes

No domingo passado, estando na igreja desta cidade e tendo a missa recém terminado, ouvi dois esnobes conversando sobre o pároco. Um deles perguntava ao outro quem era o clérigo. "Ele é o Sr. Fulano de Tal", o segundo esnobe respondeu, "capelão doméstico do conde de Qualquercoisa". "Oh, é mesmo?", disse o primeiro esnobe, com um tom de indescritível satisfação. A ortodoxia e identidade do pároco foram estabelecidas, de imediato, na mente daquele esnobe. Ele sabia tão pouco sobre o conde quanto sobre o capelão, mas aceitou o caráter deste em base à autoridade do primeiro; e foi para casa bem contente com Sua Reverência, como um esnobezinho submisso.

Esse incidente deu-me mais matéria para reflexão do que o próprio sermão; e admiração com a extensão e predomínio da lordelatria neste país. Que importância poderia ter para o esnobe se sua Reverência era ou não capelão daquele lorde? Quanta veneração à nobreza há em todo este país livre! Como todos estamos envolvidos nela, e mais ou menos ajoelhados. – E em relação ao presente assunto, creio que a influência da nobreza sobre o esnobismo tem sido mais notável do que a influência de qualquer outra instituição. O crescimento, estímulo e preservação dos esnobes estão entre os "serviços inestimáveis", como diz Lord John Russel[14], que devemos à nobreza.

---

14. *Lord John Russel* (1792-1878): estadista, primeiro-ministro e duas vezes Ministro das Relações Exteriores, chefe do partido *whig* (futuro partido liberal), portanto defensor dos direitos populares contra os conservadores, partidários da nobreza e da Coroa. O que explica a ironia com relação aos esnobes que lhe atribui Thackeray.

Não poderia ser de outra maneira. Um homem torna-se muito rico, ou é bem-sucedido no trabalho de assessor de ministro, ou ganha uma grande batalha, ou elabora um tratado, ou é um advogado esperto que ganha uma fortuna em honorários e ascende à corte de justiça; e o país o premia para sempre com uma coroa de ouro (com mais ou menos bolas ou folhas) e um título e um posto de legislador. "Seus méritos são tão grandes", a nação diz, "que seus filhos terão a permissão de reinar sobre nós, de certo modo. Não importa nem um pouco que seu primogênito seja um louco: achamos seus serviços tão notáveis que ele terá o direito a honras quando a morte desocupar seus nobres sapatos. Se você é pobre, lhe daremos tamanha quantia de dinheiro que permitirá a você e a seu primogênito viver para sempre em abundância e esplendor. Nosso desejo é que haja uma raça à parte neste afortunado país que ocupará a primeira classe, terá os maiores privilégios e chances em todos empregos e patronatos do governo. Não podemos tornar nobres todos os seus queridos filhos – isto tornaria a nobreza comum e deixaria a Câmara dos Lordes desconfortavelmente abarrotada – mas os jovens terão tudo que um governo pode dar: serão a nata em todos os lugares; serão capitães e tenentes-coronéis aos dezenove anos, enquanto velhos tenentes de cabeça grisalha passam trinta anos nas manobras; eles comandarão navios aos vinte e um, com subalternos que já combatiam antes de eles nascerem. E como somos antes de mais nada um povo livre, e a fim de encorajar todos a cumprir seu dever, dizemos aos homens de qualquer classe: "Fiquem muitíssimo ricos, tenham honorários altos enquanto advogados, façam belos discursos, ou sobressaiam-se vencendo batalhas; e vocês, até vocês, entrarão para a classe privilegiada e seus filhos reinarão naturalmente sobre os nossos".

Como podemos evitar o esnobismo, com essa instituição nacional tão prodigiosa criada para sua veneração? Como podemos deixar de bajular os lordes? Carne e sangue não podem agir de outra maneira. Como resistir a essa extraordinária tentação? Inspiradas no que é chamado de nobre emulação, algumas pessoas procuram, e obtêm, honras; outras, fracas demais ou inferiores, têm cega admiração e rastejam diante daqueles que as obtiveram; outras, que não são capazes de adquiri-las, sentem um ódio furioso, insultam e invejam. Há apenas alguns poucos filósofos serenos e nada vaidosos, que conseguem examinar o estado da sociedade, ou seja, a bajulação organizada: – a veneração abjeta do Homem e do Espírito de Cobiça, instituída por força da lei: esnobismo, resumindo, perpetuado – e registrar o fenômeno com calma. E dentre esses serenos moralistas, haveria um, eu pergunto, cujo coração não pulsaria de prazer se pudesse ser visto caminhando de braços dados com dois duques pela Pall Mall? Não, é impossível, no estado de nossa sociedade, não ser esnobe em certas ocasiões.

Por um lado, isso encoraja o cidadão a ser esnobemente vil, e o nobre a ser esnobemente arrogante. Quando uma nobre marquesa escreve, em suas viagens, sobre a inevitável contingência que obriga os viajantes de navio a entrar em contato "com pessoas de todos os tipos e condições", ela está insinuando que o companheirismo com as criaturas de Deus é desagradável à Sra. Marquesa, que é superior a elas. Quando a Marquesa escreve dessa maneira, devemos considerar que instintivamente mulher alguma teria tal sentimento, mas o hábito de ser bajulada e lisonjeada por todos à sua volta induziu essa linda e magnífica senhora, proprietária de tantos diamantes negros, a acreditar que é superior ao mundo em geral, e que o povo não deve relacionar-se com ela, exceto muitíssimo à distância. Recordo que certa vez estive na cidade do Grande Cairo, pela qual passava um Príncipe Real Europeu em direção à Índia. Uma noite, houve uma grande confusão na hospedaria:

um homem afogara-se no poço ao lado. Todos os hóspedes do hotel correram alvoroçados para o pátio, entre eles este seu humilde criado, que perguntou a um certo jovem qual a razão da confusão. Como eu haveria de saber que aquele elegante jovem era um príncipe? Não estava nem com sua coroa e nem com seu cetro; vestia um paletó branco e chapéu de feltro. Mas pareceu surpreso que alguém lhe dirigisse a palavra; respondeu com monossílabo ininteligível e – *acenou a seu ajudante de ordens para se aproximar e falar comigo.* É nossa a culpa, não dos poderosos, o fato de eles se julgarem tão acima de nós. Se você lançar-se sob as rodas, o carro de Jagrená passará por cima de você, pode estar certo; se você e eu, meu caro amigo, tivermos pessoas que se ajoelhem à nossa frente todos os dias, onde quer que apareçamos, pessoas que rastejem em servil adoração, pode ter certeza de que acabaremos assumindo ares de superioridade com a maior naturalidade, e aceitaremos a grandeza que o mundo insiste em nos dotar.

Aqui vai um exemplo, retirado das viagens de Lord L., da maneira serena, afável e confiante, pela qual um homem poderoso aceita a deferência de seus inferiores. Após fazer algumas observações profundas e engenhosas sobre a cidade de Bruxelas, o Sr. Lord diz: "hospedado alguns dias no *Hôtel de Belle Vue* – um estabelecimento muitíssimo apreciado e não tão confortável quanto o *Hôtel de France* – travei conhecimento com o Dr. L, o médico da Missão. Ele estava desejoso de me fazer as honras do local e pediu ao chefe do restaurante que nos servisse um *dîner en gourmand*, afirmando que este era superior ao do Rocher de Paris. Seis ou oito compartilhavam da exibição, e todos nós concordamos que era infinitamente inferior à de Paris e muito mais extravagante".

Ora, o Dr. L, desejoso de "fazer as honras do local" para o Sr. Lord, banqueteou-o com as melhores comidas que o dinheiro pode obter – e milorde acha a diversão extravagante e inferior!!! Extravagante! não foi extravagante para *ele*; Inferior! O Dr. L deu o melhor de si para satisfazer aquelas nobres mandíbulas; mas o milorde recebe a homenagem e despreza o doador com uma repreensão. É como um paxá de três séquitos queixando-se porque a gorjeta foi insatisfatória.

Mas como poderia ser de outra forma em um país onde a lordelatria é parte de nosso credo, e onde as crianças são educadas para respeitar o *Nobreza* como a segunda Bíblia de um inglês?

Capítulo IV

As "Notícias da Corte" e sua influência sobre os esnobes

O exemplo é o melhor dos preceitos. Portanto, comecemos com uma história verdadeira e autêntica, que mostra como os jovens esnobes aristocratas são educados e como seu esnobismo pode florescer bem cedo. Uma linda e elegante senhora (perdão, graciosa madame, por sua história ser tornada pública; mas ela é tão moral que devia ser conhecida universalmente) contou-me que no início de sua juventude teve uma pequena conhecida que, aliás, hoje também é uma linda e elegante senhora. Ao mencionar a Srta. Snobky, filha de Sir Snobby Snobky, cuja apresentação à Corte causou tamanha sensação, preciso dizer mais?

Quando a Srta. Snobky era jovem o suficiente para frequentar uma creche e caminhar de manhã cedo no St. James Park protegida por uma governanta francesa, seguida por um gigantesco criado hirsuto com a libré cor amarelo-vivo dos Snobkys, ela costumava encontrar, em certas ocasiões, com o jovem Lord Claude Lollipop[15], filho mais novo do marquês de Sillabub[16]. De repente, no auge da temporada, por alguma causa inexplicável, os Snobky decidiram sair da cidade. A Srta. Snobky conversa com sua amiga e confidente: "O que o pobre Claude Lollipop dirá quando ouvir falar de minha ausência?", pergunta a criança de coração terno.

"Oh, talvez ele não venha a ouvir falar que você partiu", responde a confidente.

"*Minha querida, ele lerá nos jornais*", replica a pequena, elegante e querida farsante de sete anos de idade. Ela

---

15. *Lollipop*: pirulito.

16. *Sillabub*: bebida preparada com vinho, açúcar e canela.

já sabia de sua importância, e que todos na Inglaterra, todas as pretensas pessoas da alta sociedade, todos os veneradores das festas reais, todos os tagarelas, todas as senhoras de vendeiros, as senhoras de alfaiates, as senhoras de advogados e mercadores, e as pessoas que vivem em Clapham e na Brunswick Square[17] – que têm tantas chances de ter relações com um Snobky quanto meu amado leitor tem de jantar com o imperador da China – observam com interesse os movimentos dos Snobkys e ficam excitadíssimos em saber quando eles chegam e partem de Londres.

Aqui está o relato dos jornais sobre o vestido de Srta. Snobky e o de sua mãe, Lady Snobky:

SRTA. SNOBKY

Habit de Cour, consistindo em um vestido de gaze amarelo-nanquim sobre uma anágua de delicado veludo verde-ervilha, ornado *en tablier* com buquês de couve-de-bruxelas; o corpo e mangas lindamente adornados com calimanco, e festonado com uma cauda rosa e rabanetes brancos. Ornato de cabeça, cenouras e babados.

LADY SNOBKY

Costume de Cour, composto de uma cauda da mais soberba bandana de Pequim, elegantemente guarnecido de lantejoulas, folhas de estanho e fita vermelha. Corpete e anágua de veludo azul celeste, guarnecidos com *bouffants* e laços. O peitinho, um brioche. Ornato de cabeça, um ninho com uma ave do paraíso sobre uma linda argola de latão *en ferronière*. Esse esplêndido traje, de Madame Crinoline, da Regent Street, foi objeto de admiração universal.

---

17. *Clapham (Commons) e Brunswick Square*: bairros de Londres onde reside a pequena burguesia.

Foi o que você leu. Oh, Sra. Ellis! Oh, mães, filhas, tias, avós da Inglaterra, é esse o gênero de literatura que escrevem nos jornais para vocês! Como vocês poderão deixar de ser mães, filhas etc., dos esnobes, enquanto essa lengalenga for colocada à sua frente?

Enfia-se o pezinho róseo de uma jovem dama chinesa elegante em um chinelo que tem mais ou menos o tamanho de um saleiro, e mantêm-se os pobres dedos aprisionados ali e torcidos para cima durante tanto tempo que a pequenez se torna irremediável. Mais tarde, o pé não se expandirá ao tamanho natural, mesmo que receba uma tina de lavar como sapato e, pelo resto da vida, ela terá pés pequenos e será uma aleijada. Oh, minha cara Srta. Wiggins, agradeça a sua boa estrela por esses seus lindos pés – embora eu declare que, quando você caminha, eles são tão pequenos a ponto de quase serem invisíveis – agradeça a sua boa estrela que a sociedade nunca os tenha adestrado à maneira chinesa; mas olhe à sua volta e veja quantas amigas suas, dos círculos mais altos, tiveram os *cérebros* espremidos e retorcidos de modo tão prematuro e incorrigível.

Como se pode esperar que essas pobres criaturas andem com naturalidade, quando o mundo e seus pais as mutilaram com tanta crueldade? Enquanto existirem as *Notícias da Corte*, não existe possibilidade de as pessoas, cujos nomes são ali registrados, acreditarem que são iguais à raça servil que todos os dias lê esse lixo abominável. Creio que o nosso é o único país do mundo em que as *Notícias da Corte* continuam em pleno florescimento. Ali se lê: "hoje Sua Alteza Real, o Príncipe Pattypan,[18] estava tomando ar fresco em sua cadeirinha de passeio"; "a princesa Pimminy deu uma volta de carruagem, assistida por suas damas de honra e acompanhada por sua boneca" etc. etc. etc. Rimos da solenidade com que Saint Simon anuncia que *Sa Majesté se médicamente aujourd'hui*. A mesma tolice continua

---

18. *Patty pan*: fôrma de empada.

acontecendo todos os dias diante de nossos narizes. Esse homem maravilhoso e misterioso, o autor das *Notícias da Corte*, abastece toda noite com sua mercadoria as redações de jornal. Uma vez pedi ao editor de um jornal que me permitisse esperar para vê-lo.

Disseram-me que em um certo reino em que há um príncipe-consorte alemão (deve ser Portugal, pois a rainha daquele país casou com um príncipe alemão, a quem os nativos admiram e respeitam muito), sempre que este consorte vai se divertir atirando na coelheira de Cintra, ou nos faisões de tapada de Mafra, leva um guarda para carregar as armas. Como se fosse a coisa mais natural do mundo, o guarda passa as armas ao cavalariço e é este que as entrega ao príncipe que, depois de disparar, devolve a arma descarregada ao cavalariço, que passa ao guarda e assim por diante. Mas o príncipe *não pega a arma diretamente das mãos do carregador*.

Enquanto continuar essa etiqueta artificial e monstruosa, os esnobes existirão. As três pessoas engajadas nessa transação são, temporariamente, esnobes.

I. O guarda – o menos esnobe de todos porque está cumprindo seu dever diário; mas aparece aqui como esnobe, quer dizer, em uma posição de aviltamento diante de outro ser humano (o príncipe), com quem ele só tem permissão de se comunicar através de uma outra parte. Um guarda-caça português livre que se autoprofessa indigno de ter uma comunicação direta com qualquer pessoa, confessa que é um esnobe.

II. O cavalariço é um esnobe. Se degrada o príncipe receber a arma do guarda-caça, é degradante para o cavalariço executar esse serviço. Ele age como um esnobe em relação ao guarda, a quem impede de se comunicar com o príncipe – um esnobe em relação ao príncipe, a quem ele presta uma deferência degradante.

III. O príncipe-consorte de Portugal é um esnobe por insultar semelhantes dessa maneira. Não há nenhum mal em aceitar os serviços diretos do guarda; mas indiretamente ele insulta o serviço realizado e os dois criados que o realizam; por conseguinte, digo com todo respeito, ele é, sem nenhuma dúvida, um esnobe real.

E depois se lê no *Diario do Goberno*: "Ontem, Sua Majestade o Rei foi divertir-se atirando nos bosques de Cintra, assistido pelo Coronel o Honorável Whiskerando Sombrero. Sua Majestade retornou a Necessidades para almoçar às etc. etc."

Oh, essas *Notícias da Corte*! mais uma vez, eu exclamo. Abaixo as *Notícias da Corte* – essa máquina propagadora do esnobismo! Prometo assinar por um ano qualquer jornal diário que saia sem as *Notícias da Corte* – mesmo que seja o próprio *Morning Herald*. Quando leio esse lixo, encho-me de fúria; sinto-me desleal, um regicida, um membro do Clube dos Cabeças de Bagre. O único artigo das *Notícias da Corte* que me agradou foi sobre o rei da Espanha, que incendiou-se todo, porque não houve tempo para o primeiro-ministro ordenar a Lord Chamberlain que mandasse o grande Coronel da Guarda Real exigir que o primeiro pajem dissesse ao chefe dos criados que pedisse à Criada de Honra que levasse um balde d'água para apagar Sua Majestade.

Sou como o paxá de três séquitos, a quem o sultão envia suas *Notícias da Corte*: a corda de estrangular.

Isso me deixou *sufocado*. Que esse costume seja abolido para sempre.

Capítulo V

O que os esnobes admiram

Agora vamos constatar como é difícil, mesmo para os grandes homens, escapar de ser esnobe. Está muito bem que o leitor, cujos puros sentimentos repugnam-se com a afirmação de que reis, príncipes e lordes são esnobes diga "é evidente que você mesmo é um esnobe. Ao professar descrever os esnobes, é apenas sua própria careta horrível que você está reproduzindo com vaidade e estultice narcisísticas". Mas perdoarei essa explosão de mau humor de parte de meu fiel leitor, refletindo sobre o infortúnio de seu nascimento e país. Talvez seja impossível para qualquer bretão não ser esnobe em algum grau. Se as pessoas conseguirem convencer-se desse fato, já teremos avançado bastante, sem dúvida. Se eu assinalei a doença, vamos esperar que outras personalidades científicas possam descobrir o remédio.

Se você, que é uma pessoa das classes médias da vida, é um esnobe – você a quem ninguém particularmente bajula; você que não tem lisonjeadores; você a quem nenhum criado servil ou caixeiro reverencia na rua; você a quem a polícia manda circular; você que é empurrado em meio à multidão e entre seus confrades esnobes – pense no quanto é mais difícil escapar de ser esnobe para um homem que não tem estas vantagens, e que durante toda a vida foi objeto de adulação; o alvo das maldades; pense no quanto é difícil para o ídolo dos esnobes não ser esnobe.

Enquanto eu conversava com meu amigo Eugênio desse modo comovente, passou por nós Lord Buckram[19], filho do marquês de Bagwig, e bateu na porta da mansão da família em Red Lion Square. Como todos sabem, seus no-

---

19. *Buckram*: bocaxim; formal, emproado.

bres pai e mãe ocuparam altos postos nas Cortes dos falecidos soberanos. O marquês era Lorde de Despensa e sua senhora, Lady do Quartinho de Maquiagem da rainha Carlota. Buck[20] (como eu o chamo, pois somos muito próximos) me deu um aceno ao passar, e eu segui demonstrando a Eugênio como era impossível que aquele nobre não fosse um dos nossos, tendo sido exercitado nisso por esnobes durante toda sua vida.

Seus pais resolveram dar-lhe uma educação de *public school*[21] e mandaram-no para a escola o mais cedo possível. O reverendo Otto Rose, doutor em teologia, diretor da Academia Preparatória para jovens nobres e cavalheiros, Richmond Lodge, tomou a mão desse pequeno lorde, caiu de joelhos e venerou-o. Sempre o apresentava aos pais e mães que iam visitar os filhos na escola. Referia-se com orgulho e prazer ao mais nobre marquês de Bagwig como sendo um dos amáveis amigos e patronos de seu seminário. Tornou Lord Buckram uma isca para tal multiplicidade de pupilos que uma nova ala foi construída em Richmond Lodge e trinta e cinco novas caminhas de fustão branco foram acrescidas ao estabelecimento. A Sra. Rose, quando fazia visitas, costumava levar o pequeno lorde de carruagem fazendo a senhora do reitor e a esposa do cirurgião quase morrerem de inveja. Quando seu próprio filho e Lord Buckram foram descobertos roubando juntos em um pomar, o doutor chicoteou a carne de sua carne da maneira mais impiedosa, por estar desencaminhando o jovem lorde. Separou-se dele com lágrimas nos olhos. Havia sempre uma carta, dirigida ao Mais Nobre Marquês de Bagwig, "casualmente", em cima da mesa do gabinete do doutor quando algum visitante era recebido por ele.

---

20. *Buck*: gamo, cervo; bode; também no sentido de dândi, almofadinha, janota.
21. *Public school*: escola secundária particular, muito cara e bem considerada. As crianças são ali preparadas para o curso universitário ou para o serviço público.

Em Eton, uma grande parte do esnobismo de Lord Buckram foi podada e ele apanhou com vara de marmelo, com total imparcialidade. Mesmo ali, entretanto, ele era seguido por um seleto grupo de puxa-sacos principiantes. O jovem Creso emprestou-lhe vinte e três moedas de ouro novinhas em folha, tiradas do banco do pai. O jovem Snaily[22] fazia os deveres para ele e tentava "conhecê-lo na intimidade"; mas o jovem Bull[23] venceu-o em uma luta de cinquenta e cinco minutos, e ele recebeu várias surras de vara de marmelo com bom proveito, por não ter lustrado de modo adequado os sapatos do veterano Smith. Nem *todos* os garotos são bajuladores no início da vida.

Mas quando foi para a universidade, multidões de bajuladores caíram em cima dele. Os tutores o bajulavam. Os colegas do prédio faziam-lhe elogios desajeitados. O deão jamais notava sua ausência na capela, nem ouvia qualquer barulho vindo de seus aposentos. Uma série de jovens colegas respeitáveis (é, entre os repeitáveis, a classe da Baker Street[24], em que o esnobismo floresce mais do que em qualquer outro grupo de pessoas da Inglaterra), uma série deles grudava-se a ele como sanguessugas. Agora, Creso não tinha limite para lhe emprestar dinheiro, e Buckram não podia sair a cavalo sem que Snaily (uma criatura tímida por natureza) participasse da expedição e transpusesse qualquer obstáculo que o amigo escolhesse galgar. O jovem Rose entrou para a mesma universidade, como vontade expressa de seu pai. Ele gastou um quarto da mesada num único jantar para Buckram; mas sabia que por tal causa sempre haveria perdão para ele pela extravagância; e a soma de dez libras sempre lhe chegava de casa quando mencionava o nome Bu-

---

22. *Snaily*: de snail, lesma.

23. *Bull*: touro.

24. *Baker Street*: rua situada a meio caminho entre a *City* e os bairros aristocráticos de *West End*, tradicionalmente habitada pela burguesia e profissionais liberais.

ckram em uma carta. Não sei que frenéticas visões invadiam o cérebro da Sra. Podge e da Srta. Podge, esposa e filha do diretor da universidade de Lord Buckram, mas sei que o velho e respeitável cavalheiro era por natureza profundamente servil para pensar, mesmo por um minuto, que uma menina sua pudesse casar com um nobre. Por conseguinte, apressou a união de sua filha com o Prof. Crab[25].

Quando Lord Buckram, após tirar seu honorável diploma (pois a Alma Mater também é esnobe e bajula um lord como o resto) – quando Lord Buckram foi para o exterior terminar sua educação, todos vocês sabem os perigos que ele correu, e a quantidade de barretes doutorais que puseram nele. Lady Leach[26] e suas filhas seguiram-no de Paris a Roma, e de Roma até Baden-Baden; a Srta. Leggitt caiu em prantos à sua frente quando ele anunciou sua determinação de deixar Nápoles, e desmaiou no colo da mãe; o capitão Macdragon, da cidade de Macdragon, condado de Tipperary, foi vê-lo para que ele "ixplicassi suas intinções com respeitu a sua irmã, Srta. Amalia Macdragon, da cidade de Macdragon", e sugeriu que atiraria nele, a menos que ele se casasse com aquela imaculada e linda criatura, que mais tarde foi levada ao altar pelo Sr. Muff[27], em Cheltenham. Se a perseverança e quarenta mil libras o tivessem tentado, sem dúvida a Srta. Lyda Creso teria se tornado Lady Buckram. O conde Towrowski ficou contente em aceitá-la pela metade do dinheiro, como todo mundo da sociedade sabe.

E agora, talvez, o leitor esteja ansioso para saber que tipo de homem é esse que feriu tantos corações de mulheres e que tem sido um prodigioso favorito entre os homens. Se fôssemos descrevê-lo, seria pessoal. Além disso, não tem a menor importância que tipo de homem ele é, ou quais são suas qualidades pessoais.

---

25. *Crab*: caranguejo, siri. Coloquialmente, pessoa rabugenta.
26. *Leach*: lixívia.
27. *Muff*: desastrado, desajeitado.

Suponhamos que ele seja um jovem nobre com talento literário e que tenha publicado poemas, sempre muito tolos e medíocres, os esnobes comprariam milhares de seus exemplares; os editores (que recusaram meu Flores-da-Paixão e meu grande Épico a qualquer preço) lhe dariam o que merece. Suponhamos que seja um nobre de talento jovial e que tenha gosto por arrancar aldravas e frequentar taberna, quase matando policiais: o público simpatizaria de boa vontade com suas diversões e diria que ele é um sujeito amável e honesto. Suponhamos que ele seja viciado em jogo e no turfe e adore trapacear e, ainda, em certas ocasiões, se digne a depenar um trouxa nas cartas; mesmo assim, o público o perdoaria, e muitas pessoas honestas o cortejariam, como cortejariam um arrombador se este fosse um lorde. Suponhamos que ele seja um idiota; ainda assim, pela gloriosa constituição, ele é bom o bastante para *nos* governar. Suponhamos que seja um cavalheiro honesto e magnânimo; tanto melhor para ele. Mas ele pode ser um asno e, ainda assim, ser respeitado; ou um cafetão e, ainda assim, ser muitíssimo popular; ou um velhaco, mesmo assim se encontrariam desculpas para ele. Os esnobes continuariam venerando-o. Os machos esnobes o honrariam, e as fêmeas esnobes o olhariam com ternura, por mais horrível que ele fosse.

CAPÍTULO VI

SOBRE ALGUNS ESNOBES RESPEITÁVEIS

Tendo recebido um grande número de reprovações por colocar monarcas, príncipes e a respeitada nobreza na categoria de esnobes, acredito contentar a todos no presente capítulo, dando minha firme opinião de que é entre as classes *respeitáveis* deste vasto e feliz império que encontramos a maior profusão de esnobes. Ando em minha amada Baker Street (estou incumbido de uma biografia de Baker, fundador dessa celebrada rua), caminho pela Harley Street (onde uma em cada duas casas tem um brasão), pela Wimpole Street, que é tão alegre quanto as Catacumbas – um sombrio mausoléu para a gente da cidade; perambulo pelo Regent's Park, onde o reboco está caindo das paredes das casas, onde pregadores metodistas estão falando para três crianças pequenas no cercado verde, e gordos valetudinários caminham pesadamente por caminhos lamacentos; traço os duvidosos zigue-zagues de May Fair, onde a carruagem fechada da Sra. Kitty Lorimer pode ser vista encostando na porta da velha carruagem em forma de losango da família de Lady Lollipop; passeio por Belgravia, esse distrito pálido e polido, onde todos os habitantes parecem empertigados e corretos e as mansões são pintadas de um leve marrom-claro; perco-me nas novas praças e terraços da brilhante linha, novinha em folha, entre Bayswater e Tyburn; e em todos esses distritos ocorre-me a mesma verdade. Paro diante de qualquer casa ao acaso e digo "oh, casa, você é habitada... oh, aldrava, você é batida... oh, criado em trajes caseiros, que bronzeia as preguiçosas panturrilhas encostado na grade de ferro, você é pago... por esnobes". Um terrível pensamento; e é quase suficiente para levar à loucura uma mente caridosa pensar que talvez não exista nenhuma em dez dessas casas, onde o *Nobreza* não esteja sobre a mesa da sala de visitas. Considerando-se o dano que esse livro tolo e mentiroso causa, todos os exemplares deviam ser queimados, assim como o barbeiro queimou todos os livros de Quixote sobre a farsa da cavalaria.

Olhem essa grande casa no meio da praça. O conde de Loughcorrib mora ali; ganha cinquenta mil por ano. O *déjeneur dansant* dado naquela casa na semana passada custou sabe-se lá quanto. Só as flores da sala e os buquês para as senhoras custaram quatrocentas libras. O homem de calças de lã grossa que desce as escadas gritando é um credor importuno: Lord Loughcorrib arruinou-o e não quer vê-lo; lá está o lorde espreitando-o através da cortina do gabinete. Segue teu caminho, Loughcorrib, esnobe ardiloso, embusteiro sem coração, hipócrita da hospitalidade; um velhaco que se faz passar por alguém que não é; mas estou ficando eloquente demais.

Vocês veem aquela linda casa, a nº 23, onde o rapaz do açougue está tocando a campainha da entrada de serviço. Ele leva três costeletas de carneiro na bandeja. São para a janta de uma família muito diferente e respeitável; para Lady Susan Scraper[28] e suas filhas, a Srta. Scraper e a Srta. Emily Scraper. Os criados, para sorte deles, trabalham em troca de casa e comida – dois enormes lacaios de libré azul-claro e amarelo, um cocheiro gordo e calmo que é metodista e um mordomo que jamais teria ficado com a família, mas que era ordenança do general Scraper quando este distinguiu-se em Walcheren. Sua viúva enviou seu retrato para o *United Service Club*, e está pendurado em um dos toucadores dos fundos. Ele está representado em uma janela com cortinas vermelhas; ao longe há um redemoinho em meio ao qual os canhões atiram; e ele está apontando para um mapa no qual estão escritas as palavras "Walcheren, Tobago".

---

28. *Scraper*: sovina.

Como todo mundo sabe por referência na "Bíblia Britânica", Lady Susan é filha do grande e bondoso conde de Bagwig antes mencionado. Ela pensa que tudo que lhe pertence é o maior e melhor do mundo. Claro que os melhores homens são os Buckram, sua própria raça; em seguida na escala vêm os Scraper. O general foi o maior general; seu primogênito, Scraper Buckram Scraper, é no momento o maior e melhor; seu segundo filho é o seguinte maior e melhor; e ela própria, o paradigma das mulheres.

De fato, ela é a mais respeitável e honorável mulher. Frequenta a igreja, claro; ela imagina que se não o fizesse a Igreja correria perigo. Ela dá contribuições para as obras de caridade da igreja e da paróquia; e é diretora de muitas meritórias instituições de caridade – da Maternidade Rainha Carlota, do Asilo das Lavadeiras, do Lar das Filhas dos Tambores Britânicos etc. etc. É um modelo de matrona.

Ainda não nasceu comerciante que pudesse dizer que suas contas não foram pagas no trimestre. Os mendigos da vizinhança a evitam como a uma peste; pois quando ela sai de casa protegida por John, esse criado tem sempre à mão dois ou três cartões de mendicância prontos para necessitados merecedores. Dez guinéus ao ano pagam todas as suas caridades. Não existe nenhuma lady respeitável em toda Londres que tenha seu nome impresso com mais frequência por tal quantia.

Essas três costeletas de carneiro que você vê entrando pela porta da cozinha serão servidas na baixela da família às sete horas da noite, estando presentes o enorme criado e o mordomo de preto e os brasões e armas dos Scraper brilhando em toda parte. Tenho pena da Srta. Emily Scraper – que ainda é jovem – jovem e faminta. Será verdade que ela gasta sua mesada com doces? Línguas maliciosas dizem isso; mas ela tem tão pouco a poupar para os doces, essa pobre alminha faminta! Pois a verdade é que quando são pagos os criados, os lacaios das senhoras, os gordos cavalos da carruagem que são alugados, os seis banquetes da temporada e as duas grandes festas solenes, o aluguel da enorme casa e a viagem à estação de águas na Inglaterra ou no exterior, no outono, a renda de minha senhora murcha, transformando-se em uma quantia bem pequena, e ela fica tão pobre quanto eu ou você.

Você não pensaria isso ao ver sua imensa carruagem passar ribombando para a recepção no palácio real, e ao vislumbrar suas plumas, babados e diamantes ondulando sobre os cabelos amarelos e o majestoso nariz aquilino de lady; você não pensaria isso ao ouvir a "carruagem de Lady Susan Scraper" uivar à meia-noite como que para perturbar todo Belgravia; você não pensaria isso quando ela passa farfalhando em direção à igreja, seguida pelo obsequioso John com a bolsa de livros de oração. É possível, você diria, que uma personagem tão grandiosa e respeitável como essa possa ter problemas de dinheiro? Que pena, assim é.

Ela nunca ouviu a palavra esnobe, dou minha palavra, nesse mundo malvado e vulgar. E, oh estrelas e insígnias, como ela se assustaria se ouvisse que ela – tão solene como Minerva – ela, tão casta como Diana (sem a propensão pagã da deusa aos esportes de campo) – que ela também é esnobe!

Ela é esnobe enquanto colocar esse prodigioso valor sobre si mesma, sobre seu nome, sobre sua aparência externa, e entregar-se a essa pomposidade intolerável, enquanto exibir-se no exterior, como Salomão em toda sua glória; enquanto for para a cama – como acredito que vai – com um turbante e uma ave do paraíso nele, e um séquito da corte em sua camisola; enquanto for tão intoleravelmente virtuosa e condescendente; enquanto não reduzir a despesa de pelo menos um desses criados, aplicando-a em costeletas de carneiro em prol das jovens senhoritas.

Tenho informações sobre ela através de meu velho colega de escola, seu filho Sydney Scraper – um advogado da corte de justiça sem nenhuma prática – o mais plácido, polido e gentil dos esnobes, que jamais ultrapassou sua mesada de duzentos por ano e que pode se visto todas a noites no *Oxford and Cambridge Club*, sorrindo por trás da *Quarterly Review*, no gozo inocente de seu cálice de porto.

Capítulo VII

Sobre alguns esnobes respeitáveis

Olhe para a casa vizinha à de Lady Susan Scraper. A primeira mansão com toldo sobre a porta; essa coberta será baixada hoje à noite para a satisfação dos amigos de Sir Alured e de Lady S. de Mogyns, cujas festas são tão admiradas pelo público e pelos próprios anfitriões.

Librés cor de pêssego com laços prateados e calças de pelúcia verde-ervilha conferem aos criados dos De Mogyns um destaque especial quando eles aparecem no Hyde Park, onde Lady de Mogyns, sentada em suas almofadas de cetim com o *spaniel* anão em seus braços, só faz reverência aos mais seletos da sociedade. A situação está alterada agora para Mary Anne ou, como ela se autodenomina, Marian de Mogyns.

Ela é filha do capitão Flack, dos Milicianos de Rathdrum[29], que com seu regimento atravessou da Irlanda a Caermarthenshire[30] há muitos anos e defendeu Gales do invasor Corso[31]. Os Rathdrum aquartelaram-se em Pontydwdlm[32], onde Marian cortejou e ganhou seu De Mogyns, um jovem banqueiro do lugar. Os galanteios que fez à Srta. Flack em um baile das corridas foram tamanhos que o pai dela disse que De Mogyns tinha que morrer no campo de honra ou tornar-se seu genro. Ele preferiu o casamento. Na época, seu nome era Muggins[33] e seu pai – próspero banqueiro, fornecedor do exército, contrabandista e especula-

---

29. *Rathdrum*: cidade da Irlanda.

30. *Caermarthenshire*: condado do País de Gales.

31. *O invasor Corso*: Napoleão.

32. *Pontydwdlm*: lugar fictício; brincadeira de Thackeray com a ortografia dos nomes gauleses.

33. *Muggins*: simplório, bobo.

dor em geral – quase deserdou-o por conta dessa relação. Há uma história que diz que o velho Muggins foi feito baronete por ter emprestado dinheiro a uma figura da realeza. Não acredito. A Família Real sempre pagou suas dívidas, do Príncipe de Gales para baixo.

Seja como for, até o fim da vida ele permaneceu sendo um simples Sir Thomas Muggins, representando Pontydwdlm no Parlamento durante muitos anos após a guerra. O velho banqueiro morreu no decorrer do tempo e, para usar uma expressão afetuosa, "presenteou" generosamente seus herdeiros. Seu filho, Alfred Smith Mogyns, conseguiu a porção principal de sua riqueza, de seus títulos e da ensanguentada mão de seu escudo. Só muitos anos depois foi que ele apareceu como Sir Alured Mogyns Smith de Mogyns, com uma genealogia descoberta para ele pelo editor da *Nobreza ao Acaso*, e que aparece nessa obra da seguinte maneira:

"De Mogyns. Sir Alured Mogyns Smith, 2º baronete. Esse cavalheiro é um representante de uma das famílias mais antigas de Gales, cuja linhagem remonta até perder-se nas névoas da antiguidade. Uma árvore genealógica que começa com Sem[34] está em posse da família e uma lenda que data de muitos milhares de anos afirma que foi desenhada em papiro por um neto do próprio patriarca. Seja como for, não pode haver nenhuma dúvida da imensa antiguidade da linhagem dos Mogyns.

"No tempo de Boadicea[35], Hogyn Mogyn, dos cem Bifes, era pretendente e rival de Caractacus pela mão da princesa. Era uma pessoa de estatura gigantesca e foi assassinado por Suetonius na batalha que pôs fim aos abusos na Bretanha. São descendentes diretos dele os Príncipes de Pontydwdlm, Mogyn da Harpa de Ouro, (veja o *Mabinogion* de Lady Carlota Guest), Bogyn-Merodac-

---

34. *Sem*: primeiro filho de Noé.

35. *Boadicea*: rainha lendária, fundadora da Irlanda.

ap-Mogyn (o demônio negro, filho de Mogyn), e uma longa relação de bardos e guerreiros, celebrada tanto em Gales como na Armórica. Os independentes príncipes De Mogyn resistiram um longo tempo contra os implacáveis reis da Inglaterra, até que no final Gam Mogyn submeteu-se ao príncipe Henrique, filho de Herique IV, e com o nome de Sir David Gam de Mogyns distinguiu-se na batalha de Agincourt. O atual baronete é descendente dele. (E aqui a descendência segue em ordem até chegar a) Thomas Muggins, primeiro baronete do castelo de Pontydwdlm, durante 23 anos membro do Parlamento por essa ciscunscrição, que teve como herdeiro Alured Mogyns Smyth, o atual baronete, que casou com Marian, filha do finado general P. Flack, de Ballyflack, no Reino da Irlanda, dos condes Flack da Câmara dos Deputados do Império. Sir Alured tem como herdeiros Alured Caradoc, nascido em 1819, Marian, 1811, Blanche Adeliza, Emily Doria, Adelaide Obleans, Katinka Rostopchin e Patrick Flack, morto em 1809.

"Brasão – uma barra vertical adulterada, goles sobre um sautor virado em sentido contrário do segundo. Timbre – um canário-da-terra em rampante observador. Consigna – *Ung Roy ung Mogyns*."

Foi muito tempo antes de Lady de Mogyns brilhar como uma estrela na alta sociedade. A princípio, o pobre Muggins estava nas mãos dos Flack, dos Clancy, dos Toole, dos Shanahan, a parentela irlandesa de sua esposa; e enquanto ele nada mais era que o suposto herdeiro, sua casa transbordava de clarete e do néctar nacional, para a satisfação de seus parentes irlandeses. Tom Tufto deixou definitivamente a rua em que eles moravam em Londres, porque, como disse, "estava infestada com o cheiro abominável do uísque da casa daquela gente irlandesa".

Foi no exterior que eles aprenderam a ser polidos. Investiram contra todas as cortes estrangeiras e abriram caminho a cotoveladas até os salões dos embaixadores. Lançaram-se sobre a nobreza errante e agarraram jovens lordes que viajavam com seus tutores. Deram festas em Nápoles, Roma e Paris. Conseguiram que um Príncipe comparecesse às suas *soirées* nessa última cidade, e foi lá que apareceram pela primeira vez com o nome De Mogyns, que usam com tanto esplendor até os dias de hoje.

São contados todos os tipos de história sobre os esforços desesperados feitos pela indomável Lady de Mogyns para ganhar o espaço que agora ocupa, e meus amados leitores que fazem parte da classe média e desconhecem as lutas frenéticas, as cruéis rixas familiares, as intrigas, conspirações e decepções que, como me é dado compreender, reinam na alta sociedade, devem dar graças às suas estrelas por pelo menos não serem esnobes da *alta sociedade*. As intrigas tramadas pelos De Mogyns para atrair a duquesa de Buckskin[36] para suas festas deixariam um Talleyrand cheio de admiração. Ela teve meningite após ter sido privada de um convite para o *thé dansant* de Lady Aldermanbury, e teria cometido o suicídio não fosse um baile em Windsor. Ouvi a seguinte história contada por minha nobre amiga Lady Clapperclaw[37] – ou seja Lady Kathleen O'Shaughnessy, filha do conde de Turfanthunder[38]:

"Na época em que essa horrível irlandesa fingida, Lady Muggins, estava lutando para ocupar seu espaço no mundo e apresentava sua horrenda filha Blanche", disse a velha Lady Clapperclaw, "(Marian era corcunda e não aparecia, mas é a única dama da família) – quando essa desprezível Polly Muggins apresentava Blanche com seu nariz de

---

36. *Buckskin*: literalmente, pele de veado ou gamo; também poderia significar calças de couro.

37. *Clapperclaw*: agredir, insultar, xingar.

38. *Turfanthunder*: junção das palavras corrida (de cavalos) e trovão; todo este trecho apresenta uma sucessão de jogos de palavras.

rabanete, seu cabelo de cenoura e seu rosto de cebola, estava muito ansiosa – já que seu pai tinha sido vaqueiro nas terras de meu pai – para ser apadrinhada por nós e me perguntou sem rodeios, em meio a um silêncio na casa do conde de Volauvent, no jantar do embaixador francês, por que eu não lhe enviava um convite para meu baile.

"– Porque meus salões já estão cheios demais e minha cara dama ficaria espremida de maneira inconveniente – eu disse; realmente, ela ocupa tanto espaço quanto um elefante; além disso, eu não a queria e isso era tudo.

"Pensei que minha resposta tinha sido decisiva, mas no dia seguinte ela veio chorando a meus braços.

"– Querida Lady Clapperclaw – ela disse – não é para *mim*; estou pedindo para minha abençoada Blanche! Uma jovem criatura na primeira temporada, e que não vai a seu baile! Minha terna criança vai definhar e morrer de vexame. *Eu* não quero ir. Ficarei em casa cuidando da gota de Sir Alured. Sei que a Sra. Bolster[39] irá, ela será a dama de companhia de Blanche.

"– Você não contribuiu para o fundo de cobertor e batatas de Rathdrum; você, que saiu da paróquia – eu disse – e cujo avô, homem honesto, tinha vacas aqui.

"– Vinte guinéus seriam suficientes, cara Lady Clapperclaw?

"– Vinte guinéus são suficientes – eu disse; ela pagou e então eu disse: – Blanche pode ir, mas não você, lembre-se – e ela me deixou com uma palavra de agradecimento.

"Dá para acreditar? Quando houve meu baile, a horrível mulher apareceu com a filha.

"– Eu não lhe falei para não vir? – eu disse com forte paixão.

"– O que o mundo iria dizer? – bradou Lady Muggins – Minha carruagem partiu com Sir Alured para o clube; deixe-me ficar apenas dez minutos, cara Lady Clapperclaw.

---

39. *Bolster*: proteger, defender.

"– Bem, já que está aqui, madame, pode ficar e jantar – eu respondi; e então deixei-a, e não voltei a falar uma palavra com ela toda noite.

"Pois bem", gritou a velha Lady Clapperclaw, batendo palmas e falando com mais sotaque irlandês do que antes, "o que você acha que, depois de toda minha gentileza, a neta *nouveau-riche* de um vaqueiro, essa mulher má, vulgar, odiosa e descarada fez? Ontem ela me ignorou no Hy'Park e não me enviou um convite para seu baile de hoje à noite, embora digam que o príncipe George estará presente."

Sim, esse é o fato. Na corrida da sociedade, a resoluta e ativa De Mogyns ultrapassou a pobre e velha Clapperclaw. Seu progresso na alta sociedade pode ser visto nos grupos de amigos que ela cortejou, fez, cortou e deixou para trás. Ela lutou com muita coragem pela posição que acabou conquistando; chutando a escada para baixo sem piedade à medida que avançava degrau por degrau.

Os parentes irlandeses foram os primeiros a ser sacrificados; ela fez o pai jantar no quarto do administrador, para o perfeito contentamento deste; e do mesmo modo teria enviado Sir Alured para lá, mas ele é um cabide no qual ela espera pendurar suas futuras honras e é, afinal de contas, administrador dos bens da filha. Ele é dócil e contente. Tem sido um cavalheiro há tanto tempo que se acostumou com isso e interpreta muito bem o papel de regente. Durante o dia, ele vai do *Union* ao *Arthur's* e do *Arthur's* ao *Union*. Tem péssima mão para as cartas e perde quantias generosas para alguns colegas jovens, jogando uíste, no *Travellers*.

O filho assumiu o assento do pai no Parlamento, e, claro, entrou para o Jovem Inglaterra. É o único homem do país que acredita nos De Mogyns e suspira pelo dia em que um De Mogyns conduziu a bandeira da batalha. Escreveu um pequeno tomo de poemas apaixonadamente fracos. Usa um cacho de cabelo de Laud, o Confessor e Mártir, e desmaiou quando beijou o pé do Papa em Roma. Dorme de luvas de pelica branca e comete perigosos excessos com o chá verde.

Capítulo VIII

Esnobes da cidade grande

Não há como disfarçar o fato de que esta série de artigos está causando uma extraordinária sensação em todas as classes deste Império. Bilhetes de admiração (!), de interrogação (?), de protesto, aprovação ou abuso chovem na caixa do Sr. *Punch*. Temos sido repreendidos por revelar os segredos das três diferentes famílias De Mogyns; nada menos que quatro ladies Susan Scraper foram descobertas; e jovens cavalheiros têm muito receio em pedir um cálice de porto e sorrir de modo afetado por trás da *Quarterly Rewiew* no clube, com medo de serem confundidos com o Ilmo. Sydney Scraper. "O que *pode* ser sua antipatia contra a Baker Street?", pergunta um justo queixoso, evidentemente escrevendo desse bairro.

"Por que atacar apenas os esnobes aristocráticos?", diz um estimado correspondente; "os esnobes arrogantes não devem ter sua vez?" – "Ataque os esnobes da universidade!", escreve um indignado cavalheiro. "Desmascare o esnobe clérigo", sugere um outro. "Estando no *Meurice's Hotel*, em Paris, há algum tempo", conta alguém por aí, "vi Lord B inclinar-se para fora da janela com as botas nas mãos e berrar: *Garçon, cirez-moi ces bottes*. Ele não deveria ser incluído entre os esnobes?"

Não; longe disso. Se as botas de sua senhoria estão sujas, é porque ele é Lord B e caminha. Não há nada de esnobe em se ter apenas um par de botas, ou um par predileto; e, sem dúvida, não há nada de esnobe em se desejar que elas sejam limpas. Ao fazer isso, Lord B realizou uma ação perfeitamente natural e cavalheiresca; pela qual fiquei tão contente com ele que mandei desenhá-lo em uma atitude favorável e elegante e o coloquei no cabeçalho deste capítulo, no lugar de honra. Não, não estamos sendo pessoais nessas cândidas observações. Assim como Fídias selecionou um grupo de beldades antes de concluir uma Vênus, somos obrigados a examinar, talvez, mil esnobes antes de um deles ser representado sobre papel.

Os esnobes da cidade grande são os próximos na hierarquia e devem ser considerados. Mas há uma dificuldade aqui. Em geral, o esnobe da cidade grande é o de acesso mais difícil. A menos que você seja um capitalista, não pode visitá-lo durante os recessos em seu gabinete no banco, na Lombard Street. A não ser que você seja um rebento da nobreza, haverá pouca esperança de vê-lo em casa. Na empresa do esnobe da cidade grande há, em geral, um sócio cujo nome aparece nos trabalhos de caridade e que frequenta o Exeter Hall; você pode avistar um outro (um cientista esnobe da cidade grande) nas *soirées* de milorde N., ou nas conferências da *London Institution*; um terceiro (um esnobe de bom gosto da cidade grande) nos leilões de quadros, nas mostras privadas, ou na Ópera ou na Filarmônica. Mas na maioria dos casos a intimidade é impossível com esse ser grave, pomposo e terrível.

Um mero cavalheiro pode ter esperança de sentar-se à mesa de quase todo mundo, ocupar seu lugar na casa de campo do senhor duque, dançar uma quadrinha no próprio Palácio de Buckingham (adorável Lady Wilhelmina Waggle-Wiggle[40], está lembrada da sensação que causamos no baile de nossa finada e adorada soberana Carolina, na Casa Brandenburg, em Hammersmith?) – mas as portas do esnobe da cidade estão, na maioria dos casos, fechadas para ele; e, por conseguinte, tudo que se sabe sobre essa ilustre classe é, na maioria das vezes, boato.

Em outros países da Europa, o esnobe banqueiro é mais expansivo e comunicativo do que em nosso país e recebe todo mundo em seu círculo. Por exemplo, todos conhe-

---

40. *Waggle* e *Wiggle*: meneio, balanço, sacudidela.

cem a principesca hospitalidade da família Scharlaschild[41] em Paris, Nápoles, Frankfurt etc. Eles recebem todo mundo, até mesmo os pobres, em suas *fêtes*. O príncipe Polônia, em Roma, e seu irmão, o duque de Strachino, também são notáveis por sua hospitalidade. Gosto do espírito do nobre mencionado primeiro. Como os títulos não custam muito no território romano, ele fez com que o contador do banco se tornasse marquês e, em troca, o Sr. Lord arranca-lhe um *bajocco* com tanta destreza quanto qualquer cidadão. É um conforto poder recompensar esses nobres com um ou dois pence; isso faz com que o mais pobre dos homens sinta que pode fazer o bem. Os Polônia casaram com as maiores e mais antigas famílias de Roma, e o brasão heráldico deles (um cogumelo em tintura amarela sobre fundo azul-celeste) é visto em centenas de lugares da cidade, com as armas dos Collona e dos Doria.

Nossos esnobes da cidade grande têm a mesma mania de casamentos aristocráticos. Gosto de vê-los. Sou de natureza selvagem e invejosa – gosto de ver esses dois impostores que, dividindo, como dividem, entre si o império social deste reino, se odeiam com naturalidade, fazendo trégua e unindo-se pelos sórdidos interesses mútuos. Gosto de ver um velho aristocrata inchar-se de orgulho da raça, o descendente de ilustres salteadores noruegueses, cujo sangue tem sido puro há séculos, e que menospreza os ingleses comuns, assim como um americano livre menospreza um negro – gosto de ver o velho Stiffneck[42] curvar a cabeça e engolir seu orgulho infernal e beber da xícara da humilhação servida pelo mordomo de Pump e Aldgate[43]. "Pump e Aldgate", ele diz, "seu avô foi pedreiro e o estipêndio dele ainda está guardado no banco. Seu *pedigree* começa em um asilo para

---

41. *Scharlaschild*: alusão aos Rothschild.

42. *Stiffneck*: literalmente, "pescoço duro".

43. *Pump e Aldgate*: brincadeira com o bairro de Aldgate na *City*, tradicional centro financeiro de Londres, onde anteriormente encontrava-se uma célebre bomba d'água (*pump*).

pobres; o meu pode ter começado em qualquer um dos palácios reais da Europa. Eu surgi com o Conquistador; sou primo de Charles Martel, Orlando Furioso, Felipe Augusto, Pedro, o Cruel, e Frederico Barbarossa. Levo em meu casaco o brasão real de Brentford. Eu o desprezo, mas quero dinheiro; e venderei para você minha amada filha, Blanche Stiffneck, por cem mil libras, para pagar minhas hipotecas. Que você se case logo com ela, que se chamará Lady Blanche Pump e Aldgate."

O velho Pump e Aldgate agarra a barganha. E uma coisa confortável é saber que a linhagem pode ser comprada com dinheiro. Assim se aprende a valorizá-la. Por que nós, que não a possuímos, haveríamos de dar um valor mais elevado a ela do que aqueles que a possuem? Talvez o melhor emprego para aquele livro, o *Nobreza*, seja examiná-lo e ver quantos compraram e venderam a linhagem – como os rebentos pobres da nobreza venderam-se de alguma forma para as filhas dos esnobes ricos da cidade, como os esnobes ricos da cidade adquiriram ladies nobres – e assim admirar a dupla baixeza da barganha.

O velho Pump e Aldgate compra o artigo e paga o dinheiro. A venda da moça é abençoada por um bispo na St. George, na Hanover Square[44], e no ano seguinte você lê, "em Roehampton, no sábado, Lady Blanche Pump deu à luz um filho e herdeiro".

Após esse interessante acontecimento, algum velho conhecido que encontrou o jovem Pump no gabinete do banco, na cidade, disse para ele em tom familiar, "como está sua esposa, Pump, meu rapaz?"

O Sr. Pump ficou extremamente intrigado e aborrecido e, após uma pausa, disse "*Lady Blanche Pump* está muito bem, obrigado".

"*Oh, pensei que ela fosse sua esposa!*", disse o grosseiro Snooks, dando-lhe adeus; e dez minutos depois, a his-

---

44. *St. George, Hanover Square*: paróquia da Londres aristocrática.

tória está em toda a Bolsa de Valores, onde é contada quando o jovem Pump aparece, nesse mesmo dia.

Podemos imaginar a vida cansativa que esse pobre Pump, esse mártir do Espírito de Cobiça, é forçado a suportar. Imagine os prazeres domésticos de um homem cuja esposa o despreza; que não pode ver seus amigos em sua própria casa; que, tendo abandonado a burguesia, ainda não foi admitido na nobreza; mas que está resignado com a rejeição, a demora e a humilhação, contente em pensar que seu filho terá mais sorte.

Costumava ser praxe em alguns clubes muito antiquados dessa cidade, quando um cavalheiro pedia que se trocasse um guinéu, sempre entregar a ele em *prata lavada*; aquela que acabara de sair das mãos do ser vulgar sendo considerada "ordinária demais para manchar os dedos de um cavalheiro". Assim, quando o dinheiro do esnobe da cidade grande foi lavado durante mais ou menos uma geração; foi lavado transformando-se em propriedades, bosques e castelos e em mansões na cidade, ele tem permissão para ser aceito como moeda aristocrática. O velho Pump varre uma loja, transmite mensagens, torna-se procurador e sócio. O segundo Pump torna-se chefe da casa, ganha cada vez mais dinheiro, casa seu filho com a filha de um conde. Pump Tertius continua com o banco; mas seu principal negócio na vida é tornar-se pai de Pump Quartus, que sai um aristocrata completo e ocupa seu assento como Barão de Pumpington, e sua linhagem governa, por hereditariedade, essa nação de esnobes.

Capítulo IX

Sobre alguns militares esnobes

Assim como nenhuma sociedade do mundo é mais agradável do que a de cavalheiros militares bem-educados e bem-informados, do mesmo modo nenhuma é mais insuportável do que a de militares esnobes. Eles podem ser encontrados em todas as patentes, do general-comandante cujo velho e acolchoado peito cintila com uma profusão de estrelas, broches e condecorações, até o alferes novato que está criando barba e recém foi designado para os lanceiros de Saxe-Coburg.

Sempre admirei essa distribuição de postos em nosso país, que estabeleceu que essa criaturinha mencionada por último (que foi chicoteado na semana passada por não saber soletrar) comandasse grandes guerreiros barbudos, que enfrentaram todos os perigos do clima e das batalhas; e que, como ele tem dinheiro para alojar-se na casa da autoridade, o colocará acima das cabeças de homens que têm mil vezes mais experiência e mérito; e que, com o decorrer do tempo, proporcionará a ele todas as honras da profissão, enquanto o veterano soldado que ele comandou só recebeu como recompensa por sua bravura um leito no Chelsea Hospital[45]; e o veterano oficial a quem ele substituiu retirou-se para uma aposentadoria miserável e terminou sua decepcionante vida com um meio-soldo miserável.

Quando leio na *Gazeta* anúncios do tipo "tenente e capitão Grig[46], dos Guardas da Artilharia, a ser capitão, no lugar de Grizzle[47], que se aposenta", sei o que será do pe-

---

45. *Chelsea Hospital*: hospital militar.
46. *Grig*: filhote de enguia.
47. *Grizzle*: grisalho.

ninsular Grizzle; sigo-o em espírito até a modesta cidade no campo, onde ele instala-se e ocupa-se com as tentativas mais desesperadas de viver como um cavalheiro, com a remuneração igual à metade do salário de um contramestre alfaiate; e imagino o pequeno Grig subindo de patente em patente, pulando de um regimento a outro, com uma patente maior em cada um deles, evitando o desagradável serviço no exterior e chegando à patente de coronel aos trinta anos; tudo porque ele tem dinheiro e Lord Grigsby é seu pai, que teve a mesma sorte antes dele. A princípio, Grig ruborizava para dar ordens a homens mais velhos, que em tudo eram melhores que ele. E assim como é muito difícil para uma criança mimada deixar de ser egoísta e arrogante, também é uma tarefa muito dura para essa criança mimada e rica não ser esnobe.

Às vezes, deve ser um motivo de surpresa para o cândido leitor o fato de o exército, a mais colossal de todas as nossas instituições políticas, ainda trabalhar tão bem no campo; e, com alegria, devemos dar a Grig e seus semelhantes o crédito pela coragem que demonstram sempre que a ocasião o exige. Os dândis regimentos do Duque lutaram tão bem como qualquer outro (eles disseram que lutaram melhor que os outros, mas isso é absurdo). O próprio grande Duque foi um dândi no passado, e dedicado, como o foi Marlborough antes dele. Mas isso só prova que os dândis são tão corajosos como outros bretões – como todos os bretões. Reconheçamos que o bem-nascido Grig viajou para as trincheiras de Sobraon com a mesma bravura do cabo Wallop, o ex-lavrador.

Os tempos de guerra são mais favoráveis a ele do que os períodos de paz. Pense na vida de Grig na Guarda da Artilharia, ou na Guarda de Jackboot; em suas marchas de Windsor a Londres, de Londres a Windsor, da Knightsbridge ao Regent's Park; nos serviços idiotas que ele tem que fazer, que consistem em inspecionar a pintura dessa companhia, ou os cavalos no estábulo, ou vociferar "soldados, sentido! Descansar!", tarefas essas que até o mortal de menor intelecto compreenderia. Os deveres profissionais de um criado são tão difíceis e variados quanto esses. Os jaquetas vermelhas, que seguram os cavalos dos cavalheiros na St. James's Street, poderiam fazer o trabalho tão bem quanto esses tenentinhos vazios, afáveis, cavalheirescos e raquíticos que podem ser vistos vadiando pela Pall Mall, com botinhas de salto alto, ou reunidos em torno do estandarte de seu regimento no pátio do palácio, às onze horas, quando a banda toca. Alguma vez o querido leitor já viu um desses jovens sujeitos cambaleando sob o peso da bandeira ou, ainda melhor, realizando a operação de saudá-la? Vale a pena ir ao palácio para testemunhar essa magnífica obra de patetice.

Tive a honra de encontrar uma ou duas vezes um velho cavalheiro que considero ser um exemplo do treinamento militar, e que serviu em excelentes regimentos ou comandou-os durante toda a vida. Refiro-me ao tenente-general, o honorável Sir George Granby Tufto. Sua conduta é impecável em geral; em sociedade ele é um perfeito cavalheiro, e o mais completo esnobe.

Um homem não deixa de ser tolo, por mais velho que seja, e Sir George é mais asno aos sessenta e oito anos do que era quando entrou para o exército, aos quinze. Ele distinguiu-se em toda parte; seu nome é mencionado com louvor em vários Noticiários; na verdade, ele é o homem cujo peito acolchoado cintilando com inúmeras condecorações já foi apresentado ao leitor. É difícil dizer que virtudes possuiu esse próspero cavalheiro. Em sua vida nunca leu um livro e, com seus velhos dedos arroxeados e artríticos, ainda escreve com caligrafia de colegial. Chegou à velhice e aos cabelos grisalhos sem ser nem um pouco respeitável. Veste-se como um jovem abusivo até hoje e põe laços e enchimentos em sua velha carcaça como se ainda fosse o belo George Tufto de 1800. É egoísta, bruto, apaixonado e glutão. É curioso observá-lo à mesa e vê-lo erguer-se, com os olhinhos injetados de sangue, exultando com a refeição. É notável o modo como diz palavrões ao conversar, e conta histórias porcas sobre a guarnição após o jantar. Por conta de sua patente e serviços, as pessoas prestam uma espécie de reverência ao velho bruto cheio de estrelas e títulos; e ele menospreza a mim e a você e demonstra seu desprezo por nós com uma franqueza estúpida e natural, que é muito divertida de se observar. Talvez se ele tivesse sido educado para uma outra profissão, não seria a velha criatura infame que é agora. Mas que outra? Ele não se ajustava a nenhuma; era incorrigivelmente preguiçoso e estúpido para qualquer ocupação que não fosse essa, na qual se distinguiu de público como oficial bom e valente e, na vida privada, pelas corridas de cavalo, por beber vinho do Porto, travar duelos e seduzir mulheres. Ele acredita ser uma das criaturas mais honradas e dignas do mundo. Você pode vê-lo, em torno da Waterloo Place, às tardes, bamboleando em suas botas envernizadas e olhando de soslaio para as mulheres que passam. Quando ele morrer de apoplexia, *The Times* publicará um quarto de coluna sobre seus serviços e batalhas – quatro linhas da publicação serão só para descrever seus títulos e condecorações – e a terra cobrirá um dos velhos mais desprezíveis, mais malvados e mais estúpidos que já andaram sobre ela.

Para que ninguém fique pensando que sou de natureza tão obstinada e misantrópica que não me satisfaço com nada, rogo (para o conforto das forças-armadas) declarar minha crença de que o exército não é composto por pessoas como a citada. Ele apenas foi escolhido para o estudo de civis e militares, como um modelo de próspero e inchado esnobe do exército. Não, quando as dragonas não forem mais vendidas, quando forem abolidas as punições e o cabo Smith tiver a chance de ver sua bravura recompensada do mesmo modo que a do tenente Grig, quando não houver mais patentes como segundo-tenente e tenente (a existência de tal patente é uma anomalia absurda e um insulto ao resto do exército) e quando não houver mais guerra, eu mesmo não serei avesso a me tornar um general de divisão.

Tenho algumas páginas em minha caderneta de anotações sobre os esnobes do exército, mas farei uma pausa em meu ataque às forças-armadas até a próxima semana.

Capítulo X

Militares esnobes

Caminhava ontem no parque com meu jovem amigo Tagg, discutindo com ele sobre o próximo capítulo deste meu estudo sobre os esnobes quando, naquele exato momento, passaram por nós nada menos que dois bons exemplos de militares esnobes – o esnobe militar esportista, o Cap. Rag[48], o esnobe militar "travesso" ou desordeiro, o Alferes Famish[49]. Na verdade é quase certo encontrá-los vagando a cavalo, por volta das cinco horas, sob as árvores da Serpentine, fazendo um exame crítico dos ocupantes das flamejantes carruagens que desfilam de um lado para o outro pela *Lady's Mile*.

Tagg e Rag se conhecem muito bem e, assim, o primeiro, com aquela sinceridade inseparável da amizade íntima, contou-me a história de seu caro amigo. O Capitão Rag é um homenzinho garboso do norte do país. Quando ainda era bem novo, entrou para um excelente regimento da cavalaria ligeira e, no momento em que recebeu sua tropa, havia trapaceado os seus irmãos oficiais de maneira tão completa, vendendo cavalos mancos como sadios e ganhando o dinheiro deles através dos mais estranhos e engenhosos ardis que seu coronel aconselhou-o a aposentar-se. Aceitou o conselho sem muita relutância, fornecendo a uma pessoa mais jovem, que recém entrara no regimento, um cavalo de batalha atacado de mormo, por um preço inacreditavelmente elevado.

Desde então, ele tem dedicado seu tempo ao bilhar, às corridas de cavalo com obstáculos e ao turfe. Seu quartel-

---

48. *Rag*: trapo, frangalho.
49. *Famish*: esfomear, passar fome.

general é o *Rummer's*, na Conduit Street, onde ele conserva seu equipamento; mas está sempre em movimento no exercício de sua vocação de cavalheiro-jóquei e cavalheiro-embusteiro.

Segundo o *Bell's Life*, ele é frequentador assíduo de todas as corridas e protagonista na maioria delas. Conduziu o vencedor em Leamington; foi deixado como morto em uma vala há duas semanas, em Harrow; e, no entanto, lá estava ele na semana passada, no *Croix de Berny*, pálido e determinado como sempre, surpreendendo os *badauds* de Paris pela elegância de sua postura e por sua destreza, quando deu um galope preliminar no indócil *Renegado*, antes da largada do *French Grand National*.

Ele é frequentador habitual do *Corner*[50], onde compila um pequeno, porém estimulante libreto. Durante a temporada, cavalga com frequência no Park, montado em um pônei inteligente e de boa raça. Pode ser visto acompanhando a celebrada amazona Fanny Highflyer[51], ou em uma conversa confidencial com Lord Thimblerig[52], o eminente apostador.

Evita com cautela a sociedade decente e prefere comer um bife no *Tonel*, acompanhado de Sam Snaffle[53], o jóquei, do capitão O'Rourke e mais dois ou três notórios salteadores do turfe, desprezando a mais seleta companhia de Londres. Gosta de anunciar no *Rummer's* que vai descansar e passar o sábado e domingo amigavelmente com Hocus, o trapaceiro, em sua pequena casa próxima a Epsom. Ali, se os relatos falam a verdade, grandes embustes são tramados.

Não joga bilhar com frequência, e jamais em público; mas quando joga, sempre planeja pegar um bom otário e

---

50. Os *corners* são lugares de aposta criados no final do século XVIII pelo jóquei Tattersall.
51. *Highflyer*: figurativamente, significa pessoa ambiciosa ou pretensiosa.
52. *Thimblerig*: trapacear.
53. *Snaffle*: bridão.

nunca o solta antes de deixá-lo limpo. Nos últimos tempos, tem jogado um bocado com Famish.

Quando ele aparece no palácio real, o que acontece em certas ocasiões em reuniões de caça ou em um baile das corridas, diverte-se ao máximo.

Seu jovem amigo é o Alferes Famish, que não se alegra pouco em ser visto com um sujeito tão esperto como Rag, que faz reverência às melhores companhias do turfe no Park. Rag deixa Famish acompanhá-lo ao Tattersall[54], vende a ele cavalos por pechinchas e usa o cupê de Famish. O regimento desse jovem cavalheiro está na Índia e ele está em casa por licença médica: recupera a saúde embriagando-se todas as noites e fortalece os pulmões, que estão fracos, fumando charutos o dia inteiro. Os policiais da Haymarket conhecem a criaturinha, e os cocheiros da manhã cumprimentam-no. As portas fechadas dos restaurantes de peixes e de lagostas abrem depois do horário e vomitam na rua o pequeno Famish, que está tonto e brigão – quando então quer lutar com os cocheiros – ou bêbado e desamparado – quando alguma boa alma (vestida de cetim amarelo) cuida dele. Toda a vizinhança, os cocheiros, a polícia, os vendedores de batata da manhã e as boas almas de cetim amarelo conhecem o jovem sujeito, e ele é chamado de Pequeno Bobby por algumas das pessoas mais depravadas da Europa.

A mãe dele, Lady Fanny Famish, acredita piamente que Robert está em Londres unicamente porque precisa se consultar com o médico. Ela deseja vê-lo transferido para um regimento da cavalaria, o que evitaria que voltasse para a odiosa Índia: acha que o peito dele é delicado e que ele toma sopa de aveia todas as noites, mantendo os pés prudentemente mergulhados em água quente. Lady Fanny reside em Cheltenham e é uma pessoa de caráter sério.

Bobby frequenta o *Union Jack Club*, claro; onde toma o desjejum de cerveja clara e rins muito apimentados às três

---

54. *Tattersall*: ver nota 50.

horas; onde jovens heróis imberbes da mesma espécie dele congregam-se, divertem-se e oferecem jantares uns aos outros; onde se pode ver meia dúzia de libertinos de quarta ou quinta categoria espreguiçando-se ou fumando nos degraus; onde se pode observar a égua de pernas e rabo compridos de Slapper sob a custódia de um jaqueta vermelha enquanto o capitão se abastece para o Park com um copo de curaçau; e onde se vê Hobby, do Regimento Montanhês, passando de carruagem com Dobby, dos Fuzileiros de Madras, no grande coche sacolejante e ruidoso que este último aluga de Rumble, na Bond Street.

Na verdade, os militares esnobes são em tal número e variedade que nem cem semanas do *Punch* bastariam para fazer um balanço completo sobre eles. Além do infame e velho esnobe militar que cumpriu serviço, há também o velho e respeitável esnobe militar que jamais esteve em um quartel e assume os ares mais prodigiosos de linha dura. Há o esnobe militar médico que, em geral, é mais excessivamente militar em suas conversas do que o maior *sabreur* do exército. Há o esnobe da Cavalaria Pesada, a quem as jovens damas admiram, com seu grandioso e estúpido rosto rosado e bigode amarelo – um esnobe vazio, solene, tolo, mas corajoso e honesto. Há o esnobe militar amador, que escreve "capitão" em seu cartão de visita, embora sendo tenente na Milícia Bungay. Há o esnobe militar caçador de rabo de saia; e outros que não precisam ser mencionados.

Mas que ninguém, repetimos, acuse o Sr. *Punch* de desrespeito pelo exército em geral – esse exército garboso e ponderado, do qual todos os membros, do marechal de campo, o duque de Wellington etc., para baixo (com a exceção de Sua Alteza Real e marechal de campo, o príncipe Albert, que quase não pode ser visto como militar), leem o *Punch* em todos os rincões do globo.

Que esses civis que riem com desprezo das façanhas do exército leiam o relato de Sir Harry Smith sobre a batalha de Aliwal. Jamais um feito nobre foi contado com linguagem mais nobre. E você, que duvida da existência do cavalheirismo, ou que acha que já passou a era do heroísmo, pense em Sir Henry Hardinge cavalgando, com seu filho, "o querido Arturzinho", diante das linhas em Ferozeshah. Espero que nenhum pintor inglês assuma a tarefa de ilustrar essa cena; pois quem haveria de fazer justiça a ela? A história do mundo não contém quadro mais brilhante e heroico. Não, não, os homens que realizaram essas façanhas com tal brilhante bravura e que as descreveram com tal modesta virilidade – *esses* homens não são esnobes. O país deles os admira, seus soberanos os premiam e o *Punch*, o xingador universal, tira o chapéu e diz: que Deus os proteja!

Capítulo XI

Sobre clérigos esnobes

Depois dos militares esnobes, os clérigos esnobes insinuam-se de modo bem natural e é claro que, com todo respeito pela batina, mas tendo consideração pela verdade, pela humanidade e pelo público britânico, essa vasta e influente classe não deve ser omitida em nossos comentários sobre o grande mundo esnobe.

Há alguns desses clérigos cuja imputação de esnobismo é indubitável, embora isso não possa ser discutido aqui; pela mesma razão que o *Punch* não montaria seu show em uma catedral, por respeito à solene missa celebrada dentro. Há certos lugares onde ele reconhece não ter o direito de fazer barulho e põe de lado seu show, silencia o tambor, tira o chapéu e fica calado.

Sei que, se existem certos clérigos que agem errado, há mil jornais para pôr esses infelizes nos trilhos e gritar "que vergonha! que vergonha!", ao passo que, embora a imprensa esteja sempre pronta para gritar e berrar a excomunhão contra esses párocos transviados e delinquentes, ela em geral não leva na devida conta os muitos curas bons – as dezenas de milhares de homens honestos, de vida cristã, que dão aos pobres com generosidade, que se reprimem com rigidez e vivem e morrem cumprindo seu dever, sem nunca ter um parágrafo de jornal a louvá-los. Meu querido amigo e leitor, gostaria que você e eu pudéssemos fazer o mesmo; e deixe-me, *entre nous*, sussurrar minha convicção de que, entre esses filósofos eminentes que gritam mais alto contra os párocos, não existem muitos que obtiveram seus conhecimentos sobre a Igreja frequentando-a.

Mas você, que sempre ouviu os sinos da aldeia, ou que foi à igreja, quando criança, nas ensolaradas manhãs de domingo; você que sempre viu a esposa do pároco zelando à beira da cama do pobre; ou viu o clérigo da cidade andando com dificuldade nos sujos degraus de insalubres alamedas em direção a seu sagrado ofício; você não solta um grito quando um deles decai, nem urra com a plebe que uiva atrás dele.

Todo homem pode fazer isso. Quando o velho patriarca Noé foi surpreendido bêbado, apenas um de seus filhos atreveu-se a rir com sua desgraça, e por certo que não era o filho mais virtuoso. Portanto, desviemo-nos em silêncio, não urremos como um grupo de estudantes porque algum jovem rebelde começa, de repente, a apupar o mestre-escola.

Entretanto, confesso que se tivesse comigo os nomes daqueles sete ou oito bispos irlandeses, cujas cópias autênticas dos testamentos foram mencionadas nos jornais do ano passado e que morreram deixando para trás cerca de duzentas mil libras por cabeça, eu gostaria de acolhê-los como patronos de meus Clérigos Esnobes e operá-los com o mesmo sucesso que, pelo que vi nos jornais, o Sr. Eisenberg, um calista, obteve com "Sua Eminência o Reverendíssimo Sr. Bispo de Tapioca".

E confesso que quando esses Reverendíssimos Prelados chegarem aos portões do Paraíso com as cópias autênticas de seus testamentos nas mãos, penso que sua chance será de... Mas o caminho aos portões do paraíso é muito remoto para preocupar os Srs. Lordes; portanto, vamos colocar os pés na terra de novo, a fim de que também não nos façam lá perguntas embaraçosas sobre nossos vícios favoritos.

E não vamos dar lugar para o preconceito vulgar que diz que os clérigos são um grupo de homens muito bem pagos e amantes do luxo. Quando o eminente asceta, o finado Sydney Smith (a propósito, que lei da natureza determina que tantos Smith deste mundo sejam chamados de Sydney Smith?), enalteceu o sistema de grandes regalias na Igreja – sem as quais, afirmou, os cavalheiros não seriam induzidos a seguir a profissão clerical – ele sustentou de forma patética que o clero em geral não deve ser invejado, de maneira nenhuma, por sua prosperidade terrena. Ao ler as obras de alguns escritores modernos famosos, você imaginaria que um pároco passa a vida fartando-se com pudim de ameixa e vinho do Porto; e que as gordas mandíbulas de Sua Reverência estão sempre engorduradas com o torresmo de porcos do dízimo. Os caricaturistas se deleitam em representá-lo assim: redondo, pescoço curto, rosto coberto de pústulas, apoplético, explodindo dentro de um colete qual uma morcela, um Sileno com chapéu de aba larga e peruca de algodão. Mas se você pega o homem de verdade, verá que as panelas do pobre sujeito têm escasso suprimento de carne. Em geral, ele trabalha por um salário que um mestre-alfaiate desprezaria; e também tem tantas queixas de sua lúgubre renda quanto a maioria dos filósofos; muitos dízimos são arrecadados de *seus* bolsos, que isso seja lembrado por aqueles que invejam seu meio de vida. Ele é obrigado a jantar com o Escudeiro, e sua esposa deve vestir-se com esmero; e deve "parecer um cavalheiro", como dizem, e educar como tal seus seis filhos famintos. Acrescente-se a isso que, se ele cumpre seu dever, tem tentações para gastar seu dinheiro como nenhum mortal resistiria. Sim, você que não consegue resistir à compra de uma caixa de charutos, já que eles são tão bons; ou a de um relógio de ouropel na *Howell and James's*, pois custa uma pechincha; ou de um camarote na Ópera, porque Lablache[55] e Grisi[56] estão divinos na *Puritani*; imagine como é difícil para um pároco resistir ao gasto de meia coroa, quando a família de John Breakstone[57] está sem um pão; ou "resistir" a

---

55. *Luigi Lablache* (1794-1858): célebre baixo italiano que se fixou em Londres depois de cantar em todos os palcos da Europa.

56. *Giulia Grisi* (1811-1869): soprano italiana, uma das mais célebres cantoras de seu tempo. Cantou por toda a Europa e, especialmente, em Londres. Bellini escreveu-lhe a ópera *I Puritani*, em 1839, que ela cantou em Londres ao lado de Lablache.

57. *Breakstone*: literalmente, "quebra-pedra".

uma garrafa de Porto para a pobre Polly Rabbits[58], que teve seu décimo-terceiro filho; ou a oferecer um terno de belbutina ao pequeno Bob Scarecrow[59], cujas calças estão tristemente surradas. Pensem nessas tentações, irmãos moralistas e filósofos, e não sejam tão duros com o pároco.

Mas o que é isso? Em vez de desmascarar os párocos, estamos nos perdendo em elogios piegas a essa monstruosa raça de padres? Oh, santificado Francisco que jaz em repouso debaixo da relva; oh, Jimmy e Johnny e Willy, amigos de minha juventude! Oh, nobre, caro e velho Elias, como aqueles que o conhecem não o respeitariam e a sua vocação? Que esta pena nunca mais escreva uma ninharia sequer, se alguma vez lançar o ridículo sobre um ou outro!

---

58. *Rabbit*: coelho.
59. *Scarecrow*: espantalho.

Capítulo XII

Sobre clérigos esnobes e esnobismo

"Caro Sr. Snob", escreve um amável e jovem correspondente que se assina Snobling, "o clérigo que, a pedido de um nobre duque, suspendeu há pouco tempo uma cerimônia de casamento entre duas pessoas perfeitamente autorizadas a casar devia ou não ser classificado entre os Clérigos Esnobes?"

Esta, meu caro jovem amigo, não é uma pergunta justa. Um dos jornais semanais ilustrados já pegou o clérigo e difamou-o do modo mais implacável, representando-o de batina na cerimônia de casamento. Que isto seja punição suficiente; e você, por favor, não insista no caso.

É bem provável que a Srta. Smith tenha aparecido com uma autorização para casar com Jones, e o pároco em questão, não tendo visto o velho Smith presente, tenha enviado o sacristão em um cabriolé para informar o velho cavalheiro do que estava acontecendo; e talvez tenha atrasado a cerimônia até a chegada do velho Smith. É bem provável que ele considere seu dever perguntar a *todas* as jovens senhoras casadoiras, que compareceram sem seus papais, o motivo pelo qual o pai está ausente; e, não há dúvida, é seu costume nesses casos mandar o sacristão à procura do pai faltante.

Ou é bem possível que o Duque de Coeurdelion fosse dos mais íntimos amigos do Sr. Fulano e tenha dito muitas vezes a ele: "Fulano, meu garoto, minha filha não deve casar com o Captã. Se alguma vez eles tentarem fazê-lo em sua igreja, eu lhe suplico, considerando os nossos laços de amizade, que mande Rattan me buscar em uma carruagem de aluguel".

Em qualquer dessas hipóteses, caro Snobling, você deve considerar que, embora o pároco não estivesse autorizado, ainda assim ele poderia ser desculpado pela interferência. Ele tem tão pouco direito de interromper meu casamento quanto de interromper meu jantar, aos quais como britânico livre de nascença estou autorizado por lei, caso tenha o dinheiro para pagá-los. Mas, considere a solicitude pastoral, o profundo senso dos deveres de seu ofício, e perdoe esse zelo inconveniente, porém genuíno.

Mas se o clérigo fez no caso do duque o que *não* faria no de Smith; se ele tem tão pouco relacionamento com a família Coeurdelion quanto eu tenho com a Real e Serena Casa de Saxe-Coburg Gotha – *então*, confesso, meu caro Snobling, que sua pergunta pode trazer à tona uma resposta desagradável, à qual, com todo respeito, declino de dar. Eu gostaria de saber o que Sir George Tufto diria se um sentinela deixasse seu posto porque um nobre lorde (sem o menor vínculo com o serviço militar) pediu-lhe que não cumprisse seu dever.

Que pena que o sacristão que dá surra de vara em garotinhos e os expulsa não possa expulsar também o mundanismo; e o que é o mundanismo se não o esnobismo? Por exemplo, quando leio nos jornais que o Reverendíssimo Lord Charles James realizou o ritual da crisma para *um grupo da nobreza juvenil* na Capela Real – como se a Capela Real fosse uma espécie de Almack[60] eclesiástico e as pessoas jovens fossem preparar-se para o outro mundo em pequenos grupos exclusivos e distintos da aristocracia, e não devessem ser perturbados em sua viagem para o outro lado com a companhia do vulgar; quando leio um parágrafo como esse (e em geral aparecem um ou dois deles durante a temporada elegante), me parece ser a parte mais odiosa, ignóbil e nojenta dessa publicação odiosa, ignóbil e nojenta,

---

60. *Almack*: local muito em moda na época, situado na King's Street, onde os jovens iam dançar.

a *Notícias da Corte*; e, nesse sentido, o esnobismo é elevado a um grau terrível. Cavalheiros, não poderíamos reconhecer até na Igreja uma república? Nela, pelo menos, o próprio *Heralds' College* pode admitir que todos temos o mesmo *pedigree* e somos descendentes diretos de Eva e Adão, cuja herança é dividida entre nós.

Por isso apelo a todos os duques, condes, baronetes e outros potentados para que não se prestem a esse erro e a esse escândalo vergonhoso, e suplico a todos os bispos que leiam esta publicação para levar o assunto em consideração e protestar contra a continuação desta prática e declarar "nós *não* crismaremos nem batizaremos Lord Tomnoddy[61] ou Sir Carnaby Jenks, em detrimento de qualquer outro jovem cristão"; se eles estiverem persuadidos a fazer tal declaração, será removido um grande *lapis offensionis* e os Artigos sobre Esnobes não terão sido escritos em vão.

Corre a história de um celebrado *nouveau-riche* que, tendo obsequiado em certa ocasião o excelente prelado, o bispo de Bullocksmithy, pediu-lhe, em troca, que crismasse seus filhos em cerimônia reservada, na própria capela do Sr. Bispo; cerimônia esta que o agradecido prelado realizou como combinado. Pode a sátira ir mais longe que isso? Há algum absurdo mais *ingênuo*, até mesmo na mais divertida das publicações? É como se um homem não fosse para o paraíso, a menos que fosse em um trem especial, ou como se ele achasse (como algumas pessoas pensam a respeito da vacinação) a Crisma mais eficaz quando ministrada em primeira mão. Quando uma eminente personagem, Begum Sumroo, morreu, dizem que ela deixou dez mil libras para o Papa e dez mil libras para o arcebispo de Canterbury – de modo que não houvesse nenhum equívoco – para assegurar que as autoridades eclesiásticas ficassem a seu lado. Isso é apenas um esnobismo um pouco mais aberto e menos disfarçado do que os casos antes citados. Um

---

61. *Tom*: macho de alguns animais; *noddy*: bobalhão, palerma.

esnobe de boa descendência é tão secretamente orgulhoso de suas riquezas e honras quanto um esnobe *parvenu* que faz a exibição mais ridícula delas; e uma marquesa ou duquesa de nascimento ilustre é tão convencida de si e seus diamantes quanto a rainha Quashyboo que costura um par de dragonas em sua saia e aparece num emplumado chapéu de bicos.

Não é por desrespeito ao livro *Nobreza*, que eu amo e honro (de fato, já não disse antes que eu ficaria encantado se dois duques descessem a Pall Mall comigo?); não é por desrespeito aos indivíduos, detentores de títulos de nobreza, que eu gostaria que esses títulos jamais tivessem sido inventados; mas pensem, se não houvesse árvore, não haveria sombra; e quão mais honesta a sociedade seria e o quão mais útil o clero seria (o que está em consideração agora) se não existissem essas tentações de classe e as contínuas iscas do mundanismo, que são eternamente lançadas para tirá-los do bom caminho.

Tenho visto muitos exemplos da decadência deles. Por exemplo, quando Tom Sniffle[62] foi pela primeira vez ao campo, na condição de pároco auxiliar do Sr. Fuddlestone[63] (irmão de Sir Huddlestone[64] Fuddlestone), que tinha outro benefício eclesiástico, não podia haver criatura mais gentil, trabalhadora e excelente que Tom. Levou a tia para morar com ele. Sua conduta em relação aos pobres era admirável. Escrevia todos os anos resmas de sermões tão bem-intencionados quanto enfadonhos. Assim que a família de Lord Brandyball[65] chegou ao campo e convidou-o para jantar no Brandyball Park, Sniffle ficou tão agitado que quase esqueceu de dar as graças e derrubou um pote de geleia de groselha no colo de Lady Fanny Toffy[66].

---

62. *Sniffle*: fungada.
63. *Fuddle*: bebedeira.
64. *Huddle*: confusão, barafunda.
65. *Brandyball*: bala ao licor.
66. *Toffy*: bala de leite, caramelo.

Qual foi a consequência de sua intimidade com aquela nobre família? Ele acabou brigando com a tia por jantar fora todas as noites. O patife esqueceu de todos os seus pobres e matou seu velho cavalo porque estava sempre cavalgando até Brandyball, onde divertia-se na mais louca paixão por Lady Fanny. Ele encomendava de Londres as roupas e os coletes eclesiásticos mais elegantes; aparecia de camisa nova, botas envernizadas e perfumado; comprou um cavalo puro-sangue de Bob Roffy; foi visto em reuniões de arqueiros e desjejuns públicos; e sinto vergonha de dizer que o vi na primeira fila da Ópera; e depois disso cavalgando ao lado de Lady Fanny em Rotten Row. *Complementou* seu nome (como o fazem tantos pobres esnobes) e em vez de T. Sniffle como antes, apareceu em um cartão de porcelana como Rev. T. D'Arcy Sniffle, *Burlington Hotel.*

Pode-se imaginar o fim de tudo isso: quando o conde de Brandyball foi informado do amor do pároco auxiliar por Lady Fanny, teve um acesso de gota que por pouco não o levou deste mundo (para a inexpressiva aflição de seu filho, Lord Alicompayne), e proferiu um notável discurso para Sniffle, o qual dispunha a respeito deste último: "se eu não respeitasse a Igreja, Sir", o Sr. Conde disse, "por Júpiter que o chutaria escada abaixo"; em seguida, voltou ao acesso antes mencionado; e Lady Fanny, como todos sabemos, casou com o general Podager.

Quanto ao pobre Tom, ele estava atolado em dívidas, assim como em amor; os credores caíram em cima dele. Há pouco tempo o Sr. Hemp, da Portugal Street, proclamou seu nome como o de um reverendo proscrito; e ele tem sido visto em vários balneários estrangeiros; às vezes a serviço, outras vezes "orientando" o filho perdido de um cavalheiro em Carlsruhe ou Kissingen; às vezes – precisamos dizer? – espreitando as mesas de roleta, com uma barbicha no queixo.

Se a tentação não tivesse caído sobre esse sujeito infeliz na forma de um Lord Brandyball, talvez ele ainda estivesse seguindo sua profissão, com humildade e mérito. Ele podia ter casado, arrecadando quatro mil libras, com sua prima, a filha de um negociante de vinho (o velho cavalheiro brigou com o sobrinho por não ter solicitado encomendas de seu vinho para Lord B.); podia ter tido sete filhos, aceitado alunos particulares, aumentado sua renda e vivido e morrido como pároco do interior.

Ele podia ter-se saído melhor? Você que deseja saber o quão grande, bom e nobre um personagem assim pode ser, leia *A Vida do Dr. Arnold*, de Stanley.

Capítulo XIII

Sobre clérigos esnobes

Entre as variedades de Clérigo Esnobe, o Esnobe da Universidade e o Esnobe Escolástico jamais devem ser esquecidos; eles formam um batalhão muito forte do exército de batina.

A sabedoria de nossos ancestrais (que a cada dia admiro mais) parece ter determinado que a educação da juventude era uma questão tão desprezível e sem importância que quase todo homem, armado de vara de marmelo e sotaina e diploma, poderia assumir esse encargo; e até os dias de hoje podemos encontrar honestos cavalheiros do interior que exigem um atestado de conduta ao contratar o mordomo, e que não compram um cavalo sem a mais sólida garantia e apurada inspeção; mas que enviam o filho, o jovem John Thomas, para a escola sem fazer nenhuma pergunta sobre o mestre-escola. Colocam o rapaz no Switchester College, sob a direção do Dr. Block, porque ele (o velho e bom cavalheiro inglês) frequentou a Switchester, sob a direção do Dr. Buzwig, quarenta anos atrás.

Sentimos grande afeição por todos esses garotinhos na escola, pois entre milhares deles um grande número lê e ama o *Punch* – que este jamais escreva uma palavra que não seja honesta e adequada para eles lerem! Ele não aceitará que seus jovens amigos sejam esnobes no futuro, ou que sejam tiranizados por esnobes; ou entregues a estes para serem educados. Nossa relação com a juventude das universidades é muito íntima e afetuosa. O cândido universitário é nosso amigo. O velho e pomposo membro da Universidade treme na sala dos professores, com medo de que o ataquemos e desmascaremos como um esnobe.

Quando as estradas de ferro ameaçavam invadir a terra que haviam conquistado, pode-se recordar os gritos e clamores externados pelas autoridades de Eton e Oxford, temendo que as abominações do ferro pudessem aproximar-se daquela sede do ensinamento puro, e extraviar a juventude britânica. As súplicas foram em vão; a estrada de ferro está em cima deles e as instituições do velho mundo estão condenadas. Eu me senti fascinado ao ler outro dia nos jornais o mais verdadeiro dos cabeçalhos em um anúncio bizarro: "Para a Universidade ida e volta por cinco xelins". "Os jardins da Universidade (o anúncio diz) serão abertos nessa ocasião; os jovens estudantes realizarão uma regata; a capela da Universidade do Rei tocará sua célebre música" – e tudo por cinco xelins! Os godos chegaram a Roma; o Napoleão Stephenson[67] estende suas fileiras republicanas em volta das velhas cidades sagradas; e os mandachuvas eclesiásticos que formam suas guarnições devem preparar-se para entregar a chave e o bastão episcopal diante do conquistador de ferro.

Se você considera, caro leitor, o profundo esnobismo que o sistema universitário produz, vai admitir que já é hora de atacar algumas dessas superstições feudais da Idade Média. Se você for lá por cinco xelins para ver a "Juventude Universitária", talvez veja um deles esgueirando-se envergonhadamente pelo pátio – este não tem sequer uma borla em seu barrete; um outro com uma borda de ouro ou prata em seu gorro de veludo; um terceiro rapaz com toga e chapéu de mestre caminhando à vontade sobre os sagrados gramados da Universidade, onde os homens comuns não têm o direito de pisar.

Ele pode fazer isso porque é um nobre. Quando o rapaz é lorde, a universidade dá a ele um título ao final de dois anos, título que um outro leva sete para conquistar. Como

---

67. *George Stephenson* (1781-1848): engenheiro britânico, considerado o inventor da tração a vapor sobre via férrea.

ele é lorde, não é chamado para passar por um exame. Qualquer pessoa que não tenha ido e voltado à universidade por cinco xelins, não acreditará que em um local de ensino há tais discriminações, de tão absurdas e monstruosas que são.

Os rapazes com cordões de ouro e prata são filhos de cavalheiros ricos e são chamados de *Fellow Commoners*; têm o privilégio de se alimentar melhor do que os pensionistas e de ter vinho em suas provisões, o que esses últimos só podem ter em seus quartos.

Os infelizes garotos que não têm borlas em seus barretes são chamados de bolsistas – *servitors* em Oxford (título muito bonito e cavalheiresco). Faz-se uma distinção em suas roupas porque eles são pobres; razão pela qual usam um símbolo de pobreza e não têm permissão para fazer as refeições com seus colegas estudantes.

Quando foi instituída essa discriminação perversa e vergonhosa, ela era parte de um todo – uma peça do brutal, não cristão e estúpido sistema feudal. À época, insistia-se nas distinções de classe com tanta ênfase que seria considerado blasfêmia duvidar delas, tão blasfemo como é hoje, em partes dos Estados Unidos, um negro pretender ser um semelhante do branco. Um rufião como Henrique VIII falava com a maior gravidade sobre os poderes divinos nele investidos, como se fosse um profeta inspirado. Um patife como Jaime I, não apenas acreditava ter em si mesmo uma santidade particular, mas também outras pessoas acreditavam nele. O governo regulava o comprimento dos sapatos de um mercador, assim como intrometia-se em seu negócio, preços, exportações, maquinaria. Ele achava-se justificado ao queimar um homem por causa de sua religião, ou ao arrancar dentes de um judeu se este não pagasse uma contribuição, ou ao ordenar-lhe que vestisse uma gabardine amarela e trancá-lo em um só bairro.

Hoje um mercador pode usar as botas que bem entender, e está perto de conquistar o privilégio de comprar e vender sem que o governo ponha suas garras na transação. A fogueira para os hereges desapareceu; o pelourinho foi desmontado; até se veem bispos erguendo as vozes contra os restos da perseguição e prontos para abolir as últimas deficiências cristãs. Sir Robert Peel[68], embora o desejasse tanto, não tem poder sobre os dentes do Sr. Benjamin Disraeli[69], nem qualquer outro meio para tratar com violência a mandíbula do cavalheiro. Não se exige que judeus usem símbolos; pelo contrário, eles podem viver em Piccadilly ou em Minories, segundo sua vontade; podem vestir-se como cristãos, e às vezes o fazem da maneira mais elegante e moderna.

Por que o pobre *servitor* da Universidade ainda deve usar esse nome e aquele símbolo? Porque as universidades são os últimos lugares onde a Reforma penetra. Mas agora que ela pode ir e voltar da universidade por cinco xelins, deixe-a viajar até lá.

---

68. *Robert Peel* (1788-1850): várias vezes primeiro-ministro inglês; um dos fundadores do partido Conservador.
69. *Benjamin Disraeli* (1804-1881): romancista e estadista britânico de origem judaica; chefe dos conservadores, feroz defensor do protecionismo e da Coroa.

Capítulo XIV

Sobre esnobes da universidade

Todos os homens da Saint Boniface reconhecerão Hugby e Crump nesses dois quadros. Eles eram tutores em nossa época, e desde então Crump subiu ao cargo de reitor da universidade. Era antes, e é hoje, um rico espécime do Esnobe da Universidade.

Aos vinte e cinco anos, Crump criou três composições originais e publicou a edição de uma comédia grega muitíssimo imprópria, com não menos que vinte emendas no texto alemão de Schnupfenius e Schnapsius. Esses serviços à religião indicaram-no, de imediato, para uma promoção na Igreja, e hoje ele é reitor da Saint Boniface, tendo escapado por muito pouco do episcopado.

Crump pensa que a Saint Boniface é o centro do mundo; e tem certeza que sua posição de reitor é a mais alta da Inglaterra. Ele espera que colegas e tutores prestem a ele o mesmo tipo de serviço que os cardeais prestam ao Papa. Tenho certeza de que Crawler[70] não faria nenhuma objeção a carregar seu barrete, ou Page[71] a segurar a bainha de sua beca, enquanto ele caminha com passos largos e pomposos para a capela. Lá ele urra o responsório como se o fato de o reitor da Saint Boniface participar da missa fosse uma honra para os céus, e em sua residência e na Universidade só reconhece o Soberano como seu superior.

Quando os monarcas aliados cederam e tornaram-se doutores da Universidade, foi oferecido um desjejum na Saint Boniface, em cuja ocasião Crump permitiu que o imperador Alexandre caminhasse à sua frente, mas acompa-

---

70. *Crawler*: rastejador.
71. *Page*: pajem.

nhou o passo do rei da Prússia e do príncipe Blucher. Ele ia colocar o comandante dos cossacos, Platoff[72], em uma mesa lateral com os tutores de nível inferior da universidade; mas foi persuadido a ceder, e apenas divertiu esse ilustre cossaco com uma conversa em seu próprio idioma, na qual mostrou que o comandante não sabia nada.

Quanto a nós, os universitários, sabíamos tão pouco sobre Crump quanto sobre o Grande Lama. Alguns poucos jovens protegidos são convidados em certas ocasiões para tomar chá no alojamento; mas não falam a menos que o doutor lhes dirija a palavra primeiro; e se ousam sentar, o criado de Crump, o Sr. Toady[73], sussurra: "Cavalheiros, queiram ter a bondade de levantar. O reitor está passando"; ou então, "Cavalheiros, o reitor prefere que os universitários não se sentem", ou palavras de efeito semelhante.

Para fazer justiça a Crump, hoje ele não bajula as pessoas importantes. Ao contrário, ele as apadrinha; e, em Londres, fala de maneira bem afável com um duque que foi educado em sua universidade, ou estica um dedo para um marquês. Não disfarça a própria origem, mas faz alarde dela com considerável orgulho: "Fui um menino de instituição de caridade", ele diz; "vejam o que sou agora, o maior especialista em grego da maior faculdade da maior universidade do maior império do mundo". Sendo que o raciocínio é que este é um ótimo mundo para mendigos, porque ele, sendo um mendigo, conseguiu chegar no topo.

Hugby deve sua eminência à virtude da paciência e a uma satisfatória perseverança. Ele é uma criatura meiga, suave e inofensiva, com conhecimentos suficientes para fazerem dele uma pessoa adequada para dar uma conferência ou elaborar uma folha de exame. Por bondade, ele foi alçado à aristocracia. Era maravilhoso ver a maneira como se rebaixava diante de um nobre ou do sobrinho de um lorde,

---

72. *Conde Platoff*: general cossaco que derrotou Napoleão.

73. *Toady*: bajulador.

ou até mesmo de um cidadão barulhento e desonrado, amigo de um lorde. Ele costumava preparar os desjejuns mais trabalhosos e elaborados aos jovens nobres e adotar um ar suave e elegante e conversar com eles (embora ele fosse, sem dúvida, sério) sobre a ópera ou a última caçada com cães. Era bom observá-lo no meio de um círculo de nobres jovens, com sua mesquinha, sorridente, ávida e intranquila familiaridade. Costumava escrever cartas confidenciais aos pais deles e cumpria seu dever de ir vê-los quando estavam na cidade, de dar os pêsames ou alegrar-se com eles quando uma morte, um nascimento ou casamento ocorria na família; e de banqueteá-los sempre que iam à Universidade. Lembro de uma carta que esteve na escrivaninha de sua sala de conferência durante um semestre inteiro, que começava com "Meu senhor duque". Era para mostrar-nos que ele se correspondia com tal nobreza.

Quando o finado e pranteado Lord Glenlivat, amável e jovem colega que quebrou o pescoço em uma corrida com barreiras à idade prematura de vinte e quatro anos, estava na universidade, ao passar por seus aposentos no início da manhã e ver as botas de Hugby em sua porta, na mesma escadaria, encheu, de brincadeira, o interior delas com graxa de sapato, o que causou grandes aborrecimentos ao Rev. Sr. Hugby quando este as tirou nessa mesma noite antes de jantar com o mestre da St. Crispin's.

Todos deram o crédito dessa admirável brincadeira ao amigo de Lord Glenlivat, Bob Tizzy[74], que era famoso por essas façanhas e que já havia desaparecido com a alavanca da bomba d'água da universidade; limado o nariz no rosto de St. Boniface; levado da tabacaria quatro imagens de meninos negros; pintado de verde-ervilha o cavalo do bedel sênior etc. etc.; e Bob (que sem dúvida fazia parte do grupo e não iria delatar) estava quase a ponto de ser expulso, perdendo assim o sustento da família que estava à sua espe-

---

74. *Tizzy*: estado de agitação nervosa.

ra, quando Glenlivat deu um passo à frente e, em um gesto nobre, declarou ser o autor do delicioso *jeu-d'esprit*, pediu desculpas ao tutor e aceitou sua punição.

Hugby chorou quando Glenlivat se desculpou; se o jovem nobre o tivesse chutado no meio do pátio, creio que o tutor teria ficado feliz, de modo que uma desculpa e uma reconciliação pudessem ocorrer em sequência. "Milorde", ele disse, "em sua conduta nesta e em todas as outras ocasiões, o senhor agiu como um cavalheiro; tem sido uma honra para nossa universidade, assim como o será para a nobreza, tenho certeza, quando a amável vivacidade da juventude acalmar-se e o senhor for convocado para assumir parte que lhe cabe do governo da nação." E quando o Sr. Lorde deixou a Universidade, Hugby presenteou-o com um exemplar de seu *Sermões para a Família de um Nobre* (Hugby fora, outrora, tutor particular dos filhos do conde de Muffborough), o qual Glenlivat presenteou por seu turno ao Sr. William Ramm, conhecido dos aficionados como O Predileto de Tutbury, e agora os sermões figuram na penteadeira da Sra. Ramm, atrás do bar de sua casa de entretenimento *O Galo de Briga e as Esporas*, próxima a Woodstock, Oxon.

No começo das férias longas, Hugby vem à cidade e se hospeda em elegantes alojamentos perto da St. James's Square; cavalga no parque à tarde; e encanta-se ao ler seu nome nos jornais matinais, na relação de pessoas presentes na *Muffborough House* e nas festas vespertinas do marquês de Farintosh. É membro do Clube Sydney Scraper onde, entretanto, bebe seu cálice de clarete.

Às vezes pode-se vê-lo aos domingos, na hora em que se abrem as portas da taberna, por onde saem mocinhas com grandes jarros de cerveja preta; na hora em que meninos de instituições de caridade andam pelas ruas, carregando pratos de carneiros defumados e batatas assadas; na hora em que Sheeny[75] e Moses estão fumando seus cachimbos diante de

---

75. *Sheeny*: expressão popular, um pouco pejorativa, designando judeu.

suas indolentes venezianas em *Seven Dials*; na hora em que uma multidão de pessoas sorridentes em impecáveis trajes exóticos, monstruosos bonés e vestidos de estampados deslumbrantes, ou lustrosos casacos amarrotados e sedas, ostentando as dobras adquiridas nas gavetas onde ficaram durante toda a semana, desfilam pela High Street – às vezes, eu disse, pode-se ver Hugby saindo da igreja de St. Giles-in-the-Fields, com uma corpulenta fidalga apoiada em seu braço, cujo velho rosto mostra uma expressão de supremo orgulho e felicidade enquanto lança um rápido olhar para o círculo de vizinhos e que encara o próprio pároco auxiliar e marcha para Holborn, onde toca a sineta de uma casa, em cuja fachada está escrito: "Hugby, Camiseiro". É a mãe do Rev. F. Hugby, tão orgulhosa do filho de colarinho branco quanto Cornélia de suas joias em Roma. Lá está o velho Hugby cobrindo a retaguarda com os livros de oração, e Betsy Hugby, a solteirona, sua filha – o velho Hugby, camiseiro e Curador de Igreja.

No aposento da frente do andar de cima, onde o jantar é servido, há um quadro do castelo Muffborough; do conde de Muffborough, K. X., governador de Diddlesex; uma gravura, retirada de um almanaque, da Universidade Saint Boniface, Oxon; e um retrato de Hugby quando jovem, de barrete doutoral e toga. Na prateleira há um exemplar de seus *Sermões para a Família de um Nobre*, ao lado de *Todo o Dever de um Homem*, os relatórios das sociedades missionárias, e o *Calendário da Universidade de Oxford*. O velho Hugby sabe parte dele de cor; tudo que existe e que faça parte de Saint Boniface, o nome de cada tutor, colega, nobre e universitário.

Ele costumava ir às reuniões e pregar, até que seu filho ordenou-se; mas há pouco tempo o velho cavalheiro foi acusado de puseísmo, e é bastante impiedoso com os Dissidentes.

Capítulo XV

Sobre esnobes da universidade

Eu gostaria de encher muitos volumes com relatos sobre os vários Esnobes da Universidade, de tão afetuosas que são minhas reminiscências deles, e de tão numerosos que eles são. Antes de mais nada, gostaria de falar das esposas e filhas de alguns dos professores esnobes; de suas diversões, hábitos, invejas; de seus inocentes artifícios para atrair homens jovens para suas armadilhas; seus piqueniques, concertos e festas vespertinas. Gostaria de saber o que foi feito de Emily Blades, filha de Blades, o professor de língua mandinga. Lembro-me de seus ombros até hoje, quando ela se encontrava no meio de uma multidão de cerca de setenta jovens cavalheiros, de Corpus e Catherine Hall, divertindo-os com olhares amorosos e canções francesas ao violão. Está casada, formosa Emily dos ombros? Que lindos eram aqueles cachos que costumavam gotejar sobre eles! Que cintura! Que vestido espetacular de seda listrada verde-mar! Que camafeu do tamanho de um bolo! Havia trinta e seis jovens da universidade apaixonados por Emily Blades ao mesmo tempo; e nenhuma palavra é suficiente para descrever a dor, a tristeza, a profunda comiseração – a raiva, a fúria e a hostilidade, em outras palavras – com que a Srta. Trumps (filha de Trumps, o professor de flebotomia) a observava, porque Emily *não* era vesga e *não* estava marcada de varíola.

Quanto aos jovens esnobes da universidade, estou ficando velho demais para falar deles agora com tanta familiaridade. Minhas lembranças jazem em um passado muito, muito distante – quase tão distante quanto a época de Pelham[76].

Naquele tempo, nós considerávamos esnobes os ra-

---

76. *Pelham*: herói do romance de mesmo nome, escrito por Bulwer Lytton em 1828, no qual é mostrado um dândi da época.

pazes de aparência rude, que nunca perdiam a missa; que usavam sapatos com fivela e sem cordões; que caminhavam na estrada Trumpington duas horas a cada dia de suas vidas; que assimilavam os conhecimentos da universidade e que se superestimavam na faculdade. Éramos prematuros no pronunciamento de nosso veredito sobre o esnobismo juvenil. O homem sem cordões cumpriu seu destino e dever. Tranquilizou seu velho mestre, o pároco auxiliar de Westmoreland, ou ajudou suas irmãs a montar uma Escola de Moças. Escreveu um "dicionário" ou um "tratado sobre as seções cônicas", inspirado por sua natureza e gênio. Tornou-se membro da universidade; em seguida, casou-se e conseguiu um meio de vida. Agora preside uma paróquia, e acha uma coisa muito elegante fazer parte do *Oxford and Cambrige Club*; seus paroquianos o adoram e roncam em seus sermões. Não, não, *ele* não é um esnobe. Não são os cordões que fazem um cavalheiro, ou os sapatos de fivela que o desfazem, por mais que sejam estúpidos. Meu filho, o esnobe é você se despreza de modo leviano um homem que cumpre seu dever, e se recusa-se a apertar a mão de um homem honesto porque ele está usando luvas de crochê.

Na época, não considerávamos nem um pouco vulgar que um grupo de rapazes que ainda apanhava três meses antes e que em casa não tinha permissão para tomar mais que três copos de vinho do Porto, frequentasse os quartos uns dos outros para comer abacaxi e tomar sorvetes, e embriagar-se com champanhe e clarete.

Olhamos para trás com uma espécie de admiração, para o que era chamado de "reunião de vinho". Trinta rapazes em volta de uma mesa coberta de péssimas guloseimas, bebendo péssimos vinhos, contando péssimas histórias, cantando péssimas canções várias e várias vezes. Coquetel de conhaque, uísque e leite – cigarros – uma terrível dor de cabeça – o medonho espetáculo da mesinha de sobremesa na manhã seguinte, e cheiro de tabaco – seu guardião, o clérigo, aparecendo no meio disso – esperando encontrá-lo mergulhado na álgebra, e descobrindo o criado administrando-lhe água gasosa.

Havia jovens que desprezavam os rapazes que entregavam-se à vulgar hospitalidade das reuniões de vinho e que orgulhavam-se de dar rebuscados jantares franceses. Tanto aqueles que faziam as reuniões de vinho como os que davam os jantares eram esnobes.

Havia o que se costumava chamar de esnobes "janotas": Jimmy, que podia ser visto vestido com esmero às cinco em ponto, com uma camélia na casa do botão, botas lustrosas e luvas de pelica novas duas vezes ao dia; Jessamy, que era notável por suas joias, um jovem imbecil que brilhava em todo corpo com correntes, anéis e abotoaduras; Jacky, que cavalgava solene todos os dias na Blenheim Road, de escarpim e meias de seda branca, com seus cabelos ondulados – os três gabavam-se de ditar as regras sobre o vestir na universidade; os três, as variedades mais odiosas de esnobes.

Claro que sempre houve e haverá os esnobes esportistas – esses seres felizes nos quais a natureza implantou o amor pela gíria; que vadiam pelos estábulos dos criadores de cavalos e passeiam nas carruagens de Londres e podem ser vistos andando com passo afetado e casaco de caçador de raposa pelos becos, no começo da manhã, e que à noite dedicam-se aos dados e ao truco fechado e que nunca perdem uma corrida ou uma luta de boxe; e cavalgam em corridas sem obstáculos e criam *bull-terriers*. Esnobes piores do que eles eram os patifes miseráveis que não gostavam de caçar de modo algum nem tinham dinheiro para isso e sentiam medo mortal de uma vala de sessenta centímetros; mas que caçavam porque Glenlivat e Cinqbars caçavam. O esnobe de bilhar e o do barco a remo eram variedades deles e podiam ser encontrados em qualquer parte, menos nas universidades.

Depois vinham os esnobes filosóficos, que costumavam imitar os estadistas nos clubes de declamação, e que acreditavam que o governo estava sempre de olho na universidade para escolher oradores para a Câmara dos Comuns. Havia livre-pensadores jovens e audaciosos, que a ninguém ou nada adoravam, exceto talvez Robespierre e o Corão, e ansiavam pelo dia em que o pálido nome 'padre' encolheria e desapareceria ante a indignação de um mundo enfim iluminado.

Mas os piores de todos os esnobes da universidade são aqueles infelizes que caem em completa ruína no anseio de imitar seus superiores. Smith torna-se conhecido de uma grande quantidade de pessoas na universidade e sente vergonha do pai, o negociante. Jones tem ótimos conhecidos e vive como eles, como colega franco e alegre que é, e arruina o pai, rouba pelo simples prazer de receber milorde e cavalgar ao lado de Sir John. E embora possa ser muito divertido para Robinson embriagar-se como faz na universidade e ser levado para casa por policiais que recém tentara nocautear – pense no quão divertido é para sua pobre e velha mãe, a viúva do capitão de meio-soldo que passou a vida inteira em aperto a fim de que o alegre e jovem sujeito pudesse ter uma educação universitária.

Capítulo XVI

Sobre esnobes literários

O que ele dirá sobre os Esnobes Literários? Esta é uma pergunta que o público tem feito com frequência, não tenho a menor dúvida. Como ele pode deixar impune a própria profissão? Será que esse monstro truculento e impiedoso que ataca, de maneira indiscriminada, a nobreza, o clero, o exército e as damas, hesitará quando chegar a vez de *égorger* sua própria carne e sangue?

Meu caro e excelente inquiridor, há alguém a quem o mestre-escola açoite com tanta resolução quanto açoita seu próprio filho? Brutus não cortou a cabeça de sua descendência? De fato, você tem uma péssima opinião do estado atual da literatura e dos homens literatos se imagina que algum de nós hesitaria em enfiar a faca em seu vizinho escritor, caso a morte deste pudesse prestar algum serviço ao Estado.

Mas a verdade é que na profissão literária Não há nenhum esnobe. Dê uma olhada em todo corpo de homens de letras da Inglaterra, e eu o desafio a apontar um único exemplo de vulgaridade, inveja ou presunção.

Homens e mulheres, até o ponto em que os conheci, todos são de comportamento modesto, de maneiras elegantes, de vida imaculada e de conduta honrável entre si e em relação ao mundo. É verdade que, em certas ocasiões, você *pode* ouvir um homem literato abusando de seu irmão; mas por quê? Nem um pouco por maldade; de maneira nenhuma por inveja; apenas pelo senso da verdade e do dever público. Suponhamos, por exemplo, que eu, benévolo, aponte uma mancha na pessoa de meu amigo, o *Sr. Punch*, e diga que o *Sr. P.* é corcunda e seu nariz e queixo são mais curvos que as feições de Apolo ou Antinoos, que estamos acostumados a considerar como nossos padrões de beleza; por acaso isso revela maldade de minha parte em relação ao *Sr. Punch*? Nem um pouco. É dever do crítico apontar defeitos, assim como méritos, e invariavelmente ele cumpre seu dever com extremas bondade e franqueza.

Sempre vale a pena ter o testemunho de um estrangeiro inteligente sobre as nossas maneiras e penso que, com respeito a isso, a obra de um eminente americano, o Sr. N. P. Willis, é altamente valiosa e imparcial. Em seu *História de Ernest Clay*, um escritor de revista, o leitor terá um relato exato sobre a vida de um estimado homem de letras da Inglaterra. Ele é sempre o grande herói da sociedade.

Ele tem precedência sobre duques e condes; toda a nobreza atropela-se para vê-lo; esqueci quantas baronesas e duquesas apaixonaram-se por ele. Mas nesse tema vamos segurar nossas línguas. A modéstia proíbe que revelemos os nomes das condessas e caras marquesas de coração partido que anseiam por cada um dos colaboradores do *Punch*.

Se alguém quiser saber a intimidade com que os autores se relacionam com a alta sociedade, basta ler os romances cavalheirescos. Que refinamento e delicadeza permeiam as obras da Sra. Barnaby! Que deliciosa companhia você encontra em Mrs. Armytage[77]! Poucas vezes ela o apresenta a alguém inferior a um marquês! Não conheço nada mais delicioso do que os quadros da vida da alta sociedade em *Dez Mil por Ano*, exceto talvez o *Jovem Duque* e *Coningsby*. Há uma graça modesta neles e uma elegância natural, que pertence apenas ao sangue, meu caro senhor, ao verdadeiro sangue.

E que linguistas muitos de nossos escritores são! Lady Bulwer, Lady Londonderry, o próprio Sir Edward – eles

---

77. *Mrs. Armytage*: romance de Catherine F. Gore (1799-1861), autora da escola do "Garfo de Prata" (ver nota 4). Todas as citações deste trecho são brincadeiras com nomes: os personagens dos romances viram autores, os autores mudam de sexo etc.

escrevem no idioma francês com uma naturalidade e com uma elegância tão exuberantes que colocam-se bem acima de seus rivais do continente, nenhum dos quais (à exceção de Paul de Kock) conhece uma palavra do inglês.

E que bretão consegue ler sem prazer as obras de James, tão admiráveis pela concisão; e o humor e a encantadora e improvisada leveza de Ainsworth? Entre outros humoristas, podemos fazer menção a Jerrold, o galante advogado do conservadorismo, da Igreja e do Estado; e a um Beckett, com um estilo alegre, mas uma selvagem honestidade de propósitos; um James, cujo estilo puro e sagacidade sem bufonaria foram apreciados por um público apropriado.

Por falar em crítica, talvez nunca tenha havido uma revista que fez tanto pela literatura como a admirável *Quarterly*. Ela tem seus preconceitos, sem dúvida, quem de nós não tem? Ela não hesita em maltratar um grande homem, ou infligir golpes impiedosos em embusteiros como Keats e Tennyson; mas, por outro lado, é amiga de todos os autores jovens, marcou e alimentou todos os talentos emergentes do país. É amada por todos. Há também a *Blackwood's Magazine* – notável por sua elegância modesta e sua sátira amável; essa revista jamais ultrapassa os limites da educação em uma piada. É o árbitro dos costumes; e enquanto desmascara com cortesia os defeitos dos londrinos (por quem os *beaux esprits* de Edinburgh nutrem um desprezo justificável), nunca há grosserias em suas brincadeiras. É bem conhecido o ardente entusiasmo da *Athenaeum*; e o humor amargo da difícil *Literary Gazette*. A *Examiner* talvez seja tímida demais, e a *Spectator* impetuosa demais em seu elogio – mas quem pode censurar essas falhas de menor importância? Não, não; os críticos da Inglaterra e os autores da Inglaterra são ímpares enquanto classe e, por esta razão, torna-se impossível para nós encontrar alguma falha neles.

Antes de mais nada, eu nunca conheci um homem de letras *envergonhado de sua profissão*. Aqueles que nos conhecem sabem do espírito afetuoso e fraternal que há entre todos nós. Às vezes, um de nós sobe na vida; nessas circunstâncias, nunca o atacamos ou zombamos dele, mas nos regozijamos com o homem de sucesso. Se Jones janta com um lorde, Smith nunca diz que Jones é bajulador e adulador. Nem, por outro lado, Jones, que tem o hábito de frequentar a sociedade das grandes pessoas, se dá ares de importância por conta das companhias que tem; mas ele deixará o braço de um duque na Pall Mall para se aproximar e falar com o pobre Brown, o jovem poetastro.

Sempre achei esse senso de igualdade e fraternidade entre os autores uma das características mais afáveis da classe. É porque nos conhecemos e respeitamos uns aos outros que o mundo nos respeita tanto; é por isso que temos uma posição tão boa na sociedade, e nos comportamos de modo tão impecável quando a ocupamos.

As pessoas literatas são tidas com tanta estima pela nação que umas duas delas têm sempre sido convidadas para a corte durante o presente reinado; e é provável que lá pelo fim da temporada uma ou duas sejam convidadas para jantar com Sir Robert Peel.

Eles são tão estimados pelo público que são continuamente obrigados a ter suas fotos batidas e publicadas; e podemos apontar um ou dois de quem a nação insiste em ter um retrato novo a cada ano. Nada pode ser mais gratificante do que essa afetuosa prova da consideração que o povo tem por seus educadores.

A literatura é tida com tal honra na Inglaterra, que a cada ano é separada uma quantia de quase duas mil e duzentas libras para aposentar pessoas que sigam essa profissão. E isso também é um grande elogio aos educadores, e uma prova de sua prosperidade e brilho. Eles geralmente são tão ricos e prósperos que poucas vezes é necessário algum dinheiro para ajudá-los.

Se tudo o que foi dito é verdadeiro, eu gostaria de saber como hei de escrever sobre os esnobes literários?

Capítulo XVII

Um pouco sobre irlandeses esnobes

Você não crê, sem dúvida, que não existam outros esnobes na Irlanda além daqueles do afável grupo que almeja fazer lanças com o ferro dos trilhos (belo exemplo de economia irlandesa) e cortar as gargantas dos invasores saxões. Estes são do tipo venenoso e, se tivessem sido inventados no tempo de St. Patrick, ele os teria banido do reino junto com os outros répteis perigosos.

Creio que foram os Quatro Mestres[78], ou então Olaus Magnus, ou então foi sem dúvida O'Neil Daunt, no *Catecismo da História Irlandesa*, que contou que quando Ricardo II chegou à Irlanda e os chefes irlandeses prestaram deferência a ele, ajoelhando-se – as pobres e simples criaturas! – adorando e admirando o rei inglês e os dândis de sua corte, os nobres ingleses zombaram e, escarnecendo de seus rudes admiradores, imitaram sua fala e gestos, puxaram suas pobres e velhas barbas e riram de seu estranho vestuário.

O feroz esnobe inglês continua fazendo isso até os dias de hoje. Talvez não haja nenhum esnobe que tenha uma fé tão indomável em si próprio: que desdenha você e o resto do mundo e que sente um desprezo insuportável, admirável e estúpido por todas as pessoas, menos os seus – mais ainda, por todos os grupos, menos o seu. "Deus clemente!", que histórias sobre "o irlandês" aqueles jovens dândis que acompanhavam o rei Ricardo deviam ter para contar, quando voltassem para Pall Mall, enquanto fumavam seus charutos nos degraus da Whites!

O esnobismo irlandês manifesta-se não tanto no or-

---

78. *Os Quatro Mestres*: lendários fundadores da Irlanda.

gulho, mas no servilismo, nas medíocres reverências e nas ridículas imitações do próximo. E me admira que De Tocqueville e De Beaumont, e o encarregado de *The Times*, não tenham explicado a enorme diferença entre o esnobismo da Irlanda e o nosso. O nosso é o dos Cavaleiros Normandos de Ricardo – arrogante, brutal, estúpido e totalmente autoconfiante – o deles é o dos chefes tribais pobres, espantados e ajoelhados. Eles permanecem de joelhos diante do estilo inglês – essa gente simples e selvagem; e na verdade é difícil não rir de algumas de suas ingênuas exibições.

Há alguns anos, quando um certo grande orador era prefeito de Dublin, ele costumava usar uma toga vermelha e um tricórnio, cujo esplendor o encantava tanto quanto uma nova argola no nariz ou um colar de contas de vidro fascinava a rainha Quasheeneaboo. Ele costumava fazer visitas às pessoas com esse traje; comparecer a reuniões a centenas de milhas de distância com a toga de veludo vermelho. E ouvir as pessoas gritando "sim, meu *larde*" e "não, meu *larde*", e ler os prodigiosos relatos do Sr. Lorde nos jornais: era como se as pessoas e ele gostassem de ser reconhecidos por esse esplendor barato. De fato, a suntuosidade barata existe em toda a Irlanda e pode ser considerada a grande característica do esnobismo daquele país.

Quando a Sra. Mulholligan, a esposa do vendeiro, recolhe-se a Kingstown, a palavra "Mulholliganville" está lá, pintada sobre o portão de sua mansão, e ela recebe você em uma porta que não se fecha, ou contempla você de uma janela que é vedada com uma anágua velha.

Por mais que seja miserável e lúgubre, ninguém jamais deixa de dizer que tem um negócio. Um sujeito cujo estoque no comércio é uma moeda de um pêni ou um copo de pirulitos chama seu cubículo de *Armazém da Farinha Americana* ou *Depósito de Produtos Coloniais*, ou algo parecido.

Quanto às estalagens, não há nenhuma no país; os hotéis abundam, tão bem-mobiliados quanto a Mulholliganville; e parecem não existir proprietários e proprietárias: o senhor saiu com os cães de caça, sua senhora está na sala de visitas conversando com o capitão ou tocando piano.

Se um cavalheiro tem cem libras por ano para a família, todos tornam-se cavalheiros, todos têm um cavalo, cavalgam com cães de caça, andam com passo afetado no *Phaynix* e deixam crescer cavanhaques como tantos aristocratas de verdade.

Um amigo meu decidiu ser pintor e mora fora da Irlanda, onde pensam que ele desgraçou a família por ter escolhido essa profissão. O pai dele é negociante de vinho; e o irmão mais velho, farmacêutico.

É estupendo o número de homens que encontramos em Londres e no Continente que tem uma bela propriedadezinha de vinte e cinco mil por ano; e são ainda mais numerosos aqueles que *terão* nove mil por ano quando alguém morrer. Eu mesmo já conheci tantos descendentes de reis irlandeses que dariam para formar uma brigada.

E quem ainda não conheceu o irlandês que imita o inglês, que esquece seu país e tenta esquecer seu sotaque ou reprimir o sabor deste, por assim dizer? "Vem, jante comigo, meu rapaz", diz O'Dowd, da cidade de O'Dowdstown, "você *verá que todos somos ingleses por lá*", coisa que ele diz com uma pronúncia irlandesa tão larga quanto daqui até Kingstown Pier. E você nunca ouviu a Sra. Capitão Macmanus falar sobre a *I-ah-land* e seu relato da "proupriedade do paai"? Muito poucos homens passaram pelo mundo sem ouvir e testemunhar alguns desses fenômenos hibérnicos – esse esplendor barato.

E o que você diz do ponto culminante da sociedade – o Castelo – com um rei de mentira, lordes-a-serviço de mentira, lealdade de mentira e um Haroun Alraschid de mentira, circulando em um disfarce de mentira, fingindo ser afável e glorioso? Esse Castelo é o auge e orgulho do esnobismo. Um *Notícias da Corte* já é bastante ruim com duas colunas sobre o batizado de um bebê – mas pense nas pessoas que gostam de um *Notícias da Corte* de mentira!

Acho que as imposturas da Irlanda são mais ultrajantes do que as de qualquer outro país. Um sujeito mostra um morro para você e diz: "Esta é a montanha mais alta de toda a Irlanda"; ou um cavalheiro lhe diz que é descendente de Brian Boroo[79] e tem uma renda de três mil e quinhentos por ano; ou a Sra. Macmanus descreve a "proupriedade de seu paai"; ou, então, o velho Dan levanta-se e diz que as mulheres irlandesas são as mais adoráveis, os homens irlandeses, os mais corajosos, a terra irlandesa, a mais fértil do mundo; e ninguém acredita em ninguém – este último não acredita em sua história nem o ouvinte; mas eles fingem acreditar e prestam solene reverência à farsa.

Oh, Irlanda! Oh, meu país! (pois tenho quase certeza de que também sou descendente de Brian Boroo) quando você reconhecerá que dois mais dois somam quatro e chamará uma lança de lança? – esse é o melhor uso que você pode fazer desta última. Os esnobes irlandeses desaparecerão, então, e nunca mais ouviremos falar de Servos Hereditários.

---

79. *Brian Boroo*: também se escreve Brian Boroihème ou Brian Boru, rei e herói nacional da Irlanda (926-1014).

Capítulo XVIII

Esnobes que dão festas

Nos últimos tempos, nossa seleção de esnobes tem sido exclusivamente de caráter político. "Apresente-nos os esnobes privados", gritam as queridas damas. (Tenho à minha frente a carta de uma formosa correspondente da aldeia de pesca de Brighthelmstone, em Sussex, e por acaso suas ordens poderiam ser desobedecidas?) "Conte-nos mais, caro Sr. Snob, sobre sua experiência com os esnobes na sociedade." Que o céu abençoe as queridas almas! – agora elas estão acostumadas com a palavra – a palavra odiosa, vulgar, horrenda e impronunciável escapa de seus lábios com a loquacidade mais agradável possível. Eu não me espantaria se ela estivesse sendo usada na corte entre as Damas de Honra. Sei que o é na melhor sociedade. E por que não? O esnobismo é vulgar – a palavra em si, não: isso que chamamos de um esnobe continuaria sendo esnobe em qualquer outra palavra.

Bem, então. À medida que a temporada aproxima-se do fim; quando centenas de almas gentis, esnobes ou não, deixaram Londres; quando muitos tapetes hospitaleiros são retirados e as persianas são impiedosamente atapetadas com o *Morning Herald*; e as mansões antes habitadas por alegres proprietários são agora confiadas aos cuidados do lúgubre *locum tenens* da governanta – certas velhas mofadas que, em resposta ao desamparado toque da sineta, espreitam você durante alguns momentos na área para, em seguida, desaferrolhando devagar a grande porta do hall, informar que sua senhora saiu da cidade, ou que "a família está no campo", ou que "subiram o Rind" – ou não sei mais que; já que a temporada e as festas se foram, por que não tecer considerações durante algum tempo a respeito dos esnobes que dão festas e rever a conduta de alguns desses indivíduos que deixaram a cidade por seis meses?

Alguns desses estimáveis esnobes estão fingindo que foram velejar e, aparelhados de telescópio e jaqueta de marinheiro, estão passando o tempo entre Cherbourg e Cowes; alguns, vivendo na balbúrdia de miseráveis choupaninhas na Escócia, abastecidos de sopa e fricandó hermeticamente enlatados, estão passando os dias caçando tetrazes nos pântanos; outros estão cochilando e lavando os efeitos da temporada em Kissingen, ou assistindo ao engenhoso jogo do *Trente e quarante* em Homburg e Ems. Podemos nos dar ao luxo de sermos bem cáusticos com eles, agora que todos se foram. Agora que já não há mais festas, vamos atacar os esnobes que promovem festas. Os esnobes que oferecem jantares, promovem bailes, oferecem *déjeuners*, *conversazione* – Deus! Deus! que massacre poderia ter sido provocado entre eles se os tivéssemos atacado durante a pletora da temporada! Eu seria obrigado a ter um guarda comigo para me defender de violinistas e quituteiros indignados com as ofensas a seus patrões. Já me disseram que, por certas expressões impertinentes e irrefletidas consideradas depreciativas para Baker Street e Harley Street, os aluguéis caíram nesses respeitáveis bairros; e foram dadas ordens para que pelo menos o Sr. Snob não seja mais convidado para as festas de lá. Bem, então – agora que *todos* eles estão fora, vamos brincar à vontade e atacar tudo, como um touro em uma loja de porcelanas. Talvez eles não ouçam o que está acontecendo em sua ausência e, se ouvirem, talvez não guardem a maldade durante seis meses. Começaremos a tentar agradá-los por volta do próximo fevereiro e deixaremos que o ano que vem cuide de si próprio. Não teremos mais jantares dados pelos esnobes que dão jantares; nem bailes pelos que dão bailes; nem *conversaziones* (obrigado Mussy!, como Jeames diria) pelos esnobes da *conversazione*; e o que nos impedirá de contar a verdade?

O esnobismo do esnobe da *conversazione* é liquidado com muita rapidez: tão rápido como aquele aguado chá-da-china que é servido a você no salão de chá, ou o resto barrento de sorvete que você agarra no corpo a corpo sufocante da reunião no andar de cima.

Deus do céu! O que as pessoas pretendem indo lá? O que é feito lá para que todos se apertem naqueles três quartinhos? Será que o Buraco Negro[80] foi considerado uma *réunion* agradável a ponto de os bretões procurarem imitá-lo nos dias de calor daqui? Após ter sido triturado e transformado em geleia em um vão de porta (onde você sente seus pés atravessarem os babados de renda de Lady Barbara Macbeth, e recebe um olhar da velha e selvagem hárpia maquilada, comparado ao qual o olhar de Ugolino[81] é bastante alegre); após retirar seu cotovelo do colete branco do pobre e ofegante Bob Guttleton, do qual você se afastou com dificuldade, embora soubesse que estava apertando o pobre Bob e levando-o a uma apoplexia – no final você se vê na sala de recepção e tenta chamar a atenção da Sra. Botibol, a anfitriã da *conversazione*. Quando o faz espera-se que você abra um sorriso, e ela também sorria, pela quadringentésima vez nessa noite; e se estiver *muito* contente em vê-lo, ela balança a mão diante do rosto como que soprando um beijo para você.

Por que diabos a Sra. Botibol iria soprar-me um beijo? Eu não a beijaria por nada deste mundo. Por que sorrio quando a vejo, como se estivesse encantado? Estou? Eu não ligo a mínima para a Sra. Botibol. Sei o que ela pensa de

---

80. *Buraco Negro*: uma pequena masmorra em Calcutá, Índia; na noite de 20 de junho de 1756, 146 europeus supostamente nela confinados teriam morrido de calor e falta de ar.

81. *Ugolino*: cruel personagem da *Divina Comédia*, de Dante, inspirado em Ugolino della Gherardesca, tirano de Pisa.

mim. Sei o que disse sobre meu último livro de poemas (fiquei sabendo através de um caro amigo mútuo). Por que, em resumo, continuamos nos olhando com ternura e fazendo sinais de maneira tão insana? – Porque ambos estamos realizando as cerimônias requeridas pela Grande Sociedade Esnobe, cujos ditames todos nós obedecemos.

Bem, acabou o reconhecimento – minhas mandíbulas retornaram à expressão inglesa habitual de agonia reprimida e intensa melancolia, e a Botibol está sorrindo e beijando os dedos para uma outra pessoa, que comprime-se através da abertura por onde recém entramos. É Lady Ann Clutterbuck, que dá suas noitadas nas sextas-feiras, assim como Botibol (nós a chamamos de Botty), nas quartas-feiras. Lá está a Srta. Clementina Clutterbuck, a cadavérica jovem de verde, de ostentosa cabeleira ruiva, que publicou seu livro de poemas ("O Guincho da Morte", "Damiens", "O Feixe de Varas de Joana D'Arc" e "Traduções do Alemão" – claro). As mulheres-*conversazione* cumprimentam-se, chamando-se de "minha querida Lady Ann" e "minha querida e boa Eliza", e nutrindo um ódio mútuo, como as mulheres odeiam quem dá festas nas quartas e sextas-feiras. Com uma mágoa inexprimível, a querida e boa Eliza vê Ann subir e bajular Abou Gosh, que recém chegou da Síria, e suplica-lhe que prestigie suas sextas-feiras.

Durante todo esse tempo, no meio da multidão e do corpo a corpo, perpétuos sussurros e conversas fúteis, com a chama trêmula das velas de cera e um intolerável cheiro de almíscar – aquilo que o pobre esnobe que escreve romances elegantes chama de "o brilho das gemas, o odor de perfumes, o esplendor de inúmeras lâmpadas" – um estrangeiro raquítico e de rosto amarelo, com luvas limpas, gorjeia de modo inaudível em um canto, com o acompanhamento de um outro. "O grande Cacafogo", a Sra. Botibol sussurra ao passar por você. "Uma grande criatura, Thumpenstrumpff, está no instrumento – o pianista de Hetman Platoff, você sabe."

Cem pessoas reuniram-se para ouvir esse Cacafogo e Thumpenstrumpff – um bando de viúvas com bom dote, corpulentas ou esqueléticas; uma pequena quantidade de senhoritas; seis lordes com ar taciturno, perfeitamente calmos e solenes; maravilhosos condes estrangeiros, com costeletas espessas e rostos amarelos e uma grande quantidade de joias duvidosas; jovens dândis de cintura fina e colarinho aberto e sorriso pretensioso, com flores nas lapelas; os velhos *roués* das noites de *conversazione*, esticados, robustos e calvos que você encontra em toda parte – que nunca perdem uma noite dessa deliciosa diversão; os três últimos leões capturados na temporada – Higgs, o viajante; Biggs, o romancista; e Toffey, que tornou-se conhecido na questão do açúcar; o capitão Flash, que é convidado por conta de sua linda mulher; e Lord Ogleby, que vai aonde ela for. *Que sais-je?* Quem são os donos de todos aqueles cachecóis pomposos e daquelas gravatas brancas? – Pergunte ao pequeno Tom Prig[82], que está ali no auge da satisfação, conhece todo mundo, tem uma história sobre cada um deles; e que ao voltar para o quarto que aluga na Jermyn Street, com sua cartola e seus escarpins envernizados, sente que é o sujeito mais elegante da cidade e que, de fato, passou uma noite de requintado prazer.

Você sobe (com sua habitual elegância) e conversa com a Srta. Smith em um canto. "Oh, Sr. Snob, receio que o senhor seja tristemente satírico."

É tudo que ela diz. Se você comenta que o tempo está ótimo, ela explode em uma gargalhada; se insinua que está muito quente, ela jura que você é o patife mais divertido! Enquanto isso, a Sra. Botibol está sorrindo afetado para

---

82. *Prig*: presunçoso, pedante.

recém-chegados; o indivíduo à porta está uivando o nome deles; o pobre Cacafogo está gorgeando na sala de música, com a impressão de que será *lancé* no mundo por cantar inaudivelmente ali. E que bênção é sair pela porta, chegar à rua onde está meia centena de carruagens está à espera, e onde o garoto do archote, com aquela sua lanterna desnecessária, lança-se sobre todos que saem, insistindo em ter a honra de levar o lorde até o cabriolé.

E pensar que há gente que, após ter estado na quarta-feira da Botibol, irá na sexta-feira da Clutterbuck!

Capítulo XIX

Esnobes que jantam fora

Na Inglaterra, os esnobes que dão jantares ocupam um lugar muito importante na sociedade, e a tarefa de descrevê-los é tremenda. Houve uma época em minha vida em que a consciência de ter comido o sal de um homem me deixava mudo em relação a seus deméritos, e eu considerava um ato de maldade e uma falta de hospitalidade falar mal dele.

Mas por que um lombo de carneiro deveria deixar você cego, ou mesmo um linguado com molho de lagosta deveria calar sua boca para sempre? Com o avanço da idade, os homens veem seus deveres com mais clareza. Não terei mais os olhos vendados por uma fatia de carne de veado, por mais gorda que seja; e quanto a ficar mudo por conta de um linguado com molho de lagosta... claro que fico; as boas maneiras ordenam que seja assim, até ter engolido a mistura – mas não depois; logo que a comida é saboreada, e John retira o prato, minha língua começa a soltar. A sua também não, se você tem um vizinho agradável? – uma adorável criatura, digamos, de cerca de trinta e cinco anos, cujas filhas ainda não foram apresentadas à sociedade – elas são as melhores pessoas para se conversar. Quanto às senhoritas, são colocadas em volta da mesa apenas para serem olhadas – como as flores no centro da mesa. O rubor de sua juventude e a sua modéstia natural as excluem desse *abandon* coloquial tranquilo e confidencial, que faz o encanto da relação com suas queridas mães. É a estas, caso queira prosperar em sua profissão, que o esnobe que janta fora deveria dirigir-se. Suponhamos que você se sente ao lado de uma delas: como é agradável, nos intervalos do banquete, maltratar de fato as comidas e o anfitrião da festa! É duas vezes mais *piquant* ridicularizar o sujeito debaixo de seu próprio nariz.

"O que é um esnobe que dá jantares?" pode perguntar a algum jovem inocente, que ainda não foi *répandu* no mundo – ou algum simples leitor que não tem os benefícios da experiência de Londres.

Meu caro senhor, vou mostrar-lhe – não todos, pois isto é impossível – vários tipos de esnobes que dão jantares. Por exemplo, suponhamos que você, de condição média, acostumado à carne de carneiro, assada na terça-feira, fria na quarta-feira, picadinha na quinta etc., com poucos meios e uma pequena casa, decida desperdiçar esses meios e virar a casa de cabeça para baixo dando recepções muitíssimo caras – você entra de uma vez para a categoria dos esnobes que dão jantares. Suponhamos que você consiga preços baratos no quituteiro e contrate um casal de verdureiros ou batedores de tapete para passarem por criados, dispensando a honesta Molly que serve nos dias normais e enfeitando sua mesa (em geral ornamentada com louça de barro de padrões imitando porcelana chinesa) com pratos de Birmingham de dois e meio vinténs. Suponhamos que você finja ser mais rico e ilustre do que realmente é – você é um esnobe que dá jantares. E, oh, tremo ao pensar em quantos e quantos deles irão ler isto!

Um homem que recebe dessa maneira – e, ai de mim, como são poucos os que não o fazem – é igual a um sujeito que pede emprestado o casaco do vizinho para exibir-se, ou a uma dama que pavoneia-se com os diamantes da vizinha – resumindo, ele é um impostor que deve ser colocado entre os esnobes.

Um homem que sai fora de sua esfera natural da sociedade para convidar lordes, generais, conselheiros e outras pessoas da moda, mas que é mesquinho em sua hospitalidade para com seus iguais, é um esnobe que dá jantares. Meu caro amigo Jack Tufthunt[83], por exemplo, conhece

---

83. *Tufthunter*: indivíduo adulador que procura a companhia de pessoas importantes e tituladas.

um lorde ao qual foi apresentado em um balneário: o velho Lord Mumble[84], que é banguela como um bebê de três meses, tão silencioso quanto um agente funerário, tão surdo quanto um... bem, não vamos particularizar. Tufthunt não janta mais, sem que esse velho patrício banguela e solene esteja à direita da Sra. Tufthunt – Tufthunt é um esnobe que dá jantares.

O velho Livermore: o velho Soy, o velho Chutney, diretor das Índias Orientais, o velho Cluter, o cirurgião etc. – essa sociedade de fósseis, em suma, que vivem dando jantares uns aos outros, e que jantam com o único objetivo de devorar – eles, também, são esnobes que dão jantares.

Por outro lado, minha amiga Lady MacScrew, que tem à volta de sua mesa três enormes lacaios vestidos de renda, serve pescoço de carneiro em baixela de prata, e oferece gotas de péssimos xerez e vinho do Porto, é uma esnobe que dá jantares de outro tipo; e confesso, de minha parte, que preferiria jantar com o velho Livermore ou o velho Soy do que com essa Lady.

A mesquinhez é esnobismo. A ostentação é esnobismo. Prodigalização é esnobismo. Caçar universitários nobres é esnobismo. Mas reconheço que há pessoas mais esnobes do que todas essas cujos defeitos foram mencionados acima: ou seja, aqueles indivíduos que podem, mas não dão nenhum jantar. O homem sem hospitalidade jamais ficará *sub iisdem trabibus* comigo. Que o sórdido patife vá mastigar seus ossos sozinho!

O que, por outro lado, é a verdadeira hospitalidade? Ai de mim, meus caros amigos e irmãos esnobes, como encontramos pouca hospitalidade, no fim de tudo! São *puros* os motivos que induzem seus amigos a convidá-lo para jantar? Essa é, para mim, uma dúvida frequente. Seu anfitrião quer algo de você? Por exemplo, não sou de natureza desconfiada; mas o *fato* é que quando Hookey está lançando

---

84. *Mumble*: resmungo.

alguma obra nova, ele convida todos os críticos do círculo para jantar; que quando Walker apronta os quadros para a exposição, de certa forma fica excessivamente hospitaleiro e convida os amigos da imprensa para uma tranquila costeleta e um copo de Sillery. O velho Hunks, o sovina que morreu há pouco tempo (deixando seu dinheiro para a governanta), viveu muitos anos na abundância, simplesmente anotando os nomes e sobrenomes *de todos os descendentes de seus amigos*. Mas embora você possa ter sua própria opinião sobre a hospitalidade de seus conhecidos; e embora os homens que o convidam por motivos sórdidos sejam, sem a menor dúvida, esnobes que dão jantares, é melhor não indagar muito pelo motivo deles. Não seja exigente demais em relação aos dentes de um cavalo dado. Afinal de contas, um homem não tenciona insultá-lo quando o convida para jantar.

Embora, no que diz respeito a isso, eu conheça alguns personagens da cidade que, de fato, consideram-se ofendidos e insultados se a janta ou a companhia não for de seu gosto. Aí está Guttleton[85] que janta em casa uma carne barata da loja de comidas prontas, mas que se for convidado a jantar em uma casa onde não haja ervilhas, no final de maio, ou pepinos acompanhando o linguado, em março, considera um insulto ter sido convidado. "Deus do céu!", ele diz, "que diabos os Forker pretendiam ao *me* convidar para um jantar em família? Carne de carneiro posso comer em casa"; "Que atrevimento infernal dos Spooners comprarem as *entrées* na confeitaria e imaginarem que *eu* seria enganado com as histórias sobre seu cozinheiro francês!" Há também Jack Puddington – outro dia vi esse honesto sujeito ter um acesso de raiva porque, por acaso, Sir John Carver convidou-o para uma reunião com o mesmo grupo que ele encontrara na casa do coronel Cramley, no dia anterior, e ele não havia preparado um conjunto de histórias novas para entretê-los. Pobres esnobes que dão jantares! Vocês não sabem que agradeci-

---

85. *Guttle*: devorar, comer com glutonaria.

mentos miseráveis recebem apesar de todos os seus esforços e dinheiro! E que nós, os esnobes que jantamos fora, olhamos com desprezo para sua culinária e vaiamos seu vinho branco do Reno, e somos incrédulos em relação a seu champanhe ordinário, e sabemos que os pratos que acompanham hoje são os *réchauffés* da janta de ontem, e notamos que certos pratos são retirados da mesa sem serem provados, de modo que possam figurar no banquete de amanhã. De minha parte, sempre que vejo o chefe de família especialmente ansioso para *escamoter* um fricandó ou um manjar branco, grito e insisto em massacrá-lo com uma colher. Esse tipo de conduta torna a pessoa popular com o esnobe que dá jantares. Sei que um amigo meu causou uma estupenda sensação na alta sociedade ao anunciar *à propos* de certos pratos quando a ele oferecidos, que jamais comia galantina, exceto na casa de Lord Tittup, e que o *chef* de Lady Jiminy é o único homem de Londres que sabe cozinhar *Filet en sarpenteau* ou *Suprême de volaille aux truffes*.

Capítulo XX

Considerações adicionais sobre esnobes que dão festas

Se meus amigos quiserem apenas seguir a moda que prevalece hoje, acho que deveriam me dar um presente pelo ensaio sobre esnobes que dão jantares que estou escrevendo neste momento. O que você acha de um elegante e prático serviço de mesa de prata (*não* incluindo pratos, pois considero os pratos de prata puro atrevimento, e me fariam pensar quase imediatamente em xícaras de chá de prata), um par de bules de chá de bom-gosto, uma cafeteira, bandejas etc., com uma pequena inscrição para minha esposa, a Sra. Snob; e dez canecas de prata para os pequenos Snoblings, para brilhar na mesa onde eles compartilham da cotidiana carne de carneiro?

Se fosse à minha maneira, e meus planos pudessem ser executados, os jantares aumentariam, tanto como por outro lado diminuiria o esnobismo de dar jantares; em minha opinião, as partes mais agradáveis da obra publicada há pouco tempo por meu estimado amigo (se é que ele, por um conhecimento muito breve, me permite chamá-lo assim) Alexis Soyer[86], o regenerador – que ele (com seu nobre estilo) chamaria de as passagens mais suculentas, saborosas e elegantes – são aquelas que referem-se não aos grandes banquetes e jantares formais, mas sim aos "jantares em casa".

A "janta em casa" deveria ser o centro de todo o sistema de oferecer jantares. Seu estilo costumeiro de fazer as refeições – ou seja, farto, agradável e perfeito – deveria ser

---

86. *Alexis Soyer*: cozinheiro francês que tornou-se famoso como *chef de cuisine* do Reform Club. É autor de um tratado de culinária que fez muito sucesso.

o mesmo com que você recebe seus amigos, e do qual você também participa.

Pois, por qual mulher do mundo tenho mais consideração do que por minha amada parceira de existência, a Sra. Snob? Quem deveria ter maior espaço em meu afeto do que seus seis irmãos (três ou quatro dos quais, temos toda certeza, nos obsequiarão com sua companhia às sete horas), ou sua angélica mãe, minha estimada sogra? Enfim, a quem eu gostaria de prover com mais generosidade do que a este seu muito humilde servo, o presente escritor? Bem, ninguém supõe que a baixela de Birmingham seja retirada, os disfarçados batedores de tapetes sejam trazidos para que a asseada arrumadeira seja dispensada, as miseráveis *entrées* sejam encomendadas na confeitaria e as crianças guardadas (como se supunha) em seu quarto, quando na verdade ficarão apenas na escadaria, por onde descem deslizando durante a hora da janta, assaltando os pratos à medida que vão aparecendo e enfiando o dedo nas geleias e nas almôndegas – ninguém, como eu disse, supõe que um jantar em casa seja caracterizado pela horrível cerimônia, pelos ridículos expedientes, a pompa e ostentação ignóbeis que distinguem nossos banquetes nos dias de grande importância.

Tal ideia é monstruosa. É como imaginar minha queridíssima Bessy sentada diante de mim, de turbante e ave do paraíso e mostrando os braços deliciosamente sarapintados saindo das mangas de seu famoso vestido de cetim vermelho; ah, ou o Sr. Toole todos os dias de colete branco, às minhas costas, gritando: "Silêncio no recinto".

Bem, se esse for o caso; se a pompa da baixela de segunda e as procissões de falsos criados são odiosas e ridículas na vida cotidiana, por que não sempre? Por que eu e Jones, que somos da classe média, deveríamos alterar os nossos hábitos para simular um *éclat* que não faz parte de nós – para receber nossos amigos, que (se valemos alguma coisa e somos sujeitos honestos no fundo) também são homens da classe média, que não ficam nem um pouco iludidos com nosso esplendor temporário e que fazem conosco exatamente o mesmo truque absurdo quando convidam-nos para jantar?

Se é agradável jantar com nossos amigos, como todas as pessoas com bons estômagos e corações bondosos, presumo, hão de convir, que é melhor jantar duas vezes do que uma. É impossível para homens de poucos meios estar sempre gastando vinte e cinco ou trinta xelins por cada amigo que senta à mesa. As pessoas jantam por menos. Eu tenho visto em meu clube favorito (o *Senior United Service*), Sua Alteza, o duque de Wellington, bem contente com o pernil, treze, e meio cálice de xerez, nove; e se Sua Alteza se contenta, por que não eu e você?

Eu estabeleci esta regra e dela descobri as vantagens. Sempre que convido uma dupla de duques e um marquês ou algo parecido para jantar, eu os instalo para comer um pedaço de carne, ou uma perna de carneiro e sobras. Os nobres agradecem por essa simplicidade e apreciam a mesma. Meu caro Jones, pergunte àqueles a quem tem a honra de conhecer se não é este o caso.

Estou longe de desejar que Suas Altezas me tratem de uma maneira semelhante. O esplendor faz parte da posição deles, assim como o razoável conforto (vamos acreditar), faz parte da sua e da minha. O destino determinou o conforto de baixelas de ouro para alguns e proclamou, com desprezo, que outros usem o padrão porcelana e fiquem bem contentes (na verdade, humildemente agradecidos – pois dê uma olhada por aí, oh, Jones, e veja as miríades dos que não são tão afortunados) em usar um linho honesto, enquanto os magníficos do mundo adornam-se com cambraia e renda; sem dúvida, devíamos julgar como tolos miseráveis e invejosos aqueles patifes da sociedade, os Beaux Tibbs, que ostentam um peito de renda e nada mais

– os pobres e tolos tagarelas que arrastam uma pena de pavão atrás de si e pensam imitar o deslumbrante pássaro, cuja natureza é andar pomposo nos terraços de palácios e exibir sua cauda-leque à luz do sol.

Os tagarelas com penas de pavão são os esnobes deste mundo; e nunca, desde os tempos de Esopo, eles foram mais numerosos em qualquer país do que são no momento neste país livre.

Como essa antiquíssima alegoria aplica-se ao tema em questão – o esnobe que dá jantar? A imitação dos grandes é universal nesta cidade, dos palácios de Kensingtonia e Belgravia até o mais remoto rincão da Brunswick Square. As penas de pavão são enfiadas nas caudas da maioria das famílias. Quase nenhum de nós, os pássaros domésticos, fazemos outra coisa além de imitar o andar pomposo do pavão e seu grito estridente e cavalheiresco. Ah, vocês, mal-encaminhados esnobes que dão jantares, pensem em quanto prazer perdem e o dano que causam com suas absurdas grandezas e hipocrisias! Vocês entopem uns aos outros com alimentos não naturais, e recebem uns aos outros para arruinar a amizade (sem falar na saúde) e destruir a hospitalidade e o companheirismo – vocês que, se não fosse a cauda de pavão, poderiam conversar à vontade e ser joviais e felizes!

Quando um homem entra no grande grupo de esnobes que recebe e dá jantares, se tiver uma mente de tendência filosófica, irá considerar uma gigantesca tapeação todo esse negócio: os pratos, a bebida, os criados, as baixelas, o anfitrião e a anfitriã, a conversa e a companhia – inclusive o filósofo.

O anfitrião sorri, brinda e fala mesa acima e mesa abaixo; mas é presa de ansiedades e terrores secretos; teme que os vinhos que tirou da adega acabem sendo insuficientes; teme que uma garrafa com gosto de rolha destrua seus cálculos; ou que nosso amigo, o batedor de tapetes, ao cometer algum *bévue*, revele sua verdadeira qualidade de quitandeiro e mostre que não é o mordomo da família.

A anfitriã ostenta um sorriso resoluto durante todo o jantar. Sorri em sua agonia, embora seu coração esteja na cozinha e ela especule com terror se não estará acontecendo alguma desgraça por lá. Se o *soufflé* sofrer um colapso, ou se Wigging não enviar os sorvetes a tempo, ela tem a impressão de que cometerá o suicídio – essa mulher sorridente e alegre!

As crianças estão berrando no andar de cima, enquanto a criada faz cachos em seus cabelos com pentes quentes, arrancando pelas raízes os cabelos da Srta. Emmy, ou esfregando o nariz de batata da Srta. Polly com sabonete matizado até que a pequena patife entre em convulsões. Os garotos da família, como afirmamos, dedicam-se à pirataria no patamar da escada.

Os criados não são criados, mas sim os antes mencionados negociantes de varejo.

A baixela não é baixela, mas sim laca brilhante de segunda categoria; assim como a hospitalidade e tudo mais.

A conversa é conversa de segunda. O gaiato da festa, com amargura no coração, pois recém saiu da lavanderia que o está pressionando para que pague a conta, descarrega boas histórias; e o gaiato da oposição está furioso por não ter sua vez. Jawking, o grande conversador, sente desprezo e indignação pelos dois, pois está sendo mantido fora do grupo. O jovem Moscatel, o dândi barato, está falando de moda e do Almack's de acordo com o que leu no *Morning Post* e desagradando sua vizinha, a Sra. Fox, que dá-se conta que nunca esteve lá. A viúva está atormentada e impaciente porque sua filha Maria foi colocada ao lado do jovem Cambric, o pároco auxiliar sem um tostão, e não ao lado do coronel Goldmore, o rico viúvo da Índia. A mulher do médico está mal-humorada porque não foi conduzida na frente da esposa do advogado; o velho Dr. Cork está rosnando para o vinho e Guttleton zomba da culinária.

E pensar que todas essas pessoas podiam ser tão felizes, tranquilas e amigáveis se se reconciliassem de uma maneira natural e despretensiosa, e se não fosse a paixão infeliz pelas penas de pavão que existe na Inglaterra. Meigas sombras de Marat e Robespierre! quando vejo a honestidade da sociedade ser corrompida pelo miserável culto dos padrões da moda, fico tão furioso quanto a recém-mencionada Sra. Fox, e pronto para encomendar uma *battue* geral nos pavões.

Capítulo XXI

Alguns esnobes do continente

Agora que setembro chegou e que todos os nossos deveres parlamentares acabaram, talvez nenhuma classe de esnobes esteja tão radiante quanto os esnobes do Continente. Eu os observo todos os dias quando começam sua migração da praia de Folkestone. Vejo multidões deles partirem (não, talvez, sem uma ânsia congênita de também deixar a Ilha junto com esses felizes esnobes). Adeus, caros amigos, eu digo; agora vocês sabem que o indivíduo que os observa na praia é seu amigo, historiógrafo e irmão.

Hoje fui ver nosso excelente amigo Snooks a bordo do *Queen of the French*; havia uma grande quantidade de esnobes por lá, no convés desse belo navio, marchando com seu orgulho e bravura. Chegarão em Ostend em quatro horas; na semana que vem inundarão o Continente; levarão a terras distantes a famosa imagem do esnobe britânico. Não os verei – mas estou com eles em espírito; e, de fato, dificilmente haverá um país no mundo civilizado e conhecido no qual estes olhos não os tenham observado.

Vi esnobes de casaco rosa e botas de caça percorrendo a *Campagna* de Roma; e ouvi seus juramentos e seu sotaque conhecido nas galerias do Vaticano e sob os sombreados arcos do Coliseu. Encontrei um esnobe em cima de um dromedário no deserto, e fazendo piquenique sob a pirâmide de Quéops. Gosto de imaginar quantos galantes esnobes britânicos devem estar, neste minuto que escrevo, enfiando as cabeças em cada janela do pátio do *Meurice's*, na Rue de Rivoli; ou gritando "*garsong, du pang*", "*garsong, du vang*"; ou perambulando por Toledo, em Nápoles; ou então quantos estarão à espreita de Snooks no Ostend Pier – de Snooks e do resto dos esnobes a bordo do *Queen of the French*.

Vejam o marquês de Carabas e suas duas carruagens. A Sra. Marquesa sobe a bordo, olha em volta com aquele ar feliz mesclado de terror e insolência que distingue sua nobreza, e corre para a carruagem, pois é impossível que ela se misture com os outros esnobes no convés. Lá ela senta, e passará mal em segredo. As folhas de morango dos painéis de seu coche estão gravadas no coração da dama. Creio que se ela estivesse indo para o céu e não para Ostend, esperaria ter *des places réservées* para ela, e mandaria reservar os melhores aposentos. Um mensageiro com a sacola de dinheiro pendurada no ombro – um enorme criado carrancudo cuja libré de cor cinza-escuro brilha com a insígnia heráldica dos Carabas – uma *femme-de-chambre* francesa espalhafatosa e com ar atrevido (só uma caneta feminina pode fazer justiça a essa magnífica vestimenta espalhafatosa da criada da dama *en voyage*) – e uma miserável *dame de compagnie* estão atendendo aos desejos da dama e de seu spaniel *King Charles*. Estão correndo de um lado para o outro com água-de-colônia, lenços de bolso com debruns e monogramas, e empurrando misteriosas almofadas para a frente e para trás e em cada canto disponível da carruagem.

O pequeno marquês, seu marido, está caminhando pelo convés de uma maneira desnorteada, com uma magra filha em cada braço; a esperança da família, com sua barbicha ruiva, já está fumando na coberta de proa em um traje de viagem todo em tecido xadrez, com botas de fustão com bico de verniz e uma camisa bordada com jiboias cor-de-rosa. O que é que torna os esnobes viajantes maravilhosamente propensos a andarem fantasiados? Por que um homem não viajaria de casaco etc., mas acharia adequado vestir-se como um arlequim de luto? Vejam, até mesmo o jovem Aldermanbury, o negociante de sebo que recém subiu a bordo, conseguiu um terno de viagem todo furado de bolsos; e o pequeno Tom Tapeworm[87], o funcionário do advogado

---

87. *Tapeworm*: tênia, solitária.

da City, que tem apenas três semanas de licença, aparece de polainas e jaqueta de caça novinha em folha e teve de deixar o bigode crescer sobre seu pequeno lábio superior sujo de rapé, por certo!

Pompey Hicks está dando minuciosas instruções a seu criado e perguntando em voz alta: "Davis, onde está o estojo de barba?" e "Davis, é melhor levar o estojo da pistola para a cabine". O pequeno Pompey viaja com um estojo de barba, mas não tem barba; em quem vai atirar com sua pistola, por Deus, quem pode dizer? E o que fará com seu criado a não ser esperar por ele, estou perplexo em conjecturar.

Vejam o honesto Nathan Houndsditch e sua senhora e o pequeno filho deles. Que nobre expressão de ardente contentamento ilumina as feições desses esnobes da raça oriental! Que estilo de vestir tem Houndsditch! Que anéis e correntes, que bengalas com cabos de ouro e diamantes, que cavanhaque o tratante tem (o tratante!, ele jamais se poupará alguma diversão barata!). O pequeno Houndsditch tem uma bengalinha com cabo dourado e pequenos ornamentos em mosaico – dando ao conjunto um ar superior. Quanto à senhora, ela está com todas as cores do arco-íris! Tem uma sombrinha cor-de-rosa com forro branco, um gorro amarelo, um xale verde-esmeralda, uma capa comprida de seda riscada, botas de lã grossa, luvas cor de ruibarbo e botões de vidro de várias cores expandindo-se do tamanho de uma moeda de quatro pence até o de uma coroa, que brilham e cintilam em toda a parte da frente de seu deslumbrante traje. Como disse antes, eu gosto de olhar as pessoas elegantes em seus dias de gala; elas são pitoresca e ultrajantemente esplêndidas e felizes.

Mais ao longe vem o capitão Bull; novo em folha, firme e com boa disposição; que viaja durante quatro ou seis meses de cada ano de sua vida; que não se dá ao luxo do vestuário ou à insolência de comportamento, mas que acho ser um esnobe tão grande quanto qualquer homem a bordo.

Bull passa a temporada em Londres, vivendo às custas de jantares e dormindo em um sótão perto de seu clube. No exterior, ele esteve em toda parte; conhece os melhores vinhos de cada estalagem em cada capital da Europa; viu cada palácio e galeria de arte de Madri a Estocolmo; fala um abominável jargão de meia dúzia de línguas – e não sabe nada, nada. Bull caça nobres no Continente, e é uma espécie de acompanhante de viagem amador. Ele se insinuará junto ao velho Carabas antes de chegarem a Ostend; e lembrará ao Sr. Lorde que o conheceu em Viena há vinte anos, ou que lhe deu um copo de aguardente Riga acima. Dissemos que Bull não sabe nada: ele sabe os nascimentos, armas e *pedigree* de toda nobreza, pousou os olhinhos em cada uma das carruagens a bordo – observou seus painéis e inspecionou seus timbres; sabe todas as histórias do Continente sobre os escândalos ingleses – como o conde Towrowski fugiu com a Srta. Baggs em Nápoles – como Lady Smigsmag tornou-se amiga *muito* íntima do jovem Cornichon da missão diplomática francesa em Florença – a quantia exata que Jack Deuceace ganhou de Bob Greengoose em Baden – o motivo que fez com que os Stagg se instalassem no Continente; a quantia pela qual foram hipotecados os bens de O'Goggarty, etc. Se ele não puder pegar um lorde, fisgará um baronete, ou então o velho embusteiro pegará algum jovem imberbe e mostrará a ele a "vida" em vários bairros agradáveis e inacessíveis. Ah! o velho bruto! Se ele tem todos os defeitos da juventude mais impetuosa, pelo menos tem o consolo de não ter nenhuma consciência. Ele é completamente estúpido, mas de uma maneira jovial. Acredita ser um membro respeitável da sociedade; mas talvez a única boa ação que já fez na vida seja a de involuntariamente ter dado um exemplo a ser evitado e de mostrar a figura odiosa na sociedade de um velho devasso que passa a vida mais como um Sileno decoroso, que um dia morrerá em seu sótão, sozinho, sem remorsos e despercebido, a não ser por seus herdeiros atônitos que descobrem que o velho dissoluto e sovina deixou algum dinheiro. Vejam, ele já está tramando com o velho Carabas! Eu disse que ele iria fazê-lo.

Mais ao longe vejo a velha Lady MacScrew e as jovens senhoras de meia-idade suas filhas; elas vão pechinchar e regatear na Bélgica e Reno acima até encontrar uma pensão onde poderão viver com uma renda menor do que aquela paga pela dama a seus criados. Mas ela irá exigir e receberá um respeito considerável dos esnobes britânicos estabelecidos em um balneário que ela escolhe para residência de verão, por ser a filha do conde de Haggistoun. Aquele janota de ombros largos, com costeletas grandes e imaculadas luvas de pelica branca, é o Sr. Phelim Clancy da cidade de Poldoodys; ele se autodenomina Sr. De Clancy; esforça-se para disfarçar sua nativa pronúncia irlandesa com a mais rica superposição de inglês; e se você jogar bilhar ou *écarté* com ele, tem a chance de ganhar a primeira partida e de perder as sete ou oito partidas seguintes.

Aquela enorme senhora com as quatro filhas e o jovem dândi da universidade, seu filho, é a Sra. Kewsy, a mulher do eminente advogado, que preferiria morrer a não andar na moda. Ela tem o *Nobreza* na bolsa de viagem, pode ter certeza; mas é suplantada pela Sra. Quod, a esposa do procurador, cuja carruagem com o aparato de assentos extras, boleias e baús no teto quase não perde em esplendor para o coche de viagem do marquês de Carabas, e cujo mensageiro tem costeletas maiores e uma bolsa de dinheiro marroquina maior do que o gentil-homem do marquês. Observe-a bem; está falando com o Sr. Spout, o novo deputado de Jawborough, que está saindo para inspecionar as operações da União Aduaneira e que na próxima reunião fará algumas perguntas bem severas ao Lord Palmerston sobre a Inglaterra e suas relações com o comércio de azul da Prússia, o comércio de sabão de Nápoles, o comércio de iscas alemãs etc. Spout irá comerciar com o rei Leopold em Bruxelas; escreverá cartas a bordo para o *Jawborough Independent* e, em sua condição de *Member du Parliamong Britannique*, esperará ser convidado para um jantar em família com cada um dos soberanos cujos domínios ele honra com uma visita durante essa viagem.

A próxima pessoa é – mas, que desagradável! está tocando a sineta para desembarcarmos e, apertando a mão de Snook de um modo cordial, corremos em direção ao pier, acenando um adeus para ele enquanto o majestoso navio negro corta sutilmente as ensolaradas águas azuis, levando a carga de esnobes para fora das fronteiras.

Capítulo XXII

Continuação do esnobismo continental

Estamos acostumados a rir dos franceses por sua propensão à fanfarronice e sua intolerável vaidade em relação à França, *la gloire, l'Empereur* e coisas semelhantes; e ainda assim, no fundo eu penso que o esnobe britânico, pela presunção, autossuficiência e fanfarronice à sua maneira, não tem paralelo. Sempre há algo de intranquilo na presunção de um francês. Ele se jacta com muito mais fúria, gritando e gesticulando; berra tão alto que o francês é a cabeça da civilização, o centro do pensamento etc., que não se pode deixar de perceber que em sua mente o pobre sujeito tem uma dúvida secreta de que não é a maravilha que professa ser.

Quanto ao esnobe britânico, pelo contrário, em geral não há nenhum alarde, nenhuma gritaria, mas sim a tranquilidade da profunda convicção. Somos melhores que todo o mundo; não questionamos em absoluto a ideia, ela é um axioma. E quando um francês vocifera *"la France, monsieur, la France est à la tête du monde civilisé!"*, nós rimos com benevolência do pobre diabo frenético. *Nós* somos a primeira classe do mundo; temos esse fato tão claro em nossos corações que qualquer pretensão vinda de alguma outra parte é simplesmente ridícula. Meu caro irmão leitor, diga, como um homem honrado, você não é dessa opinião? Você considera um francês um semelhante? Claro que não considera, galante esnobe britânico, você sabe que não; talvez não mais que Snob, este seu humilde criado e irmão.

E sinto-me inclinado a pensar que é essa convicção, e a consequente conduta dos ingleses em relação aos estrangeiros que nos dignamos a visitar, essa confiança na superioridade que mantém erguida a cabeça dos donos de cada caixa de chapéu inglês da Sicília a São Petersburgo, que nos torna tão magnificamente odiados em toda Europa; é esse – mais do que todas as nossas pequenas vitórias, das quais muitos franceses e espanhóis nunca ouviram falar – esse assombroso e indomável orgulho insular que dá vida a milorde em sua carruagem de viagem, assim como a John na boleia.

Se você ler as velhas crônicas sobre as guerras francesas, encontrará o mesmíssimo caráter dos ingleses e os súditos de Henrique V portando-se do mesmo modo frio e dominador dos nossos corajosos veteranos da França e da Península. Você nunca ouviu o coronel Cutler e o major Slasher conversando sobre a guerra depois do jantar? Ou o capitão Boarder descrevendo suas ações contra o "*Indomptable*?" "Malditos sujeitos", Boarder diz, "as manobras deles eram muito boas. Fui batido três vezes antes de tomar o navio". "Malditos carabineiros de Milhaud", Slasher diz, "que trabalho deram à nossa cavalaria leve!", dando a entender uma espécie de surpresa com o fato de os franceses chegarem a opor resistência contra os bretões; um espanto afável porque os pobres diabos cegos, loucos, presunçosos e valentes tiveram, de fato, a coragem de resistir a um inglês. Neste momento, legiões de ingleses estão prestigiando a Europa, sendo gentis com o Papa, ou afáveis com o rei da Holanda, ou dando a honra de inspecionar as tropas prussianas. Quando Nicolau esteve aqui, ele que passa em revista um quarto de milhão de bigodes nos desjejuns todas as manhãs, nós o levamos a Windsor e mostramos a ele dois regimentos inteiros, cada qual com seiscentos ou oitocentos bretões com um ar que parecia dizer: "Pronto, meu garoto, veja *isto*. Eles são *ingleses*, são ingleses e seus mestres sempre que você precisar", como diz a canção de ninar. Há muito tempo que o esnobe britânico passou do ceticismo e pode dar-se ao luxo de rir, verdadeiramente bem-humorado, daqueles vaidosos ianques, ou dos estupefatos francesinhos que se apresentam como modelos da humanidade. *Eles*, sem dúvida!

Fui levado a fazer essas observações ao ouvir um velho colega no *Hôtel du Nord*, em Boulogne, que, como é evidente, é do tipo Slasher. Ele desceu e sentou-se à mesa do café da manhã, com uma carranca rabugenta no rosto cor de salmão, estrangulado por uma gravata larga e apertada com listas transversais; sua roupa de linho e acessórios tão perfeitamente engomados e imaculados que todos reconheceram-no de imediato como sendo um querido conterrâneo. Só mesmo nosso vinho do Porto e outras instituições admiráveis poderiam produzir uma figura tão insolente, tão estúpida, tão cavalheiresca. Depois de algum tempo, nossa atenção foi chamada para ele porque vociferou com uma expressão de fúria ardente: "Oh!".

Todos viraram-se para o "oh", imaginando que, como seu rosto indicava, o coronel estivesse com uma dor intensa; mas os garçons sabiam muito bem e, em vez de se alarmarem, levaram a chaleira para o coronel. "Oh", ao que parece, é a palavra francesa para água quente. O coronel (embora a despreze profundamente) pensa que fala essa língua muitíssimo bem. Enquanto ingeria o chá fumegante, que descia rolando, gorgolejando e assoviando pela "goela seca" do respeitável veterano, juntou-se a ele um amigo de rosto enrugado e peruca muito negra, um coronel também, evidentemente.

Os dois guerreiros, ambos sacudindo suas velhas cabeças, logo uniram-se no café da manhã e passaram a conversar, e nós tivemos o privilégio de ouvir sobre a velha guerra e algumas agradáveis conjecturas em relação à próxima, que eles consideravam iminente. Eles zombaram da frota francesa; ridicularizaram a marinha mercante francesa; mostraram como, em uma guerra, poderia haver um cordão de isolamento ("um *cordong*, pelos diabos") de navios a vapor ao longo de toda a nossa costa e, "pelos diabos...", prontos para desembarcar em um instante em qualquer parte da outra costa, a fim de dar uma surra nos franceses tão boa quanto a que levaram na última guerra, "pelos diabos...". E assim, durante toda a conversa, os dois veteranos dispararam um retumbante bombardeio de blasfêmias.

Havia um francês no salão, mas como não estava há mais de dez anos em Londres, claro que não falava a língua e perdeu o privilégio da conversa. "Mas, oh, meu país!", eu disse com meus botões, "não é de se admirar que tu sejas tão amado. Se eu fosse francês, o quanto te odiaria!"

Esse inglês fanfarrão, rabugento, brutal e ignorante está se exibindo em cada cidade da Europa. Uma das criaturas mais estúpidas existentes sob o firmamento, ele sai esmagando a Europa sob seus pés, abrindo caminho à força para galerias e catedrais e entrando apressado em palácios, com seu uniforme emproado. Na igreja ou no teatro, em festas ou galerias de arte, o rosto *dele* nunca varia. Milhares de cenas deliciosas passam diante de seus olhos injetados e não o afetam. São mostradas a ele magníficas cenas da vida e dos costumes, mas nunca o comovem. Ele vai à igreja e chama as práticas desta de degradantes e supersticiosas; como se o *seu* altar fosse o único aceitável. Ele vai às galerias, e é mais ignorante quanto à arte do que um engraxate francês. A Arte e a Natureza passam, e não há um pingo de admiração em seus olhos estúpidos; nada o comove, exceto quando depara-se com um grande homem; então, o esnobe britânico rígido, orgulhoso, autoconfiante e inflexível pode ser tão humilde quanto um criado de libré e tão flexível quanto um arlequim.

Capítulo XXIII

Esnobes ingleses no continente

"Qual é a utilidade do telescópio de Lord Rosse[88]?", meu amigo Panwiski exclamou outro dia. "Ele só lhe permite ver a poucas centenas de milhares de milhas de distância. O que se pensava serem meras nebulosas vem a ser os mais perceptíveis sistemas estelares; e além dessas você vê outras nebulosas, que uma lente mais poderosa mostrará que são estrelas, de novo; e assim elas continuam brilhando e piscando pela eternidade." Com o que meu amigo Pan, soltando um pesado suspiro como que a confessar-se incapaz de encarar o Infinito, desabou resignado e engoliu um copo de clarete cheio até a borda.

Eu (que como outros grandes homens só tenho uma ideia em mente) pensei com meus botões que os esnobes são como as estrelas: quanto mais olhamos para esses corpos luminosos mais os vemos – ora muito nebulosos – ora levemente perceptíveis, ora definidos com muito brilho – até que eles param de cintilar e se dissipam na infinita escuridão. Não passo de uma criança brincando na beira do mar. Algum filósofo telescópico surgirá um dia, algum grande Esnobônomo, para descobrir as leis da grande ciência com a qual agora apenas brincamos, e para definir, estabelecer e classificar isso que atualmente não passa de uma teoria vaga, e tirar daí uma elegante conclusão.

Sim: um único olho consegue registrar apenas poucas e simples variedades do enorme universo dos esnobes. Às vezes penso em apelar para o público e convocar um congresso de *savans*, como o que se reuniu em Southampton

---

88. *Lord Rosse*: William Parsons, Conde de Rosse (1800-1867); astrônomo inglês, construtor de um enorme telescópio com o qual descobriu a existência de diversas galáxias.

– cada qual deve levar suas contribuições e ler seu ensaio sobre o Grande Tema. Pois o que um pequeno grupo de pessoas pode fazer, mesmo tendo o tema atualmente em mãos? Esnobes ingleses no Continente – embora sejam centenas de milhares de vezes menos numerosos do que em sua ilha nativa, mesmo assim esses poucos são demais. Só se pode localizar um desgarrado aqui e ali. Os indivíduos são apanhados – os milhares escapam. Eu só anotei três com quem me encontrei em minha caminhada matinal por essa agradável cidade marinha de Boulogne.

Há o Esnobe Inglês Raff[89], que frequenta *estaminets* e *cabarets*; a quem ouvimos berrando "só vamos para casa pela manhã!" e assustando os ecos da meia-noite das tranquilas cidades continentais com gritos em gíria inglesa. O patife bêbado e desgrenhado é visto perambulando pelo cais quando os paquetes chegam, e bebericando aguardente nos bares de estalagens onde tem crédito. Fala francês com a intimidade da gíria; ele e seus semelhantes povoam as prisões do Continente por causa das dívidas. Joga nas casas de bilhar e pode ser encontrado metido em jogos de cartas e dominós matinais. Sua assinatura pode ser vista em inúmeras letras de câmbio; um dia fez parte de uma família honrada, com muita probabilidade; pois é possível que Raff tenha começado como cavalheiro; e tenha, um pai do outro lado do mar que sente vergonha ao ouvir o nome dele. Em dias melhores, ele enganou o velho progenitor, fraudou o dote das irmãs e roubou os irmãos mais novos. Agora está vivendo do dote da esposa, que esconde-se em algum sótão sombrio, remendando vestuários esfarrapados e as roupas velhas das filhas – as mais miseráveis e desleixadas das mulheres.

Ou às vezes a pobre mulher e suas filhas trabalham timidamente, dando lições de inglês e música, ou fazendo bordados e trabalhos clandestinos, para obter recursos para o *pot-au-feu*; enquanto Raff perambula pelo cais ou derruba

---

89. *Raff*: ralé, gentalha.

copos de conhaque no *café*. A infeliz criatura ainda tem um filho a cada ano, e sua constante hipocrisia é tentar fazer as filhas acreditarem que o pai é um homem respeitável e tirá-las do caminho quando o bruto chega em casa bêbado.

Essas pobres almas arruinadas reúnem-se e têm uma sociedade própria, a qual é muito comovente observar – a exagerada simulação de nobreza, os esforços desajeitados para aparentar fineza; os lamentáveis gracejos; o som do piano velho; ah, o coração fica apertado ao vê-las e ouvi-las. Quando a Sra. Raff, na companhia das pálidas filhas, serve um chá barato para a Sra. Diddler, as duas conversam sobre os tempos passados e a alta-roda que frequentavam; e cantam lânguidas canções de velhos livros de música; e, enquanto estão metidas nesse tipo de diversão, entra o capitão Raff com seu chapéu sebento e no mesmo instante todo o aposento sombrio fede a uma mescla de tabaco e bebida alcoólica.

Por acaso todos que viveram no exterior não conheceram o capitão Raff? Seu nome é anunciado publicamente volta e meia, pelo oficial Hemp; e em Boulogne, Paris e Bruxelas há tanta gente de seu tipo que aposto meu salário como serei acusado de ter personalidade vulgar por desmascará-lo. Muito poucos vilões inveterados são deportados; muitos homens honrados estão, no momento, no trabalho árduo; e embora sejamos o povo mais nobre, melhor, mais religioso e mais moral do mundo, eu gostaria de saber onde, exceto no Reino Unido, as dívidas são motivo de pilhéria e fazer "sofrer" os comerciantes é um esporte de cavalheiros. Na França é desonroso dever dinheiro. Você nunca ouve as pessoas de outras partes da Europa jactarem-se de suas velhacarias; nem vê a prisão de uma grande cidade do Continente que não seja mais ou menos povoada de tratantes ingleses.

Um outro esnobe ainda mais repugnante e perigoso do que o malandro transparente e passivo acima descrito é frequente no continente europeu, e meus jovens amigos esnobes que estão viajando para lá devem estar especialmente prevenidos contra ele. O capitão Legg é um cavalheiro como Raff, embora talvez de um nível mais elevado. Ele também roubou sua família, mas em muito mais, e com coragem desonrou dívidas de milhões, enquanto Raff hesitou ao desviar uma nota de dez libras. Legg está sempre nas melhores estalagens, com os mais belos coletes e bigodes, ou exercitando-se nos mais vistosos cabriolés, ao passo que o pobre Raff embriaga-se com aguardente e fuma tabaco barato. É divertido pensar que Legg, tantas vezes desmascarado e conhecido em toda parte, ainda goza de boa saúde. Ele afundaria na extrema ruína, não fosse o amor constante e ardente da nobreza, que tem uma consideração especial pelo esnobe inglês. Há muitos jovens das classes médias que devem saber que Legg é embusteiro e impostor; e, no entanto, pelo desejo de estar na moda, por sua admiração pelos almofadinhas com postos importantes e pela ambição de se expor ao lado do filho de um Lorde, deixarão que Legg arranque uma renda deles; contentes por pagar, desde que possam desfrutar dessa sociedade. Muitos respeitáveis pais de família quando ouvem que seu filho está cavalgando com o capitão Legg, o filho de Lord Levant, ficam muito satisfeitos porque seu jovem esperançoso está em tão boa companhia.

Legg e seu amigo, o major Macer, fazem turnês profissionais pela Europa, e são encontrados nos lugares certos, na hora certa. Ano passado ouvi dizer que um jovem conhecido meu, o Sr. Muff[90], de Oxford, ao ir ver um pouco de animação em um baile de carnaval, em Paris, foi abordado por um inglês que não conhecia nem uma palavra da língua local e, ao ouvir Muff falá-la de um modo admirável, suplicou-lhe que servisse de intérprete com um garçom com quem havia tido uma discussão. Era um grande alívio, o estranho disse, ver um honesto rosto inglês; e por acaso Muff sabia onde

---

90. *Muff*: desastrado, desajeitado.

havia um bom local para jantar? Assim, os dois foram jantar, e quem entraria no local, dentre todos os homens do mundo, senão o major Macer? E assim Legg apresentou Macer e eles travaram uma pequena intimidade e passaram a jogar ronda de três cartas etc. etc. Ano após ano, grandes quantidades de Muffs são vítimas, em várias partes do mundo, de Legg e Macer. A história é tão sem novidade, o truque da sedução tão inteiramente velho e grosseiro, que é espantoso existir alguém que ainda caia nele; mas as tentações do vício e da nobreza juntas são demais para os jovens esnobes ingleses, e essas vítimas jovens e simplórias caem de novo a cada dia. O verdadeiro esnobe britânico se apresentará com orgulho mesmo que seja apenas para ser chutado e trapaceado por homens elegantes.

Não preciso fazer alusão aqui a um esnobe britânico muito comum, que faz esforços desesperados para tornar-se íntimo da grande aristocracia do Continente, como o velho Rolls, o padeiro, que instalou-se no Faubourg Saint Germain e só receberá Carlistas e nenhum cavalheiro francês com título inferior a marquês. Todos nós podemos rir à vontade das pretensões *desse* sujeito – nós, que trememos diante de um nobre de nossa própria nação. Mas, como você mesmo diz, meu bravo e honesto esnobe John Bull, um marquês francês de vinte linhagens é muito diferente de um nobre inglês; e um bando de desprezíveis *Fürsten* e *Principi* alemães e italianos desperta o escárnio de um bretão honrado. Mas a nossa aristocracia! – é uma questão bem diferente. Eles são os verdadeiros líderes do mundo – a verdadeira nobreza ancestral, original e sem equívocos. Tire seu chapéu, esnobe; ajoelhe-se e submeta-se.

Capítulo XXIV

Sobre alguns esnobes do campo

Cansado da cidade, onde a visão das venezianas fechadas da nobreza, meus amigos, deixa meu coração doente em minhas caminhadas; quase com medo de sentar naquelas vastas solidões da Pall Mall, os clubes, e de molestar os garçons que podiam, penso, estar caçando no campo se não fosse por mim, decidi iniciar uma breve turnê pelas províncias e fazer algumas visitas que há muito tempo eu devia.

A primeira delas foi ao meu amigo, o major Ponto (H. P. da Cavalaria Marinha), em Mangelwurzelshire. O major, com seu pequeno faetonte, me esperava na estação. Sem dúvida o veículo não era esplêndido, mas uma carruagem como essa acomodaria um homem simples (como Ponto disse que era) e uma numerosa família. Rodamos através de campos lindos e viçosos e sebes verdejantes, uma alegre paisagem inglesa; a rodovia, tão lisa e em bom estado quanto o caminho do parque de um nobre, tinha o gracioso matiz da sombra fresca e da dourada luz do sol. Camponeses com aventais brancos como a neve tiravam os chapéus quando passávamos. Crianças com bochechas tão vermelhas quanto as maçãs dos pomares faziam reverências, das portas das choupanas. Torres azuis de igrejas erguiam-se aqui e ali, ao longe; e quando a mulher de seios fartos do jardineiro abriu o portão branco da alameda coberta de hera e nós rodamos através de esmeraldas plantações de abetos e sempre-vivas, em direção à casa, meu peito sentiu uma alegria e exaltação que pensei ser impossível experimentar na enfumaçada atmosfera de uma cidade. "Aqui", exclamei em pensamento, "está a paz, a abundância, a felicidade. Aqui estarei livre dos esnobes. Não pode haver nenhum aqui, nesse encantador rincão bucólico."

Stripes, o servente do major (ex-cabo de sua valente corporação), recebeu meu *portemanteau* e um elegante presentinho, que comprei na cidade como uma oferenda de paz para a Sra. Ponto; ou seja, um bacalhau com ostras da Grove's em um cesto do tamanho de um ataúde.

A casa de Ponto (a Sra. P. batizou-a de "A sempre-viva") é um paraíso perfeito. Está cheia de trepadeiras, janelas em arco e varandas. Um gramado ondulado desce e sobe em torno dela, com canteiros de flores de formas magníficas e caminhos de cascalho em zigue-zague e lindos porém úmidos matagais de murtas e brilhantes laurências, motivo da mudança do nome da propriedade. Na época do velho Dr. Ponto era chamada de Curral do Pequeno Boi. Tive uma vista dos belos jardins, do estábulo, da aldeia e igreja vizinhas e de um grande parque mais ao longe, olhando das janelas do dormitório para onde Ponto me conduziu. Era o quarto amarelo, o mais fresco e agradável deles; o ar tinha o perfume do enorme buquê colocado na escrivaninha; a roupa de cama cheirava à lavanda na qual fora colocada; o chintz dos forros da cama e do enorme sofá, embora não cheirasse a flores, pelo menos estava coberto de pinturas delas; o limpa-canetas em cima da mesa imitava uma dupla dália; e havia acomodação para meu relógio em um girassol sobre o consolo da lareira. Uma trepadeira de folhas vermelhas enroscava-se sobre as janelas, através das quais o pôr do sol despejava um dilúvio de luzes douradas. Tudo eram flores e frescor. Ah, que diferença daquelas chaminés negras da St. Alban's Place, em Londres, para as quais estes olhos fatigados estão acostumados a olhar.

"Ponto, aqui tudo deve ser felicidade", eu disse, aboletando-me na confortável *bergère* e inalando uma lufada de ar do campo tão deliciosa como nenhum *millefleur* da loja do Sr. Atkinson[91] pode oferecer ao lenço de bolso mais caro.

---

91. *Atkinson*: perfumaria da moda na época.

"É um belo lugar, não é?", Ponto disse. "Tranquilo e despretensioso. Eu gosto de tudo tranquilo. Você não trouxe seu pajem? Stripes arrumará suas roupas"; e o empregado, entrando neste exato momento, pôs-se a esvaziar meu *portemanteau* e a retirar as casimiras pretas, "o colete de corte elegante de veludo genovês", os colarinhos brancos, e outros elegantes acessórios do traje de noite, com grande gravidade e presteza. "Um grande banquete", pensei com meus botões ao ver aqueles preparativos (e, talvez, não descontente com a ideia de que algumas das melhores famílias das vizinhanças iriam me ver). "Ouça, é o primeiro toque da campainha!", Ponto disse, afastando-se; e, de fato, um barulhento aviso começou a soar na torre do estábulo, anunciando o agradável fato de que o jantar seria servido em meia hora. "Se a janta for tão imponente quanto o sino do jantar", eu pensei, "por Deus, estou bem-alojado!" e, durante o intervalo de meia hora, tive o tempo livre não só para expor minha pessoa ao mais extremo refinamento de elegância que se pode receber, para admirar a árvore genealógica dos Ponto pendurada sobre a lareira e o timbre e armas dos Ponto brasonados na pia e no cântaro, mas também para fazer milhares de reflexões sobre a felicidade da vida no campo – sobre a amabilidade e cordialidade inocentes das relações campesinas; e ansiar pela oportunidade de me retirar, como Ponto, para meu próprio campo, para minhas próprias videiras e figueiras, com uma *placens uxor* em meu *domus*, e uma dezena de doces filhos do afeto brincando em volta de meus joelhos paternais.

Blem! No final dos trinta minutos, o sino número dois da janta repicou na torre vizinha. Eu me apressei para descer, esperando encontrar uma vintena de saudáveis pessoas do campo na sala de visitas. Havia apenas uma pessoa lá; uma dama alta de nariz romano, reluzindo de cima abaixo com contas de vidro, em profundo luto. Ela levantou-se, avançou dois passos, fez uma reverência majestosa, durante a qual todas as contas de seu horrível ornato de cabeça começaram a tremer e cintilar – e então ela disse: "Sr. Snob, estamos muito felizes por recebê-lo na Sempre-viva", e soltou um imenso suspiro.

Então, esta era a Sra. Major Ponto; a quem eu, com minha melhor reverência, repliquei que estava muito orgulhoso por travar conhecimento, assim como também com um lugar tão maravilhoso como a Sempre-viva.

Um outro suspiro. "Nós somos parentes distantes, Sr. Snob", ela disse, sacudindo a melancólica cabeça. "Pobre querido Lord Rubadub!"

"Oh", eu disse, sem saber que diabo a Sra. Major Ponto estava querendo dizer.

"O major Ponto me disse que o senhor era dos Snob de Leicestershire; uma família muito antiga e parente de Lord Snobbington, que casou com Laura Rubadub, que é minha prima, assim como o foi o pobre e querido pai dela, por quem estamos de luto. Que doença repentina! Apenas sessenta e três anos, uma apoplexia completamente desconhecida em nossa família, até agora! Na vida estamos na morte, Sr. Snob. Lady Snobbington está suportando bem a privação?"

"Ora, madame, na verdade... eu não sei", respondi cada vez mais confuso.

Enquanto ela falava ouvi uma espécie de *clup* e através desse som bem conhecido fiquei sabendo que alguém estava abrindo uma garrafa de vinho, e Ponto entrou, com um gigantesco cachecol branco e um terno preto bastante surrado.

"Meu amor", a Sra. Major Ponto disse para o marido, "estávamos falando de nosso primo... o pobre e querido Lord Rubadub. A morte dele deixou de luto algumas das melhores famílias da Inglaterra. O senhor sabe se Lady Rubadub vai manter a casa da Hill Street?"

Eu não sabia, mas disse: "Acredito que sim", especulando; e baixando o olhar para a mesa da sala de visitas vi o inevitável, abominável, maníaco, absurdo e enojante *Nobreza* aberto em cima da mesa, intercalado de anotações e aberto no capítulo "Snobbington".

"O jantar está servido", Stripes disse, abrindo a porta, e dei o braço à Sra. Major Ponto.

Capítulo XXV

Uma visita a alguns esnobes do campo

Não vou ser um crítico severo do jantar para o qual agora nos sentamos. Considero invioláveis os segredos da mesa; mas uma coisa direi: prefiro o xerez ao marsala, quando posso, e este último foi o vinho do qual, não tenho a menor dúvida, ouvi o clup pouco antes da janta. Tampouco estava entre os melhores de seu tipo; entretanto, era evidente que a Sra. Major Ponto não conhecia a diferença, pois durante todo o repasto chamou a bebida de *amontillado*[92], e bebeu apenas meio copo, deixando o resto para o major e seu convidado.

Stripes estava com a libré da família Ponto – um pouquinho surrada, mas deslumbrante – uma profusão de magníficas rendas de lã penteada e botões de um tamanho notável. Notei que as mãos do honesto sujeito eram muito grandes e negras, e um delicado aroma de estábulo flutuava pela sala enquanto ele andava de um lado para outro em seu serviço. Eu teria preferido uma criada limpa, mas talvez os sentidos dos londrinos sejam aguçados demais em relação a isso; e, afinal de contas, um fiel John *é* mais elegante.

Pela circunstância do jantar ter-se constituído de uma sopa de porco imitando tartaruga, miúdos de porco e costeletas assadas de leitão, sou levado a crer que sacrificaram um dos Hampshires negros de Ponto pouco tempo antes de minha visita. Foi um excelente e tranquilo repasto; só que *havia* uma certa mesmice nele, sem dúvida. No dia seguinte observei algo semelhante.

Durante o jantar, a Sra. Ponto me fez muitas perguntas em relação a meus parentes nobres. "Quando Lady Angeli-

---

92. *Amontillado*: xerez seco, de cor clara e buquê aromático.

na Skeggs seria apresentada à sociedade; e se a condessa sua mãe" (isto foi dito com muita malícia e hi-hi-his) "ainda usa aquela extraordinária tintura de cabelo púrpura?" "Se Lord Guttlebury ainda mantém, além do *chef* francês e de um *cordon bleu* inglês para os assados, um italiano para os doces?" "Quem frequenta as *conversazioni* de Lady Clapperclaw?" e "se as 'Manhãs das Quintas-feiras' de Sir John Champignon eram agradáveis?" "É verdade que Lady Carabas, quando quis penhorar seu diamantes, descobriu que eles eram falsos e que o marquês já os havia vendido antes?" "Como foi que Snuffin[93], o grande negociante de tabaco, rompeu seu compromisso de casamento com a segunda filha deles; e é verdade que uma senhora mulata veio de Havana para proibir o matrimônio?"

"Dou-lhe minha palavra, madame", comecei a falar e estava prestes a dizer que não sabia de nada sobre todas essas questões que pareciam interessar tanto à Sra. Major Ponto, quando o major, dando-me uma pisada com seu enorme pé por baixo da mesa, disse:

"Ora, vamos lá, Snob, meu garoto, nós somos túmulos, sabe? Nós *sabemos* que você é uma das pessoas mais elegantes da cidade; *nós* vimos seu nome nas *soirées* de Lady Clapperclaw e nos desjejuns dos Champignon; e quanto aos Rubadubs, claro, como parentes..."

"Oh, claro, janto lá duas vezes por semana", eu disse; e, então, lembrei que meu primo, Humphry Snob, da Escola do Middle Temple, *é* um grande frequentador da alta sociedade e que havia visto o nome dele no *Morning Post*, no finalzinho de várias listas de festas. Desse modo, aceitando a deixa, sinto vergonha de dizer que forneci à Sra. Major Ponto uma grande quantidade de informações sobre as principais famílias da Inglaterra, informações essas que deixariam atônitos esses grandes personagens, caso as des-

---

93. *Snuff*: fungada; rapé.

cobrissem. Descrevi para ela, com a maior exatidão, as três rainhas da beleza da última temporada no Almack's; contei-lhe confidencialmente que Sua Alteza o D... de W... iria casar no dia seguinte à inauguração de sua estátua; que Sua Alteza o D... de D... também estava prestes a levar a quarta filha do arquiduque Stephen ao altar conjugal; e, resumindo, falei para ela no mesmo estilo do último romance elegante da Sra. Gore.

A Sra. Major estava inteiramente fascinada com a brilhante conversação. Começou a soltar fragmentos de francês, exatamente como fazem nos romances; e jogou-me um beijou com a mão graciosamente, dizendo-me para irmos logo ao *caffy, ung pu de Musick o salong* – para o qual ela saltitou como uma fada velha.

"Devo abrir uma garrafa de Porto, ou você bebe coisas como gim holandês e água?", Ponto pergunta, lançando-me um olhar pesaroso. Esse era um estilo bem diferente do que tinha sido levado a esperar dele em nossa sala de fumar do clube; onde ele vangloriava-se de seus cavalos e de sua adega; e, dando-me um tapinha no ombro, costumava dizer: "Apareça em Mangelwurzelshire, Snob, meu garoto, e lhe proporcionarei um dia de caçada e um copo de clarete tão bons como em nenhum outro lugar do país". "Bem", eu disse, "gosto muito mais de gim holandês do que de Porto, e o gim original sempre é melhor do que o holandês". Tive sorte. *Era* gim; e Stripes trouxe a água quente sobre uma esplêndida bandeja de prata.

Em pouco tempo, os tinidos de uma harpa e de um piano anunciaram que *ung pu de Musick* da Sra. Ponto havia começado, e o cheiro do estábulo entrando de novo na sala de jantar, na pessoa de Stripes, convocou-nos ao *caffy* e ao pequeno concerto. Ela me chamou com um aceno e um sorriso cativante para o sofá, no qual abriu espaço para mim e de onde podíamos dispor de uma bela vista das costas das jovens senhoras que estavam executando o espetáculo musical. E eram costas muito largas, estritamente de acordo com a moda atual, pois a crinolina, ou seus substitutos, não é um luxo caro, e os jovens do campo têm condições de andar na moda a um custo insignificante. A Srta. Emily Ponto ao piano e sua irmã Maria naquele instrumento um tanto ou quanto desacreditado, a harpa, usavam vestidos azuis-claros que pareciam cheios de babados e desfraldavam-se como o balão do Sr. Green[94] quando inflado.

"Emily tem um estilo brilhante... que lindo braço tem Maria", a Sra. Ponto observou, bondosa, assinalando os méritos das filhas e balançando o próprio braço de maneira a mostrar que não estava nem um pouco satisfeita com a beleza desse membro. Notei que ela usava cerca de nove braceletes e pulseiras, que consistiam em correntes e cadeados, a miniatura do major e uma variedade de serpentes de latão com ferozes olhos de rubi ou suaves olhos de turquesa, enroscando-se até quase o cotovelo, nas mais profusas contorções.

"Reconhece essas polcas? Foram executadas na *Devonshire House*, a 23 de julho, o dia da *grand fête*". Eu disse que sim – eu as conhecia com muita intimidade; e comecei a sacudir a cabeça como que em reconhecimento daquelas velhas amigas.

Quando a apresentação chegou ao fim, tive a felicidade de ser apresentado e conversar com as duas altas e esqueléticas Srtas. Ponto; e a Srta. Wirt, a governanta, instalou-se para nos entreter com variações de *Subindo a escada*. Estavam decididas a seguir a moda.

Para a apresentação de *Subindo a escada*, não tenho outra palavra a não ser que foi atordoante. Primeiro, a Srta. Wirt, com grande deliberação, tocou a linda melodia ori-

---

94. *Charles Green* (1785-1870): aeronauta inglês que ganhou grande popularidade ao ir da Inglaterra à Alemanha num balão.

ginal, arrancando-a, por assim dizer, do instrumento e explodindo cada nota tão alta, clara e nitidamente, que tenho certeza que Stripes deve ter ouvido no estábulo.

"Que dedo!", diz a Sra. Ponto; e, de fato, era mesmo *o* dedo, tão cheio de nós quanto a perna de um peru e espraiando-se por todo o piano. Após haver martelado a melodia devagar, iniciou uma interpretação diferente de *Subindo a escada*, e o fez com uma fúria e velocidade quase inacreditáveis. Ela subiu a escada girando, subiu a escada num turbilhão; subiu a escada a galope, subiu a escada matraqueando; e, então, quando levou a melodia ao último lance de escada, por assim dizer, lançou-se ao térreo gritando, onde a música sucumbiu em um colapso, como se estivesse sem fôlego pela velocidade da descida. Em seguida, a Srta. Wirt tocou *Subindo a escada* com a mais patética e arrebatadora solenidade; gemidos melancólicos e soluços eram arrancados das teclas – você chorava e tremia subindo a escada. As mãos da Srta. Wirt pareciam desmaiar, gemer e morrer em variações; mais uma vez, ela subiu com um clangor frenético e uma investida de trompetas, como se estivesse rachando; e embora eu não soubesse coisa alguma de música, enquanto ouvia boquiaberto aquela maravilhosa apresentação, meu *caffy* ficou frio e me perguntei se as janelas não iriam rachar e o lustre não seria arrancado da base com o som daquele terremoto musical.

"Criatura gloriosa! Não é?", a Sra. Ponto disse. "A pupila favorita de Squirtz – é inestimável ter tal criatura. Lady Carabas daria tudo por ela! Um prodígio de dons! Obrigada, Srta. Wirt!" – e as jovens damas soltaram um suspiro e um arqueio de admiração – um som profundo e arrebatado, como se ouve na igreja quando o sermão chega ao ponto final.

A Srta. Wirt pôs as duas imensas mãos com nós duplos em volta das cinturas de suas duas pupilas e disse: "Minhas queridas crianças, espero que em pouco tempo vocês sejam capazes de executá-la tão bem como sua pobre governanta. Quando eu vivia com os Dunsinanes, era a canção favorita da querida duquesa, e Lady Barbara e Lady Jane MacBeth aprenderam-na. Lembro que foi enquanto ouvia Jane tocá-la que o caro Lord Castletoddy apaixonou-se por ela; embora ele seja apenas um nobre irlandês, com renda de apenas quinze mil por ano, eu persuadi Jane a ficar com ele. Conhece Castletoddy, Sr. Snob? – torres redondas – um lindo lugar – condado de Mayo. O velho Lord Castletoddy (o lorde atual era, então, Lord Inishowan) era um velho muito excêntrico... dizem que era louco. Eu ouvi Sua Alteza Real, o pobre e caro duque de Sussex (que *homem*, meus queridos, mas, que pena, viciado em tabaco!)... eu ouvi Sua Alteza Real dizer ao marquês de Anglesey: 'Tenho certeza de que Casteletoddy é louco!' Mas Inishowan não estava louco ao casar com minha doce Jane, mesmo que a querida menina tivesse apenas suas dez mil libras *pour tout potage!*"

"Pessoa das mais inestimáveis", a Sra. Major Ponto sussurrou para mim. "Viveu na mais alta sociedade"; e eu que estava acostumado a ver governantas maltratadas pelo mundo, fiquei encantado em conhecer uma que dava ordens e saber que até mesmo a majestosa Sra. Ponto fazia reverência a ela.

Quanto ao meus *rabiscos*, por assim dizer, eles perderam a importância. Não tinha nenhuma palavra a dizer contra uma mulher que era íntima de cada uma das duquesas do Livro Vermelho. Ela não era o botão da rosa, mas esteve bem perto dele. Conviveu com os grandes e sobre estes falamos sem parar a noite inteira, e sobre as modas, sobre a Corte, até a hora de ir para a cama.

"E existem esnobes neste Elísio?", exclamei, pulando na cama perfumada a lavanda. O ronco de Ponto ribombou no quarto ao lado como resposta.

Capítulo XXVI

Sobre certos esnobes do campo

Algo parecido com um diário dos procedimentos em Sempre-viva pode ser interessante para os leitores estrangeiros do *Punch* que queiram conhecer os costumes da família e da casa do cavalheiro inglês. Há tempo de sobra para manter o diário. O martelar do piano começa às seis horas da manhã; dura até o desjejum, com apenas um minuto de intervalo quando o instrumento muda de mãos, e a Srta. Emily exercita-se no lugar da irmã, a Srta. Maria.

Na verdade, o maldito instrumento nunca para; quando as jovens damas estão em suas lições, a Srta. Wirt martela aquelas atordoantes variações, e mantém seu magnífico dedo em exercício.

Perguntei à grande criatura em que outros ramos da educação ela instruía suas pupilas. "Nos idiomas modernos", ela diz com modéstia; "francês, alemão, espanhol e italiano, latim e rudimentos de grego, caso desejem. Inglês, é claro; a prática da oratória, geografia e astronomia, e o uso dos globos, álgebra (mas apenas até as equações quadráticas); pois, sabe, Sr. Snob, de uma pobre mulher ignorante não se espera que conheça tudo. Nenhuma mulher jovem pode ficar sem História Antiga e Moderna; e nelas torno minha amadas pupilas *perfeitas mestras*. Botânica, geologia e mineralogia eu considero diversões. E lhe asseguro que com isto conseguimos passar os dias na Sempre-viva de um modo agradável."

Só isto, pensei... que educação! Mas dei uma olhada nos livros de música manuscritos da Srta. Ponto e encontrei quatro erros de francês em quatro palavras; e num tom brincalhão perguntei à Srta. Wirt se Dante Algiery não era chamado assim por ter nascido em Argel, e recebi como resposta um sorriso afirmativo, o que me fez duvidar bastante da exatidão do seu conhecimento.

Quando terminam as pequenas ocupações matinais acima citadas, essas jovens infelizes executam no jardim o que elas chamam de exercícios calistênicos. Eu as vi hoje, sem nenhuma crinolina, puxando o rolo da horta.

A querida Sra. Ponto também estava no jardim, tão sem energia quanto suas filhas; com uma fita de cabelo murcha, um gorro batido, um avental holandês com desenhos, em cima de uma cadeira quebrada, cortando folhas de uma videira. A Sra. Ponto mede várias jardas de circunferência à noite. Mas, Deus do céu! que triste figura ela faz nesse esquelético traje matinal!

Além de Stripes, eles têm um garoto chamado Thomas ou Tummus. Tummus trabalha na horta ou em volta do chiqueiro e do estábulo; ele usa um traje de pajem coberto com uma erupção de botões.

Quando alguém chama e Stripes não está ao alcance, Tummus enfia-se como um louco nas roupas de Thomas e surge metamorfoseado como o arlequim na pantomima. Hoje, quando a Sra. P. estava cortando a videira, quando as jovens damas estavam no rolo, Tummus surgiu como um furacão barulhento, dizendo "sirtas, sirtas, tem visita chegando!" As jovens damas afastaram-se do rolo correndo, a Sra. P. desceu da velha cadeira, Tummus voou para trocar de roupa, e em um incrivelmente curto espaço de tempo Sir John Hawbuck, Lady Hawbuck e o jovem Hugh Hawbuck foram introduzidos no jardim com descarado atrevimento de Thomas, que diz: "Por favor, Sir Jan e minha Lady, venham por esse caminho aqui; *eu sei* que a madame está no jardim das rosas".

E, com certeza, lá estava ela!

Com um lindo gorrinho de jardim, belos cachos encaracolados, o mais elegante dos aventais e as mais novas luvas cor de pérola, essa assombrosa mulher estava nos braços da caríssima Lady Hawbuck. "Caríssima Lady Hawbuck, que prazer! Eu sempre entre minhas flores! Não consigo viver longe delas!"

"Uma rosa entre rosas! Hm-a-ha-hau!", diz Sir John Hawbuck que se jacta de seus galanteios e não diz nada sem um "hum-a-hau".

"Onde tá o seu avental?", grita o pequeno Hugh. "Nós a vimos com ele, por cima do muro, não vimos, pai?"

"Hum-a-hau!", explode Sir John terrivelmente alarmado. "Onde está Ponto? Por que não compareceu às sessões trimestrais? Como estão os pássaros dele este ano... aqueles faisões dos Carabas causaram algum dano a seu trigo? hum-aha-hau!" – e tudo isso enquanto fazia os sinais mais ferozes e desesperados para seu jovial herdeiro.

"Bem, ela *estava* de avental, não estava, mãe?", Hugh diz, impassível; questão esta que Lady Hawbuck ignorou, perguntando abruptamente pelas queridas filhas da casa, e o *enfant terrible* foi retirado pelo pai.

"Espero que não tenham sido perturbados pela música", Ponto diz. "Sabem, minhas meninas praticam quatro horas por dia, vocês sabem... precisam praticar, sabem... é de uma necessidade absoluta. Quanto a mim, vocês sabem, sou um homem madrugador e estou em minha fazenda todas as manhãs às cinco... não, para *mim* a preguiça não existe."

Os fatos são estes. Ponto vai dormir logo depois do jantar na sala de visitas, e acorda quando as damas interrompem os exercícios às dez. Das sete às dez e até às cinco, é um belo acréscimo de inatividade para um homem que diz que *não* é preguiçoso. A minha opinião particular é que quando Ponto retira-se para o que chama de seu "gabinete", ele também dorme. Tranca-se ali todos os dias durante duas horas com o jornal.

Vi a cena *Hawbuck* de dentro do gabinete, que dá para o jardim. É uma coisa curiosa esse gabinete. A biblioteca de Ponto consiste, na maior parte, em botas. Ele e Stripes têm importantes entrevistas ali pelas manhãs, quando as batatas são discutidas, ou é determinado o destino do bezerro, ou é decretada a sentença sobre o porco etc. Todas as contas do major estão etiquetadas em cima da mesa do gabinete e são expostas como as causas de um advogado. Ali também estão expostos seus ganchos, facas e outros instrumentos de jardinagem, seus apitos e sua fieira de botões sobressalentes. Ele tem uma gaveta cheia de papel pardo para embrulho e uma outra contendo um prodigioso e inacabável suprimento de linhas. Jamais conseguiria imaginar o que um homem pode querer com tanta linha. Isto e mais varas de pesca, redes de pescaria, encóspias, pílulas para cavalos, instrumentos cirúrgicos para os mesmos, os potes favoritos de graxa preta brilhante para sapatos, com a qual ele pinta seus sapatos da maneira mais elegante, luvas de couro de corço preto esticadas em suas armações, e seu gorjal, cinta e sabre da Cavalaria Marinha, com seus ganchos de bota embaixo como um troféu; e o estojo de remédios da família e em um canto a vara com que costumava chicotear o filho, Wellesley Ponto, quando criança (Wellesley nunca entrava no "gabinete", a não ser para esse terrível propósito) – tudo isso juntamente com o *Livro das Estradas* de Mogg, o *Jornal do Jardineiro*, e um tabuleiro de gamão formam a biblioteca do major. Debaixo do troféu há um quadro da Sra. Ponto, de vestido azul-claro com cauda, não acinturado, quando recém-casada; uma cauda de raposa jaz sobre a moldura e serve para tirar o pó dessa obra de arte.

"Minha biblioteca é pequena", Ponto diz com o mais espantoso descaramento, "mas bem-selecionada, meu garoto... bem-selecionada. Estive lendo a *História da Inglaterra* a manhã inteira."

Capítulo XXVII

Uma visita a alguns esnobes do campo

Para variar o repasto do dia seguinte nós tínhamos o peixe que, como o gentil leitor pode lembrar, levei como delicada atenção à Sra. Ponto; e bacalhau com molho de ostras, servido duas vezes, bacalhau salgado e ostras cozidas fizeram parte do cardápio até que comecei a imaginar que a família Ponto, como nosso finado e venerado monarca George II, tinha uma queda por peixe estragado. E, nesse momento, tendo o porco sido consumido, começamos um carneiro.

Mas como haverei de esquecer o solene esplendor de um segundo prato, que foi servido em grande estilo por Stripes em uma baixela de prata, um guardanapo enrolado em seus polegares sujos, e que consistia em uma codorna não muito maior que um pardal corpulento.

"Meu amor, aceita um pouco de caça?", Ponto diz com extraordinária gravidade; e enfia o garfo naquela pequena ilhota em um mar de prata. Stripes também goteja, em intervalos, o marsala com uma solenidade digna do mordomo de um duque. O jantar que Barmecide[95] ofereceu a Shacabac esteve a apenas um grau de distância destes banquetes solenes.

Como havia uma grande quantidade de belas moradias campestres nas vizinhanças, uma confortável cidade com boas casas de elite, um lindo presbitério antigo próximo à igreja que frequentávamos (e onde os Carabas conservam imagens de seus ancestrais e um monumental banco de igreja ao estilo gótico), e toda aparência de uma boa socieda-

---

95. *Barmecide*: nas *Mil e Uma Noites*, um príncipe da família de mesmo nome que fingiu convidar um mendigo de nome Shacabac para uma festa suntuosa, pressionando-o a comer, embora não houvesse nenhum prato na mesa.

de nas proximidades, eu me perguntei por que não éramos alegrados pela visita de alguns vizinhos na Sempre-viva e indaguei sobre eles.

"Nós não podemos, em nossa posição social... não podemos nos relacionar bem com a família do advogado, como permito que você suponha", disse a Sra. Ponto em tom confidencial. "Claro que não", respondi embora não soubesse o porquê. "E o doutor?", eu disse.

"Uma criatura das mais excelentes e honradas", a Sra. P. diz; "salvou a vida de Maria... de fato, é um homem instruído; mas o que podemos fazer em nossa posição? Sem dúvida que podemos convidar o médico para jantar, mas a família dele, meu caro Sr. Snob!"

"Meia dúzia de franguinhas azedas", interrompeu a Srta. Wirt, a governanta; "hi, hi, hi", as jovens damas riram em coro.

"Nós só nos relacionamos com as famílias do condado", a Srta. Wirt* continuou, jogando a cabeça para trás. "O duque está no exterior; estamos em contenda com os Carabas; os Ringwoods só voltarão no Natal; na verdade, ninguém virá para cá antes da temporada de caça... positivamente, ninguém."

"De quem é a enorme casa vermelha bem nos limites da cidade?"

"O quê! O *château-calicot?* Hi, hi, hi! Aquele ex-negociante de linho orgulhoso de sua riqueza, o Sr. Yardley, com as librés amarelas e a esposa de veludo vermelho? Como o

---

* Mais tarde ouvi dizer que o pai dessa aristocrática dama foi fabricante de botões de libré em St. Martin's Lane, onde sofreu infortúnios e a filha adquiriu o gosto pela heráldica. Mas pode-se dizer em favor dela que com seus ganhos ela sustentou o velho falido e doente com grande conforto e segredo em Pentonville, e forneceu o enxoval do irmão para a Escola de Cadetes, enxoval que seu protetor, o Lord Swigglebiggle, deu para ela quando estava na Câmara de Controle. Recebi essa informação de um amigo. Mas ouvindo a própria Srta. Wirt, qualquer um imaginaria que o pai dela foi um Rothschild e que os mercados da Europa entraram em convulsão quando ele declarou falência. (N.A.)

senhor, meu caro Sr. Snob, *consegue* ser tão satírico? A impertinência dessa gente é, de fato, algo bastante opressivo.

"Bem, então, temos o pároco, o Dr. Chrysostom. De qualquer maneira, ele é um cavalheiro."

Nisso, a Sra. Ponto olhou para a Srta. Wirt. Depois que seus olhares se cruzaram e uma balançou a cabeça para a outra, elas olharam para o teto. As jovens damas fizeram o mesmo. Elas estremeceram. Era evidente que eu havia dito algo muito terrível. Uma outra ovelha negra na igreja?, eu pensei com um pouco de pesar; pois não me importo em reconhecer que nutro respeito pelo hábito. "Eu... eu espero que não haja nada de errado!"

"Errado?", diz a Sra. Ponto, apertando as mãos com ar trágico.

"Oh!", dizem a Srta. Wirt e as meninas, perdendo o fôlego em uníssono.

"Bem", eu digo, "sinto muito por isso. Nunca vi um velho cavalheiro de aparência mais agradável, nem uma escola melhor, nem ouvi um sermão mais bonito."

"Ele costumava fazer esses sermões de sobrepeliz", a Sra. Ponto sibilou. "Ele é puseísta, Sr. Snob."

"Pelos poderes divinos", eu digo, admirando o puro ardor daquelas teólogas; e Stripes entrou com o chá, tão fraco que não é de se admirar que o sono de Ponto não seja perturbado por ele.

Pelas manhãs costumávamos sair para caçar. Tínhamos os campos de Ponto para passar o tempo (onde abatemos aquela codorna), e a parte não preservada da propriedade dos Hawbuck; e uma noitinha, em um restolhal de Ponto que fazia limite com os bosques dos Carabas, demos em meio a alguns faisões e nos divertimos de verdade. Acertei uma fêmea, eu lembro bem, para meu grande deleite. "Coloque a caça na bolsa", Ponto diz, de uma maneira bastante apressada; "tem alguém vindo aí". Então, guardei a ave no bolso.

"Malditos ladrões invasores de terra alheia!", grita um homem da cerca, com a farda de guarda-caça. "Gostaria de poder pegá-los aqui desse lado da cerca. Colocaria um par de algemas em vocês, ah! se colocaria."

"Maldito seja esse Snapper", Ponto diz, afastando-se; "está sempre me espionando".

"Levem embora as aves, seus gatunos, e vendam em Londres", vocifera o indivíduo que parece ser um guarda de Lord Carabas. "Conseguirão seis xelins por par."

"*Você* sabe muito bem o preço delas, assim como seu patrão também sabe, seu salafrário", Ponto diz, ainda assim em retirada.

"Nós as matamos em nossa propriedade", berra o Sr. Snapper. "*Nós* não colocamos armadilhas para as aves de outras pessoas. Não somos patos de madeira. Não somos caçadores clandestinos. Não atiramos em fêmeas, como esse vagabundo londrino que tem o rabo de uma delas saindo do bolso. Venham aqui para esse lado da cerca, só isso."

"Vou lhe dizer uma coisa", diz Stripes que nesse dia havia saído conosco como guarda (na verdade, ele é guarda, cocheiro, jardineiro, camareiro e administrador, com Tummus sob seu comando), "se você, John Snapper, vier para este lado e tirar o casaco, vou lhe dar uma surra como você não leva desde a última vez que o espanquei na feira de Wuttlebury."

"Bata em alguém do seu próprio peso", o Sr. Snapper disse, assobiando para os cães e desaparecendo no bosque. E, assim, saímos bem vitoriosos dessa controvérsia; mas comecei a mudar minhas preconcebidas ideias sobre a felicidade rural.

Capítulo XXVIII

Sobre certos esnobes do campo

"Malditos aristocratas!" Ponto disse durante uma conversa que tivemos em relação à família Carabas, que estava brigada com os Sempre-viva. "Assim que cheguei ao condado... foi um ano antes de Sir John Buff concorrer pelo Blue; o marquês, então Lord St. Michaels, que, claro, era Laranja até a medula, dava a mim e à Sra. Ponto tantas atenções que confesso, com toda honestidade, que fui tapeado pelo velho impostor e pensei que tinha conhecido um raro vizinho. Meu Deus, Sir, nós costumávamos ganhar pinhas de Carabas, e faisões, e era sempre assim: 'Ponto, quando você aparecerá para caçarmos? e Ponto, nossos faisões querem escassear' – e Lady Carabas insistia para que a querida Sra. Ponto fosse dormir em sua casa, e me obrigava a sei lá que despesas em turbantes e vestidos de veludo para o guarda-roupa de minha mulher. Bem, Sir, a eleição ocorreu e, embora sempre tenha sido um liberal, claro que a amizade pessoal induziu-me a votar em St. Michaels, que venceu a eleição. No ano seguinte, a Sra. P. insiste em ir à cidade – com hospedagem na Clarges Street a dez libras por semana, com uma carruagem alugada e novos vestidos para ela e as meninas, e o diabo e tudo mais para pagar. Nossos primeiros cartões foram enviados para a Casa Carabas; e foram devolvidos por um enorme criado; e deixo por sua conta imaginar a frustração de minha pobre Betsy quando a criada da hospedaria levou os cartões para dentro, e Lady St. Michaels foi embora, apesar de, na verdade, ter-nos visto na janela da sala de visitas. Você acreditaria que, embora tivéssemos passado por lá quatro vezes, aqueles aristocratas infernais jamais retribuíram nossas visitas; que apesar de Lady St. Michaels ter dado nove jantares e quatro *déjeuners* nessa temporada nunca nos convidou para nada; e que nos tratou como se não existíssemos na Ópera, apesar de Betsy ter-lhe acenado a noite inteira? Escrevemos a ela pedindo ingressos para o Almack's; ela escreve para dizer que os seus estão todos prometidos; e disse, na presença de Wiggins, sua criada, que contou para Diggs, a criada de minha mulher, que não conseguia imaginar como pessoas da nossa posição social podiam esquecer o que são a ponto de desejar aparecer em lugares como aquele! Ir ao Castelo Carabas! Eu preferiria morrer a colocar meu pé na casa daquele sujeito arrogante, impertinente, falido e insolente... Eu sinto desprezo por ele!" Depois disso, Ponto me deu algumas informações particulares sobre as questões financeiras de Lord Carabas; que ele devia dinheiro no país inteiro; que Jukes, o carpinteiro, estava em total ruína e não conseguia receber um xelim de sua conta; que Biggs, o açougueiro, enforcou-se pela mesma razão; que os seis enormes criados nunca receberam um guinéu dos salários e que Snaffle, o cocheiro, tirou sua peruca de cerimônia, feita de lã de vidro, e jogou-a aos pés de Lady Carabas, na sacada diante do castelo; histórias essas que, como são privadas, não julgo adequado divulgar. Mas esses detalhes não abafaram meu desejo de ver a famosa mansão, o Castelo Carabas; não, é possível até que tenham excitado meu interesse em saber mais coisas sobre a nobre casa e seus proprietários.

Na entrada do parque há dois pavilhões úmidos e sombrios – templos dóricos bolorentos com chaminés negras, no estilo mais clássico, e os portões, claro, são encimados pelos *chats bottés*, os conhecidos emblemas da família Carabas. "Dê um xelim ao porteiro da casa", Ponto diz (foi ele quem me levou até as proximidades em seu velho coche de quatro rodas). "Garanto que vai ser o primeiro dinheiro vivo que ele recebeu nos últimos tempos." Não sei se há alguma base para esse escárnio, mas a gorjeta foi recebida com uma reverência e o portão abriu-se para que eu entrasse. "Pobres porteiros!" digo a mim mesmo. "Vocês não sabem que deixaram entrar o historiador dos esnobes!" Os portões foram ultrapassados. Um trecho de parque gramado e úmido estendia-se à direita e à esquerda em uma vastidão imensurável, limitada por um muro cinza frio, e uma longa e úmida estrada em linha reta entre duas gigantescas fileiras de limeiras lúgubres levava ao Castelo. No meio do parque há um enorme tanque, ou lago, negro, repleto de juncos, e coberto, aqui e ali, de manchas parecendo sopa de ervilha. Um templo miserável ergue-se em uma ilha desse delicioso lago; chega-se até ele através de uma barcaça apodrecida que jaz em uma arruinada casa de barcos. Matos de olmos e carvalhos salpicam o gigantesco planalto verde. Eles já teriam sido derrubados há muito tempo, mas o marquês não tem permissão para cortar árvores.

O esnobógrafo caminhou só, subindo essa longa alameda. O açougueiro falido enforcou-se na septuagésima nona árvore do lado esquerdo. Não me espantou esse feito funesto, de tão angustiantes as impressões relacionadas com aquele lugar. Assim, caminhei milha e meia... só e pensando na morte.

Esqueci de dizer que se tem visão plena da casa durante todo o trajeto – a não ser quando ela é interceptada pelas árvores da miserável ilha do lago – uma enorme mansão de tijolos vermelhos, quadrada, vasta e sombria. É flanqueada por quatro torres de pedra com cataventos. No meio da grande fachada há um gigantesco pórtico jônico, ao qual se chega por uma vasta escadaria deserta e espectral. Fileiras de janelas pretas emolduradas em pedras estendem-se de ambos os lados, à direita e à esquerda – três andares e dezoito janelas por fileira. Pode-se ver um quadro do palácio e da escadaria em "Cenas da Inglaterra e Gales", com quatro ornadas carruagens douradas esperando no caminho de cascalho, e grupos de damas e cavalheiros, de peruca e crinolina, salpicando os fatigantes degraus da escada.

Mas essas escadas das grandes casas são feitas para que as pessoas *não* subam. A primeira Lady Carabas (eles fazem parte da nobreza há apenas oitenta anos), se saísse de seu coche dourado em um aguaceiro, ficaria molhada até os ossos antes de chegar na metade do caminho para o esculpido pórtico jônico, onde quatro lúgubres estátuas da Paz, Abundância, Piedade e Patriotismo são as únicas sentinelas. Entra-se nesses palácios pelas portas dos fundos. "Foi desse modo que os Carabas conseguiram sua nobreza", o misantrópico Ponto disse depois da janta.

Bem... toquei a sineta em uma porta lateral pequena e baixa; ela soou, retiniu e ecoou durante um longo, longo tempo, até que ao longe um rosto, talvez o de uma governanta, espreitou pela porta e, ao ver minha mão enfiada no bolso do colete, abriu. Governanta infeliz e solitária, pensei. Seria a Srta. Crusoé mais solitária em sua ilha? A porta bateu e eu estava dentro do Castelo Carabas.

"A entrada lateral e o hall", a governanta diz. "O aligátor sobre a cornija foi trazido para esta casa pelo almirante St. Michaels, quando comandava com Lord Anson[96]. Os brasões das mesas são os brasões da família Carabas." O hall era bastante confortável. Subimos uma escada de serviço de pedra bruta e, em seguida, por um corredor alegremente decorado com um esfarrapado tapete Kidderminster verde-claro, e emergimos no

Grande hall

"O grande hall tem vinte e dois metros de comprimento, dezessete de largura e doze de altura. As gravuras nas chaminés representando os bustos de Vênus, Hércules e Pestana são de Van Chislum, o escultor mais famoso de sua

---

96. *George Anson* (1697-1762): inglês que, de 1740 a 1744, fez a volta ao mundo em uma expedição contra os espanhóis. Feito almirante em 1745, ele contribuiu para o desenvolvimento do poder naval britânico.

época e país. O teto, de Calimanco, representa a Pintura, a Arquitetura e a Música (a figura feminina nua com o realejo) apresentando George, o primeiro Lord Carabas, ao Templo das Musas. Os ornamentos das janelas são de Vanderputty. O chão é de mármore da Patagônia e o lustre ao centro foi presenteado a Lionel, o segundo marquês, por Louis XVI, cuja cabeça foi decepada na Revolução Francesa. Agora estamos entrando na

Galeria sul

"Quarenta e cinco de comprimento por dez de largura; é profusamente ornamentada pelas mais seletas obras de arte. Sir Andrew Katz, fundador da família Carabas e banqueiro do Príncipe de Orange, Kneller. A atual Lady, feita por Lawrence. Lord St. Michaels, pelo mesmo... ele está representado sentado em uma pedra, de calças de veludo. Moisés em seu cesto de juncos – o junco muito fino, de Paul Potter. O banho de Vênus, Fantaski. Flamengos bebendo, Van Ginnums. Júpiter e Europa, de Horn. O Grande Canal, Veneza, de Candleetty; e bandidos italianos, de Slavata Rosa." – E assim prosseguiu essa honrada mulher, de um aposento a outro, do quarto azul ao verde, do verde ao grande salão, do grande salão à sala da tapeçaria, cacarejando sua relação de quadros e maravilhas e virando, em um gesto furtivo, o canto de um linho marrom para mostrar a cor das velhas cortinas murchas, descoradas, mofadas e lúgubres.

No final, chegamos ao quarto de dormir da Lady. No centro daquele terrível cômodo há uma cama mais ou menos do tamanho de um desses templos nos quais o gênio aparece na pantomima. O gigantesco edifício dourado é atingido através de degraus e é tão alto que poderia ser dividido em andares para servir de quartos de dormir para toda a família Carabas. Uma imensa cama! Um assassinato poderia ser cometido em uma extremidade da cama, sendo ignorado pelas pessoas deitadas na outra ponta. Meu Deus! Imaginem o pequeno Lord Carabas de camisola subindo aqueles degraus depois de ter apagado o candelabro!

A visão daquele deprimente e solitário esplendor foi demais para mim. Eu ficaria louco se fosse aquela solitária governanta – naquelas enormes galerias – naquela biblioteca solitária cheia de livros fantasmagóricos que ninguém ousa ler, com um tinteiro parecido com um caixão de bebê em cima da mesa do centro, e melancólicos retratos olhando para você das paredes desoladas, com seus solenes olhos mofados. Não é de admirar que Carabas não entre ali com frequência. Seriam precisos mil criados para tornar o lugar alegre. Não é de admirar que o cocheiro tenha abdicado de sua peruca, que os patrões estejam falidos e que os servos pereçam nesse lugar terrível, gigantesco e maltrapilho.

Uma única família tem tão pouco direito de construir um templo desse tipo quanto de levantar uma Torre de Babel. Uma habitação como essa não é decente para um simples mortal. Mas, afinal de contas, imagino que o pobre Carabas não teve outra opção. O destino o pôs ali, assim como mandou Napoleão para Santa Helena. Suponhamos que a Natureza tivesse decretado que eu e você devíamos ser marqueses. Imagino que não recusaríamos, mas sim que aceitaríamos o Castelo Carabas e tudo mais, com dívidas, credores importunos e expedientes ignóbeis, com o orgulho esfarrapado e a suntuosidade fraudulenta.

Na próxima temporada, quando eu ler sobre as esplêndidas recepções de Lady Carabas no *Morning Post* e vir o pobre velho falido atravessando o parque – terei um interesse muito mais terno por essa gente nobre do que tive até agora. Pobre velho esnobe esfarrapado! Continue cavalgando e imaginando que o mundo permanece de joelhos frente à casa dos Carabas! Tome jeito, pobre e velho Magnífico falido que deve dinheiro a seus criados de libré; e pare de enganar os pobres comerciantes! E quanto a nós, oh! meus irmãos esnobes, não devíamos sentir-nos felizes de nossa caminhada pela vida ser mais regular e por estarmos fora do alcance dessa arrogância surpreendente e dessa espantosa vilania, entre as quais essa desgraçada vítima é obrigada a subir e descer.

Capítulo XXIX

Uma visita a alguns esnobes do campo

Por mais notável que minha recepção tenha sido (em razão daquele equívoco infeliz da Sra. Ponto, acreditando que eu era parente de Lord Snobbington, o qual não me foi permitido corrigir), ela não foi nada se comparada com a reverência e bajulação, os êxtases e afobações que precederam e deram as boas-vindas à visita de um verdadeiro lorde e seu filho, um colega oficial do alferes de Wellesley Ponto, da 120ª dos Hussardos, que apareceu junto com o jovem alferes de Guttlebury, onde seu distinto regimento estava aquartelado. Era Lord Gules, neto e herdeiro de Lord Saltire; um nobre muito jovem, baixo, de cabelos louros e adepto do tabaco, que não deve ter saído da creche há muito tempo e que, embora tenha aceitado o honesto convite do major para ir à Sempre-viva em uma carta escrita com caligrafia de estudante de primário, com uma série de erros de ortografia, talvez seja, pelo que sei, um belo sábio clássico, pois foi educado em Eton, onde ele e o jovem Ponto eram inseparáveis.

De qualquer forma, se ele não sabe escrever, adquiriu uma série de outras maravilhosas habilidades para alguém de sua idade e tamanho. É um dos melhores atiradores e cavaleiros da Inglaterra. Montou seu cavalo Abracadabra e ganhou a famosa corrida com obstáculos de Guttlebury. Tem cavalos inscritos na metade das corridas do país (sob o nome de outras pessoas, pois o velho lorde é pessoa severa e não quer ouvir falar em apostas e jogos de azar). Ele perdeu e ganhou quantias que deixariam orgulhoso o próprio Lord George. Conhece todos os estábulos e jóqueis, tem todas as "informações", e é páreo para a melhor disputa em Newmarket. Nunca se conheceu alguém que fosse "demais" para ele no jogo ou no estábulo.

Embora seu pai lhe dê uma mesada moderada, com a ajuda de *post-obits* e amigos convenientes, ele pode viver com esplendor, como convém à sua posição. Ele não se distinguiu por nocautear policiais, não tem tamanho suficiente para isso. Mas, como peso-pluma, sua habilidade é da mais alta categoria. Dizem que no bilhar ele é de primeira. Fuma e bebe tanto quanto quaisquer dos maiores oficiais de seu regimento. Com tais elevados talentos, quem pode dizer até onde ele conseguirá chegar? Pode entrar na política como um *délassement* e tornar-se primeiro-ministro depois de Lord George Bentinck[97].

Meu amigo Wellesley Ponto é um jovem esquelético e ossudo, com um rosto pálido todo coberto de espinhas. Pela maneira como não para de puxar alguma coisa em seu queixo, sou levado a crer que ele imagina estar crescendo ali a chamada barba estilo pera. Não pode, é claro, entregar-se àquelas diversões caras que conferem tanto respeito a seu colega aristocrático; ele aposta de um modo muito liberal quando tem dinheiro vivo e cavalga quando alguém lhe fornece montaria (pois não pode dar-se ao luxo de gastar mais do que suas despesas regulares). No beber não é, de maneira alguma, inferior; e por que vocês acham que ele trouxe seu nobre amigo, o Lord Gules, à Sempre-viva? Por quê? Porque tem a intenção de pedir à mãe que ordene ao pai que pague suas dívidas, coisa que ela não poderia recusar diante de uma presença tão augusta. O jovem Ponto me deu todas essas informações com a mais sedutora franqueza. Somos velhos amigos. Eu costumava dar gorjetas a ele na escola.

"Deus!", ele diz, "nosso regimento é careiro *demais*. Tem que caçar, sabe. Um homem não poderia viver no regimento se não tivesse. Rancho caro demais. Tem que jantar na cantina. Tem que beber champanhe e clarete. O nosso não é um rancho de Porto e xerez como o da infantaria ligeira.

---

97. *George Bentinck* (1802-1848): primeiro-ministro da Inglaterra quando do lançamento do *Livro dos esnobes*.

O uniforme é caríssimo. Fitzstultz, nosso coronel, quer que seja assim. Deve ser uma distinção, sabe. Às suas próprias custas, Fitzstutz alterou as plumas dos quepes dos homens (você chamou na época de pincéis de barba, Snob, meu garoto; a propósito, o mais absurdo e injusto de seus ataques); só essa alteração custou a ele quinhentas libras. No ano anterior, ele equipou o regimento com uma tremenda despesa e a partir desse dia fomos chamados de Os Malhados da Rainha. Você já nos viu na parada? O imperador Nicolau chorou de inveja quando nos viu em Windsor. E veja", continuou meu jovem amigo, "eu trouxe Gules comigo, já que o pai não mete a mão no bolso, só para convencer minha mãe, que consegue fazer qualquer coisa com ele. Gules disse a ela que eu era o favorito de Fitzstultz entre todo o regimento; e, Deus!, ela pensa que a Guarda Real Montada vai me dar minha tropa em troca de nada e ele enganou o pai dizendo que eu era o maior pão-duro do exército. Não foi uma boa astúcia?"

Com isso, Wellesley me deixou para ir fumar um charuto com Lord Gules na estrebaria e para fazer troça do rebanho, sob a supervisão de Stripes. O jovem Ponto riu com seu amigo do venerável coche de quatro rodas; mas pareceu assombrado com o fato do outro ridicularizar ainda mais uma antiga charrete no estilo de 1824, toda cheia de brasões com as armas dos Ponto e dos Snailey, sendo esta última uma distinta família da qual a Sra. Ponto é descendente.

Encontrei o pobre Pon no gabinete, entre suas botas, em estado de ânimo tão pesaroso que não pude fazer outra coisa a não ser notá-lo. "Dê uma olhada nisso", o pobre sujeito diz, entregando-me um documento. "É a segunda mudança de uniforme desde que ele entrou para o exército e, no entanto, não é nenhuma extravagância do rapaz. Lord Gules contou-me que ele é o jovem mais cuidadoso do regimento, que Deus o abençoe! Mas dê uma olhada nisso! Por Deus, Snob, olhe isso e me diga como um homem de novecentas libras pode escapar dos tribunais?" Ele soltou um soluço ao me entregar o papel por cima da mesa; e seu velho rosto, suas velhas calças de belbutina, sua encolhida jaqueta de caça e suas canelas magras pareciam, quando ele falava, mais miseravelmente pálidos, falidos e maltrapilhos.

Tenente Wellesley Ponto, 120ª dos Hussardos Malhados da Rainha deve a Knopf e Stecknadel, Conduit Street, Londres.

	L	X	p
Jaqueta de gala, ricamente guarnecida com ouro...	35	0	0
Peliça, idem, idem, e equipada com sabre	60	0	0
Jaqueta comum, guarnecida com ouro	15	15	0
Peliça comum	30	0	0
Calça de gala	12	0	0
Sobretudo, idem, cordões dourados dos lados	6	6	0
Idem, comum, idem	5	5	0
Túnica com fitas azuis	14	14	0
Casquete	3	3	0
Quepe de gala, cordões dourados, pluma e corrente	25	0	0
Faixa com bordas douradas	11	18	0
Espada	11	11	0
Idem, cinturão e bolsa de couro a tiracolo	16	16	0
Algibeira e cinturão	15	15	0
Borla de espada	1	4	0
Capote	13	13	0
Valise	3	13	6
Sela do regulamento	7	17	6
Rédeas, idem, completas	10	10	0
Manta para cavalo completa	30	0	0
Um par de pistolas	10	10	0
Uma pele de carneiro preto, orlado	6	18	0
	347	9	0

Nessa noite, a Sra. Ponto e família fizeram o querido Wellesley dar um relato completo, verdadeiro e particular sobre tudo que havia acontecido na casa de Lord Fitzstultz; quantos criados serviam no jantar, como as Ladies Schneider se vestiam, o que Sua Alteza Real disse quando apareceu para caçar e quem estava presente. "Que bênção esse rapaz é para mim!" ela disse, enquanto meu jovem amigo espinhento retirou-se para reassumir as operações de fumar com Gules, na cozinha que agora estava vazia – e algum dia poderei esquecer o olhar lúgubre e desesperado do pobre Ponto?

Oh, vocês, pais e guardiães! Oh, vocês, homens e mulheres de senso na Inglaterra! Oh, vocês, legisladores prestes a reunirem-se no Parlamento! Leiam a conta desse alfaiate acima impressa – leiam esse catálogo absurdo de bugigangas insanas e tolices de um louco – e digam como um dia se livrarão do esnobismo, quando a sociedade faz tanto pela educação dele?

Trezentas e quarenta libras pelas selas e calças de um jovem! Por Deus, eu preferiria ser um hotentote ou *highlander*. Nós rimos do pobre Jocko, o macaco que dança de uniforme; ou do pobre Jeames, o criado de libré, com suas panturrilhas trêmulas e calças apertadas de pelúcia; ou do negro Marquês de Marmalade, equipado com sabre e dragonas, e fazendo pose de marechal de campo. Veja, um dos Malhados da Rainha, de traje a rigor, não é um monstro igualmente grande e tolo?

Capítulo XXX

Sobre certos esnobes do campo

Enfim chegou aquele dia feliz na Sempre-viva, quando eu seria apresentado a algumas das "famílias do condado", as únicas pessoas com as quais gente da classe de Ponto se dignava a relacionar-se. E naquele momento, embora o pobre Ponto tivesse sido extorquido de modo tão cruel em razão do uniforme novo do filho e apesar de ele estar com o humor mais lúgubre e assassino por causa da conta-corrente com saldo negativo, e de outros males da pobreza; e apesar da garrafa de marsala de dez pence e da medonha parcimônia geralmente presidirem a sua mesa, ainda assim o pobre sujeito foi obrigado a simular o ar de cordialidade mais franco e jovial; e as capas sendo retiradas das cortinas e tapeçarias, novos vestidos sendo procurados para as jovens damas e a prataria da família sendo retirada e exposta, a casa e tudo dentro dela assumiu uma aparência benevolente e festiva. As chamas da cozinha começaram a arder, o bom vinho subiu da adega e, na verdade, um mestre-cozinheiro veio de Guttlebury para elaborar abominações culinárias. Stripes estava de casaco novo, assim como Ponto, por um milagre, e o terno de Tummus era usado *en permanence**.

E tudo isso para exibir o pequeno lorde, creio eu. Tudo isso em honra de um estúpido alferesinho encharutado da cavalaria, que mal consegue escrever o próprio nome – enquanto um eminente e profundo moralista como – alguém – é iludido com carneiro frio e revezamentos de porco. Ora, ora, o martírio da carne de carneiro fria é bem suportável. Eu perdoo a Sra. Ponto, perdoo de coração, em especial por-

---

* Eu o flagrei com esse traje, provando o recheio de um bolo embebido em vinho, feito pelas próprias mãos da Sra. Ponto para o deleite de seus convidados. (N.A.)

que não vou sair do melhor quarto, apesar de todas as insinuações dela; finquei o pé no dossel de chintz, jurando que Lord Gules, na condição de jovem, é pequeno e resistente o bastante para acomodar-se em outra parte.

A grande festa Ponto foi a mais majestosa. Os Hawbuck chegaram no coche da família, todo decorado com a mão vermelho-sangue; e o servente deles com a libré amarela esperou à mesa, ao estilo campestre, apenas para ser superado em esplendor pelo servente de Hipsley, o baronete da oposição, azul-claro. As velhas Ladies Fitzague chegaram em sua pequena e velha carruagem com os gordos cavalos negros, o cocheiro gordo, o lacaio gordo (por que os cavalos e lacaios das viúvas ricas são sempre gordos?). E pouco depois que esses personagens chegaram com seus rostos castanho-avermelhados e narizes adúncos e turbantes vermelhos, chegou o Ilustre Reverendo Lionel Pettipois, com quem o general e Sra. Sago completaram a festa. "Lord e Lady Frederick Howlet foram convidados, mas estão com amigos em Ivybush", disse-me a Sra. Ponto; e nessa mesma manhã, os Castlehaggard mandaram desculpas, já que a Sra. Lady havia tido uma recaída da amigdalite. Cá entre nós, a amigdalite de Lady Castlehaggard sempre volta quando há um jantar na Sempre-viva.

Se a convivência com uma companhia educada pode deixar uma mulher feliz, sem dúvida minha gentil anfitriã, a Sra. Ponto, foi nesse dia uma mulher feliz. Cada uma das pessoas presentes (exceto o infeliz impostor que fingiu ter uma relação com a família Snobbington, e o general Sago, que trouxe para casa não sei quantas centenas de milhares de rúpias da Índia) tinha alguma relação com o pariato ou baronato. A Sra. P. teve satisfeito o desejo de seu coração. Se ela própria fosse filha de um conde, poderia ter esperado companhia melhor? – e a família dela era do comércio de óleo em Bristol, como todos seus amigos sabem muito bem.

Queixei-me, no íntimo, não do jantar – que dessa vez fora abundante e bastante agradável – mas sim da extraordinária imbecilidade da conversa na recepção. Oh, meus amados irmãos esnobes da cidade, se nos amamos uns aos outros tão pouco quanto nossos confrades do campo, pelo menos nos divertimos mais; se nos entediamos, pelo menos não somos convidados a andar dez milhas para isso!

Por exemplo, os Hipsley vieram de dez milhas ao sul e os Hawbuck de dez milhas ao norte da Sempre-viva; e eram magnatas de duas divisões diferentes do condado de Mangelwurzelshire. Hipsley, que é um velho baronete com uma fazenda em dificuldades, não se importou em mostrar seu desprezo por Hawbuck, que é uma instituição nova, e rica. Hawbuck, de sua parte, assume ares condescendentes em relação ao general Sago, que acha os Ponto algo um pouco melhor do que indigentes. "A velha Lady Blanche", Ponto diz, "espero que deixe alguma coisa para sua afilhada, minha segunda filha; todos nós quase que nos envenenamos tomando o purgante dela."

Lady Blanche e Lady Rose Fitzague têm, a primeira, um talento médico, e a segunda, literário. Inclino-me a crer que a primeira estava usando uma *compresse* úmida ao redor do corpo, na ocasião em que tive a felicidade de conhecê-la. Ela medica todo mundo da vizinhança, da qual ela é o ornamento; e já experimentou de tudo em si mesma. Ela foi à Corte e testemunhou de público sua fé em St. John Long[98]; jurou pelo Dr. Buchan, tomou grandes quantidades do Remédio Universal de Gambouge e caixas inteiras das Pílulas de Vida de Parr. Curou uma multiplicidade de dores de cabeça com o broto de rapé de Squintone; usa um retrato de Hahnemann em seu bracelete e um cacho do cabelo de Priessnitz em um broche. Falou das suas e das enfermidades de sua *confidante* do momento, cada uma das damas do salão sucessivamente, desde a nossa anfitriã até a Srta. Wirt, levando-as para os cantos e sussurrando coisas sobre a bronquite, a hepatite, a doença de

---

98. *St. John Long*: curandeiro acusado da morte de um de seus pacientes. O julgamento ao qual Thackeray se refere aconteceu em Londres, em 1830.

São Vito, a nevralgia, a cefaleia, e assim por diante. Observei a pobre e gorda Lady Hawbuck terrivelmente alarmada após alguma comunicação referente ao estado de saúde de sua filha, a Srta. Lucy Hawbuck, e a Sra. Sago ficou muito amarela e depositou na mesa seu terceiro copo de Madeira, após um olhar de advertência de Lady Blanche.

Lady Rose conversou sobre literatura, e sobre o clube do livro de Guttlebury, e é muito boa em viagens e relatos de viagem. Tem um interesse extraordinário por Bornéo, e mostrou um conhecimento da história Punjab e da terra dos cafres que honra sua memória. O velho general Sago, que ficou sentado pletórico em completo silêncio, despertou como que de uma letargia quando aquele país foi mencionado, e ofereceu aos presentes sua história sobre uma caça ao porco em Ranjuara. Observei que a Sra. Lady tratou com algo semelhante ao desprezo seu vizinho, o Reverendo Lionel Pettipois, um jovem clérigo a quem se pode seguir pelo país através de livrinhos "edificantes", que custam meia coroa o cento e que chovem de seus bolsos aonde quer que ele vá. Eu o vi dar à Srta. Wirt vários *A Pequena Lavadeira da Comunidade Putney*, e para a Srta. Hawbuck algumas dúzias de *Carne na Bandeja; ou o Jovem Açougueiro Salvo*; e ao fazer uma visita à cadeia de Guttlebury, vi dois notórios sujeitos à espera do julgamento (e temporariamente ocupados com um jogo de cartas) a quem Sua Reverência oferecera um folheto quando caminhava pela municipalidade de Crackshins e que roubaram a carteira dele, bem como o guarda-chuva e o lenço de cambraia, deixando-lhe os folhetos para distribuir em outra parte.

Capítulo XXXI

Uma visita a alguns esnobes do campo

"Por que, caro Sr. Snob", disse uma jovem dama de classe e elegância (a quem apresento minhas melhores saudações), "se o senhor achou tudo tão esnobe na Sempre-viva, se o porco o entediava e a carne de carneiro não estava a seu gosto, se a Sra. Ponto era uma impostora e a Srta. Wirt um incômodo, com seu abominável exercício de piano – por que o senhor permaneceu tanto tempo?"

Ah, senhorita, que pergunta! Nunca ouviu falar de valentes soldados britânicos tomando baterias de assalto, de médicos passando noites em pestilentas alas de leprosários e outras instâncias do martírio? O que você supõe ter induzido cavalheiros a marchar duas milhas até as baterias de Sobraon, com cento e cinquenta trovejantes canhões abatendo-os às centenas – não o prazer, sem dúvida. O que faz seu respeitável pai deixar, após o jantar, o lar confortável em troca do escritório de advogado, para meditar sobre os documentos jurídicos mais sombrios, até muito tempo depois da meia-noite? O dever, *mademoiselle*; o dever que deve ser cumprido tanto por cavalheiros militares como juristas ou literatos. Em nossa profissão existe a força do martírio.

Você não quer acreditar? Seus róseos lábios assumem um sorriso de incredulidade – a expressão mais desprezível e odiosa no rosto de uma jovem dama. Bem, naquela época aconteceu que meu escritório, Pump Court, nº 24, Temple, estava sendo pintado pela *Onorabile Società*, e a Sra. Slamkin, minha lavadeira, teve a oportunidade de ir a Durham para ver a filha, que é casada e que a presenteou com o mais doce dos netinhos – algumas poucas semanas não poderiam ser melhor passadas do que no campo. Mas, ah, que deliciosa estava Pump Court quando revisitei suas conhecidas chaminés! *Cari luoghi*. Bem-vindos, bem-vindos, oh, *fog* e fuligem!

Mas se você acha que não há nenhuma moral no predecedente relato sobre a família Ponto, você está, madame, dolorosamente equivocada. Nesse capítulo iremos ter a moral – ora, o conjunto dos ensaios nada mais é que moral, já que demonstram, como o fazem, a insensatez de se ser esnobe.

Você notará que na Esnobografia do Campo, meu pobre amigo Ponto foi mostrado quase que exclusivamente para os olhos do público – e por quê? Porque não fomos a nenhuma outra casa? Porque outras famílias não nos receberam em suas mesas de mogno? Não, não. Sir John Hawbuck, da Haws, Sir John Hipsley, de Briary Hall, não fecharam os portões da hospitalidade; posso falar por experiência da sopa condimentada com caril do general Sago. E as duas *ladies* de Guttlebury? Por acaso não são nada? Você supõe que um agradável cão jovem, que pode não ter nome, não seria bem-vindo? Você não sabe que as pessoas do campo ficam muito contentes em ver *qualquer um*?

Mas esses dignos personagens não entram no esquema da presente obra, e não passam de atores de menos importância em nosso drama sobre o esnobe; assim como, em uma peça, reis e imperadores não têm a metade da importância de muitas pessoas humildes. O *Doge de Veneza*, por exemplo, abre caminho a *Otelo*, que não passa de um negro; e o *Rei da França* a *Falconbridge*, que é um cavalheiro com absolutamente nenhum berço. Assim, com os louvados personagens acima mencionados, eu lembro muitíssimo bem que o clarete da casa de Hawbuck não era, de maneira nenhuma, tão bom quanto o de Hipsley; ao passo que, pelo contrário, o vinho mosteiro branco de Haws (a propósito, o mordomo só me serviu meio copo de cada vez) era de primeiríssima qualidade. E lembro-me das conversas. Oh, madame, madame, como eram estúpidas! A aradura de subsolo; os faisões e a caça clandestina; a briga em torno da representação do condado, estando o conde de Mangelwurzelshire em desavença com seu parente e nomeado, o Honrado Marmaduke Tomnoddy; eu poderia escrever sobre todos, se tivesse inclinação para violar a intimidade da vida privada; e, é claro, grande parte da conversa sobre o tempo, a caça em Mangelwurzelshire, os novos adubos e a comida e a bebida.

Mas *cui bono*? Nessas famílias totalmente estúpidas e honradas não há o esnobismo que é nosso propósito desmascarar. Um boi é um boi – um grande e desajeitado pedaço de carne, de aspecto gorducho, que muge e rumina. Ele rumina, como é de sua natureza, e consome a porção que lhe é destinada de nabos ou linhaça, até chegar a hora de seu desaparecimento das pastagens, quando será sucedido por outros animais de pulmões fortes e costelas gordas. Talvez não respeitemos um boi. Mais exatamente, nós o consentimos. O esnobe, minha cara madame, é o sapo que tenta inchar ao tamanho de um boi. Vamos despir o bruto tolo de sua insensatez.

Olhe, eu lhe suplico, o caso de meu desditado amigo Ponto, um cavalheiro inglês gentil e de boa natureza – não sábio, mas bem passável – amigo do vinho do Porto, de sua família, dos esportes campestres e da agricultura, de mente hospitaleira, com uma linda casinha de campo patrimonial como qualquer um desejaria e mil libras por ano. Não é muito; mas, *entre nous*, há pessoas que conseguem viver com menos, e não sem conforto.

Por exemplo, há o médico a quem a Sra. P. não digna-se visitar; esse homem educa uma mirífica família e é amado pelos pobres em um perímetro de milhas e milhas; e dá a eles vinho do Porto como purgante e remédio, grátis. E para a Sra. Ponto é um milagre como essas pessoas conseguem viver com essa esmola, como ela diz.

E há também o clérigo, o Dr. Chrysostom – a Sra. P. disse que eles brigaram por causa do puseísmo, mas fui levado a entender que foi porque a Sra. C. teve precedência sobre ela nas Corridas – você pode ver o valor se seu sustento no *Guia Clerical*, a qualquer hora; mas não ficará sabendo quanto ele gasta.

O próprio Pettipois admite isso; ele, para quem o sobrepeliz do doutor é uma abominação papista; e, assim, Pettipois cumpre seu dever a seu modo, e fornece às pessoas não apenas seus panfletos e seu discurso, mas também seu dinheiro e meios. A propósito, sendo filho de lorde, a Sra. Ponto está muitíssimo ansiosa para que ele case com aquela de suas meninas que Lorde Gules não pretenda escolher.

Bem, embora a renda de Pon seja quase tanto quanto as desses três notáveis juntos – oh, minha cara madame, veja a penúria desamparada em que vive o pobre sujeito! Que arrendatário pode confiar na clêmencia *dele*? Que pobre pode esperar *sua* caridade? "O patrão é o melhor dos homens", o honesto Stripes diz, "e não havia homem de mão mais aberta quando estávamos no regimento. Mas da maneira como a senhora é pão-dura, me admira que as jovens damas ainda estejam vivas, me admira!"

Elas vivem com uma bela governanta e bons mestres, têm roupas feitas pela própria modista de Lady Carabas; e o irmão delas cavalga com condes; e apenas as melhores famílias do condado visitam Sempre-viva; e a Sra. Ponto considera-se o protótipo da esposa e mãe, e uma das sete maravilhas do mundo, por conseguir todo esse miserável esnobismo com mil libras por ano.

Que satisfação inexprimível, minha cara madame, quando Stripes colocou meu *portemanteau* na carruagem de quatro rodas e (como o pobre Pon estava atacado de ciática) me levou ao *Brasão Carabas* em Guttlebury, onde nos despedimos. Havia alguns caixeiros-viajantes no salão comercial, e um deles falava sobre a casa que representava; um outro sobre seu jantar e um terceiro sobre as hospedarias na estrada, e assim por diante – uma conversa não muito sábia, mas honesta e objetiva – quase tão boa quanto a dos cavalheiros do campo; e, oh, muito mais agradável do que o espetáculo da Srta. Wirt ao piano e do que o polido cacarejo da Sra. Ponto sobre a moda e as famílias do condado!

Capítulo XXXII

Snobbium assembleium

Quando vejo o extraordinário efeito que esses ensaios estão produzindo em um público inteligente, tenho a forte esperança de que não vai demorar muito e teremos uma seção regular de esnobes nos jornais, assim como no presente temos a Tribuna da Polícia e as Notícias do Tribunal. Quando ocorre em qualquer parte do mundo um caso flagrante de ossos quebrados ou de violação da lei de assistência aos pobres, quem mais eloquente que *The Times* para denunciá-lo? Quando ocorre um caso notório de esnobismo, por que o indignado jornalista não haveria de chamar a atenção do público também para essa delinquência?

Como, por exemplo, esse maravilhoso caso do conde de Mangelwurzel e seu irmão poderia ser examinado sob o ponto de vista do esnobismo? Deixe de lado a fanfarronice, a intimidação, a bazófia, a péssima gramática, as recriminações mútuas, as acusações de mentira, desafios e retratações que abundam na disputa fraterna – deixe fora de questão esses pontos que concernem ao nobre indivíduo e a seu parente, com cujos negócios pessoais não temos nada a ver – e considere o quão intimamente corrupto, o quão habitualmente bajulador e ignóbil, resumindo: o quão inteiramente esnobe precisa ser todo um país que não consegue encontrar chefes ou líderes melhores do que esses dois cavalheiros. "Não queremos", o grande condado de Mangelwurzelshire parece dizer, "que um homem seja capaz de escrever com boa gramática; ou que ele tenha uma linguagem cristã na cabeça; ou que tenha um temperamento decente, ou mesmo uma boa cota de bom-senso, a fim de nos representar no Parlamento. Tudo que pedimos é que esse homem nos seja recomendado pelo conde de Mangelwurzelshire. E a única coisa que pedimos ao conde de Mangelwurzelshire é que ele tenha cinquenta mil por ano e que faça caçadas no campo." Oh, vocês, orgulho de toda Esnobelândia! Oh, vocês, subservientes, bajuladores lacaios e parasitas confessos!

Mas isso está ficando selvagem demais; não vamos esquecer de nossa amenidade costumeira e daquele tom jocoso e sentimental, com os quais o amado leitor e o escritor perseguiram suas reflexões mútuas até agora. Bem, o esnobismo permeia a pequena Farsa Social assim como a grande Comédia do Estado; e uma moral idêntica está ligada a ambas.

Por exemplo, os jornais relataram o caso de uma jovem dama que, enganada por uma cartomante, percorreu de fato parte do caminho para a Índia (chegando até Bagnigge Wells[99], penso), à procura de um marido que lhe estava prometido por lá. Você supõe que essa alminha iludida teria deixado sua loja por um homem de classe inferior à dela ou por algo que não fosse um encanto de capitão com dragonas e casaco vermelho? Foi seu sentimento esnobe que a enganou, e fez de suas vaidades uma presa da quiromante trapaceira.

O caso 2 foi o de Mademoiselle de Saugrenue, "a interessante jovem francesa com uma profusão de cachos de azeviche" que vivia sem nada pagar em uma pensão em Gosport, e que depois foi transportada de graça para Fareham; ali chegando e estando deitada na cama da boa e velha lady, sua anfitriã, a querida moça teve a oportunidade de rasgar o colchão e roubar uma caixa de dinheiro, com a qual fugiu para Londres. O que você acha que teria causado a prodigiosa benevolência em relação à interessante jovem dama francesa? Foram seus cachos de azeviche ou foi seu rosto encantador? – Ora! Por acaso as damas se amam por terem rostinhos bonitos e cabelos pretos? – Ela disse *que era parente* de Lorde de Saugrenue; falou da dama sua tia,

---

99. *Bagnigge Wells*: famosa sala de jogos londrina.

e de si própria como sendo uma De Saugrenue. As honestas pessoas da pensão jogaram-se de imediato a seus pés. Os Filhos da Esnobelândia – bons, honestos, simples e amantes de lordes.

Há, enfim, o caso do Honorável Sr. Vernon, de York. O Honorável era filho de um nobre e espoliava uma velha dama. Obteve dela jantares, dinheiro, roupas, afetos, fé absoluta e um suprimento inteiro de roupas brancas. Em seguida, ele lançou suas redes sobre uma família composta de pai, mãe e filhas, uma das quais pediu em casamento. O pai emprestou dinheiro a ele, a mãe lhe fazia picles e geleias, as filhas competiam entre si fazendo jantares para O Honorável – e qual foi o final? Um dia o traidor fugiu com uma chaleira e um cesto cheio de mantimentos frios. Foi O Honorável quem jogou o anzol, que todos esses esnobes simples e gananciosos morderam. Eles se deixariam enganar por um homem comum? Que velha dama, meu caro senhor, recolheria a mim e ao senhor, e nos consolaria, costuraria para nós e nos daria seu dinheiro e todos os seus garfos de prata; ai de mim, meu Deus! Que ser humano sincero pode esperar encontrar uma estalajadeira como essa? E, no entanto, todos esses exemplos de esnobismo crédulo e insensato ocorreram, no mesmo jornal da semana, com sabe-se lá quantos mais.

Assim que concluímos as observações acima, chegou um lindo bilhetinho lacrado com uma bonita borboletinha – ostentando um carimbo postal do norte – e que resultava no seguinte:

"S<small>R</small>. P<small>UNCH</small>,

19 de novembro.

"Tendo um grande interesse em seus ensaios sobre o esnobe, estamos ansiosas para saber em que categoria dessa respeitável confraria o senhor nos colocaria.

"Somos três irmãs, de dezessete a vinte e dois. Nosso pai é *honesta e verdadeiramente* de uma família muito boa (o senhor dirá que é esnobe mencionar isso, mas quero especificar o fato claro); nosso avô de parte materna era conde*.

"Nós *temos* dinheiro para comprar por correio uma edição do *senhor*, e todas as obras de Dickens tão logo saiam no mercado, mas *não* temos em casa algo parecido com o *Nobreza* nem mesmo um *Baronato*.

"Vivemos com todo conforto, excelente adega etc. etc.; mas como não podemos dar-nos ao luxo de ter um bom mordomo, temos uma asseada criada de mesa (apesar de nosso pai ter sido militar, ter viajado muito, frequentado a melhor sociedade etc.). *Temos* um cocheiro e um ajudante, mas não enchemos este de botões nem os fazemos esperar junto à mesa, como Stripes e Tummus**.

Tratamos da mesma forma tanto as pessoas com um título em seus nomes, como aquelas sem ele. Usamos uma quantidade moderada de crinolina***, e jamais somos *murchas***** pela manhã. Temos bons e abundantes jantares em *porcelana* (embora tenhamos prata*****), que são tão bons quando estamos sozinhos como quando temos companhia.

"Bem, meu caro Sr. *Punch*, tenha a *bondade* de nos dar uma breve resposta em seu próximo número e lhe ficarei muitíssimo grata. Ninguém sabe que estamos escrevendo para o senhor, nem mesmo nosso pai; assim como jamais voltaremos a importuná-lo******, se ao menos nos der uma resposta – só de brincadeira, mas dê!

---

* A apresentação do avô é, receio, esnobe. (N.A.)
** Porque você quer. Não tenho objeção ao uso de botões com moderação. (N.A.)
*** Muito certo. (N.A.)
**** Abençoada seja! (N.A.)
***** Esnobismo; e duvido que vocês jantem tão bem quando sozinhos quanto em companhia. Estarão tendo jantares bons demais. (N.A.)
****** Gostamos de ser importunados; mas conte ao papai. (N.A.)

"Se o senhor chegar até aqui, o que é duvidoso, é provável que atire esta no fogo. Nesse caso, não tenho o que fazer; mas sou corajosa e nutro uma persistente esperança. Em todo caso, esperarei impaciente pelo próximo domingo, pois o senhor nos chega nesse dia, e me envergonha confessar que não *conseguimos* resistir à tentação de abri-lo na carruagem ao rodar de casa para a igreja*.

"Continuo etc. etc., por mim e minhas irmãs.

"Desculpe estes garranchos, mas sempre escrevo *às pressas***.

"P.S.: o senhor foi muito estúpido na semana passada, não acha***? Não temos nenhum guarda-caça, mas ainda assim sempre temos caça abundante para entreter os amigos, apesar dos caçadores clandestinos. Nunca escrevemos em papel perfumado – resumindo, não posso deixar de pensar que se o senhor nos conhecesse, não nos acharia esnobes."

Respondo a isso da seguinte maneira: "Minhas caras jovens damas, conheço sua cidade e estarei na igreja dela no domingo *após* o próximo, quando vocês terão a bondade de usar uma tulipa ou algum pequeno adereço em seus gorros, de modo a que eu possa identificá-las. Reconhecerão a mim e às minhas roupas – um jovem sujeito de aparência tranquila, de sobretudo branco, cachecol de cetim vermelho, calças azul-claras, com botas de bico lustroso e um alfinete de gravata de esmeralda. Usarei uma faixa preta em meu chapéu branco, e a costumeira bengala de bambu com cabo ricamente dourado. Sinto muito por não haver tempo de deixar crescer um bigode entre agora e a próxima semana.

"De dezessete a vinte e dois anos! Que bom! Que idades! Caras criaturas jovens, já posso ver vocês três. A de de-

---

* Oh, jarreteiras e estrelas, o que o capitão Gordon e Exeter Hall dirão disso? (N.A.)
** Minha cara entusiasta! (N.A.)
*** Senhorita, você nunca esteve mais equivocada em sua vida. (N.A.)

zessete me satisfaz, pois está mais próxima de minha idade; mas atenção, não digo que a de vinte e dois seja velha demais. Não, não. E essa linda do meio, travessa e acanhada. Paz, paz em teu coraçãozinho tolo e palpitante!

"*Vocês*, esnobes?, caras jovens damas! Puxarei o nariz de qualquer homem que diga isso. Não há nenhum mal em ser de uma boa família. Vocês não têm como evitar, pobres queridas. O que é um nome, o que é um título ligado a ele? Confesso, de público, que não teria objeção em ser duque; e, cá entre nós, há alguns piores do que eu.

"*Vocês*, esnobes?, caras coisinhas afáveis, não! Isto é, espero que não – penso que não – não tenho tanta certeza assim – nenhum de nós devia ter – de que não somos esnobes. Essa mesma certeza tem o sabor de arrogância, e ser arrogante é ser esnobe. Em todas as graduações sociais, do bajulador ao tirano, a natureza estabeleceu a progênie mais extraordinária e multiforme de esnobes. Mas acaso não existem os caracteres gentis, os corações ternos, as almas humildes, simples e que amam a verdade? Pensem bem nessas questões, doces jovens damas. E se puderem respondê-las, como não há dúvida que podem – felizes são vocês – e feliz é o respeitado Herr Papa, e felizes os três bonitos jovens cavalheiros que estão prestes a se tornar cunhados mútuos.

Capítulo XXXIII

Os esnobes e o casamento

Todo mundo da classe média que caminha por essa vida nutrindo uma simpatia pelos companheiros da jornada – em todo caso, todo homem que esteve acotovelando-se pelo mundo durante três ou quatro lustros – não deve pôr fim às reflexões melancólicas sobre o destino dessas vítimas a quem a sociedade, isto é, o esnobismo, está imolando a cada dia. Com amor, simplicidade e gentileza natural, o esnobismo está em perpétua guerra. As pessoas não ousam ser felizes por medo dos esnobes. As pessoas não ousam amar por medo dos esnobes. As pessoas se consomem de desgosto, solitárias, sob a tirania dos esnobes. Honestos corações amáveis murcham e morrem. Rapazes bravos e generosos, florescendo no início da juventude, incham-se no velho celibato empolado, explodem e sucumbem. Moças delicadas definham, entrando em encolhida decadência, e perecem solitárias; moças de quem o esnobismo cortou o direito comum à felicidade e ao afeto com que a natureza nos dotou. Meu coração fica triste quando vejo o trabalho do desajeitado tirano. Quando vejo isso me incho de raiva e ruborizo de fúria contra o esnobe. Submeta-se, eu digo, ó covarde obtusidade! Submeta-se, ó, estúpido fanfarrão, e renuncie a seu espírito brutal! E eu me armo com espada e lança e, despedindo-me de minha família, avanço para combater o horrendo ogro e gigante, aquele déspota brutal do Castelo Esnobe, que mantém tantos corações sensíveis em tortura e servidão.

Quando *Punch* for rei, declararei que não haverá coisas tais como solteironas e solteirões. O Reverendo Dr.

Malthus[100] será queimado todos os anos, em vez de Guy Fawkes[101]. Aqueles que não casarem irão para a casa de correção. Será um pecado para o mais pobre não ter uma linda moça que o ame.

As reflexões acima vieram à mente após uma caminhada com um velho camarada, cognome Jack Spiggot, que recém está entrando para a condição de velho solteirão, após a juventude varonil e exuberante com a qual me lembro dele. Jack era um dos sujeitos mais bonitos da Inglaterra quando entramos juntos para os *Highland Buffs*; mas eu cedo abandonei os Saiotes Curtos e durante muitos anos o perdi de vista.

Ah, como ele mudou desde aqueles tempos! Agora ele usa uma cinta e começou a pintar as costeletas. Suas faces, que eram coradas, agora estão cheias de sardas; os olhos, que outrora eram tão brilhantes e firmes, estão da cor dos ovos de batuíra depenada.

"Você está casado, Jack?", eu pergunto, lembrando o quanto ele estava apaixonado pela prima Letty Lovelace, quando os Saiotes Curtos estavam aquartelados em Strathbungo há cerca de vinte anos atrás.

"Casado? Não", ele diz. "Não tenho dinheiro suficiente. Já é bem difícil manter-me, mais ainda a uma família, com quinhentas libras por ano. Vamos ao Dickinson's; alguns dos melhores Madeira de Londres estão lá, meu garoto." Assim, fomos e conversamos sobre os velhos tempos. A conta do jantar e do vinho consumido foi prodigiosa; e a quantidade de conhaque e água que Jack tomou mostrou que

---

100. *Thomas Robert Malthus* (1766-1834): economista britânico conhecido principalmente por defender a necessidade econômica de reduzir a população mundial. O título de *Reverendo* é uma brincadeira de Thackeray.

101. *Guy Fawkes* (1570-1606): católico, um dos líderes da conspiração que pretendia explodir a Câmara dos Lordes quando estes se reunissem com o rei e os comuns. Fawkes foi preso e supliciado. No dia 5 de novembro, seu suplício é comemorado com a queima de um boneco que o representa.

ele era um beberrão contumaz. "Um guinéu ou dois guinéus. Por que diabos vou me importar com o que gasto em minha janta?", ele diz.

"E Letty Lovelace?", eu pergunto.

Jack ficou de cara amarrada. No entanto, em seguida explodiu em uma risada sonora. "Letty Lovelace!, ele diz. "Continua sendo Letty Lovelace; mas, Deus, que velha enrugada! Está tão fina quanto uma folha de papel (lembra da silhueta que ela tinha?); o nariz ficou vermelho e os dentes azuis. Está sempre doente; sempre brigando com o resto da família; sempre cantando salmos e sempre tomando pílulas. Deus, que bela escapada eu dei *aí*. Passe o cavalo manco para a frente, meu garoto."

No mesmo instante, a memória voltou ao tempo em que Letty era a mais amada e exuberante das jovens criaturas; quando ao ouvi-la cantar seu coração pulava para a garganta; quando vê-la dançar era melhor do que assistir a Montessu ou Noblet[102] (elas eram as rainhas do balé naquela época); quando Jack usava um medalhão com cabelo dela em uma correntinha de ouro no pescoço, e sob efeito do ponche quente, após uma reunião no rancho dos Saiotes Curtos, costumava pegar esse símbolo e beijá-lo e uivar para ele, para diversão do velho major de nariz de garrafa e o resto da mesa.

"Meu pai e o dela não conseguiram entrar num acordo", Jack disse. "O general não cederia mais do que seis mil libras. Meu progenitor disse que o negócio não seria feito por menos de oito. Lovelace mandou-o às favas, e assim nos separamos. Diziam que ela estava definhando. Bobagem! Ela está com quarenta anos e é tão resistente e azeda quanto esta casca de limão. Não se encha muito de ponche, meu garoto. Nenhum homem *consegue* aguentar ponche depois do vinho."

---

102. *Montessu* e *Noblet*: eram, realmente, dançarinas célebres na época.

"E quais são suas ocupações, Jack?", eu digo.

"Livrei-me delas depois que o chefe morreu. Mamãe vive em Bath. Passo lá uma semana por ano. Muito enfadonho. Jogo de carta de um xelim. Quatro irmãs – todas solteiras, exceto a mais nova – um trabalho terrível. A Escócia em agosto. A Itália no inverno. Maldito reumatismo. Venho a Londres em março, e vagabundeio no clube, meu garoto; e não voltaremos para casa antes da maaa-hããã, até aparecer a luz do dia."

"E eis aí os destroços de duas vidas!", meditou o presente esnobógrafo, após despedir-se de Jack Spiggot. "A bela e jovial Letty Lovelace perdeu o leme e soçobrou; e o bonito Jack Spiggot encalhou na costa qual um bêbado Trínculo[103]."

O que teria insultado a Natureza (para não usar nenhum nome mais alto) e pervertido suas bondosas intenções em relação a eles? Que frieza maldita congelou o amor que ambos sentiam e condenou a moça à amarga esterilidade, e o rapaz à solteironice egoísta? Foi o infernal tirano Esnobe que nos governa a todos, que diz: "Tu não casarás sem uma criada para a dama; tu não casarás sem uma carruagem e cavalos; não terás nenhuma esposa em teu coração e nenhum filho em teus joelhos, sem um pajem de libré e uma *bonne* francesa; irás para o Espírito das Trevas, a menos que tenhas um coche de quatro rodas; casa pobre e a sociedade te abandonará; teus parentes te evitarão como um criminoso; teus tios e tias revirarão os olhos e deplorarão a triste, triste maneira com que Tom ou Harry se desperdiçou." Você, mulher jovem, pode vender-se sem vergonha e casar com o velho Creso; você, homem jovem, pode aplicar seu coração e vida em troca de um dote. Mas se vocês são pobres, a desgraça é sua! A sociedade, a brutal autocracia Esnobe, os condena à solidão eterna. Definhe, pobre moça, em seu sótão; apodreça, pobre solteirão, em seu clube.

---

103. *Trínculo*: personagem de *A Tempestade* de Shakespeare.

Quando vejo esses insípidos reclusos – esses monges e freiras inaturais da ordem de São Belzebu*, meu ódio contra os esnobes, sua adoração e ídolos, ultrapassa toda moderação. Vamos derrubar essa crença cega que devora homens, esse medonho Dagon; e me animo com a coragem heroica de Tom Thumb e junto-me à batalha contra o Esnobe gigante.

---

* Isto, é claro, deve ser aplicado apenas àquelas pessoas descasadas, cujo medo ignóbil e esnobe em relação ao dinheiro impediu de realizar seu destino natural. Há muitas pessoas voltadas para o celibato porque não tem escolha. Um homem seria um bruto se falasse mal delas. De fato, após a conduta da Srta O'Toole com o escritor, este seria o último a condenar. Mas não importa, estas são questões pessoais. (N.A.)

Capítulo XXXIV

Os esnobes e o casamento

No nobre romance intitulado *Dez Mil Por Ano*, recordo uma descrição profundamente patética da maneira cristã com a qual o herói, o Sr. Aubrey, suportava seus infortúnios. Após demonstrar a resignação mais floreada e grandiloquente, e destituí-lo de sua mansão do campo, o escritor supõe que Aubrey chega à cidade em uma diligência com uma parelha de animais, espremido, com toda probabilidade, entre a esposa e a irmã. São cerca de sete horas, as carruagens passam matraqueando, aldravas ressoam e lágrimas turvam os lindos olhos de Kate e da Sra. Aubrey, quando lembram que a essas horas, em tempos mais felizes, o seu Aubrey costumava ir jantar nas casas dos amigos da aristocracia. Esta é a essência da passagem – as palavras elegantes eu esqueci. Mas sempre irei lembrar e estimar o nobre, nobre sentimento. O que pode ser mais sublime do que a ideia dos parentes de um grande homem em lágrimas por causa – de seu jantar? Com uns poucos toques, que autor já fez uma descrição mais feliz de um esnobe?

Estivemos lendo essa passagem há pouco tempo na casa de meu amigo Raymond Gray[104], escudeiro, advogado, um jovem ingênuo sem nenhuma prática, mas que por sorte tem um grande estoque de boas bebidas alcoólicas, que permitem que aguarde sua hora e suporte sorrindo sua humilde posição no mundo. Enquanto isso, até que ela seja alterada, as severas leis da necessidade e os custos do Circuito do Norte obrigam o Sr. Gray a viver em uma mansão muito

---

104. *Gray*: em todo este trecho, o autor joga com os nomes das ruas do *Temple*, na *City* de Londres.

pequena, em um pequeno quarteirão muito suspeito, na rarefeita vizinhança da *Gray's Inn Lane*.

O mais notável é que Gray tem uma esposa ali. A Sra. Gray foi a Srta. Harley Baker; e suponho que não preciso dizer que *esta* é uma família respeitável. Aliados aos Cavendish, Oxford e Marrybone, eles ainda mantêm as cabeças tão empinadas quanto qualquer um, apesar de bastante *déchus* de seu esplendor original. A Sra. Harley Baker, eu sei, nunca vai à igreja sem John atrás para carregar seu livro de orações; nem a Srta. Welbeck, sua irmã, anda vinte jardas em compras sem a proteção de Figby, seu pajem gigantesco; embora a velha dama seja mais feia que qualquer mulher da paróquia e tão alta e barbuda quanto um granadeiro. O que assombra é como Emily Harley Baker tenha se rebaixado a ponto de casar com Raymond Gray. Ela, que era a mais bonita e orgulhosa da família; ela, que recusou Sir Cockle Byles, do Serviço de Bengala; ela, que torceu o narizinho para Essex Temple, Conselheiro da Rainha e ligado à nobre casa Albyn; ela, que só tinha 4 mil libras *pour tout potage*, casar com um homem que mal tinha essa quantia. Um grito de fúria e indignação foi lançado pela família inteira, quando tomou conhecimento dessa *mésalliance*. Agora a Sra. Harley Baker refere-se à filha com lágrimas nos olhos, como uma criatura arruinada. A Srta. Welbeck diz, "considero esse homem um vilão", e denunciou como trapaceira a pobre e boa Sra. Perkins, em cujo baile os jovens encontraram-se pela primeira vez.

Enquanto isso, o Sr. e Sra. Gray vivem na supracitada *Gray's Inn Lane*, com uma criada e uma governanta, sempre ocupadíssimas, em uma felicidade provocante e inatural. Nem uma única vez eles pensaram em chorar por causa do jantar, como as mulheres de meu esnobe favorito Aubrey, de *Dez Mil Por Ano*; mas, pelo contrário, aceitam esses mantimentos tão humildes como se o destino os premiasse com a mais completa boa-vontade – e mais, na verdade, às vezes, ainda têm uma porção para um amigo faminto – como o presente escritor pode testemunhar agradecido.

Eu estava mencionando esses jantares e alguns admiráveis pudins de limão que a Sra. Gray faz, para nosso amigo em comum, o grande Sr. Goldmore, diretor das Índias Orientais, quando o rosto desse cavalheiro assumiu uma expressão de terror quase apoplética, e ele falou ofegante: "O quê?! Eles dão jantares?" Ele parecia considerar um crime e um milagre que essas pessoas sequer jantassem, e achava que era seu costume aglomerarem-se em volta do fogão da cozinha, sobre um pedaço de pão duro e um osso. Sempre que os encontra em sociedade, julga ser um milagre (e sempre expressa sua surpresa em voz bastante alta) que a dama apresente-se vestida de maneira decente e que o marido leve nas costas um casaco não remendado. Eu já o ouvi discorrer longamente sobre essa pobreza diante de todo o salão do *Clube Conflagrativo*, do qual ele, eu e Gray temos a honra de fazer parte.

Encontramo-nos no clube quase todos os dias. Às quatro e meia, Goldmore chega na St. James's Street, vindo da cidade, e pode ser visto lendo os jornais vespertinos em uma das sacadas do clube que dão para a Pall Mall – um enorme homem com uma penca de emblemas em um colete leve na enorme sacada. Ele usa imensas lapelas abarrotadas de cartas de agentes e documentos de empresas das quais é diretor. Seus emblemas tilintam quando ele caminha. Gostaria de ter um homem assim como tio, e que ele não tivesse filhos. Eu o amaria, acariciaria e seria gentil com ele.

Às seis horas, em plena temporada, quando todo mundo está na St. James's Street, quando as carruagens cortam por dentro e por fora os coches de aluguel parados, quando os dândis nobres mostram seus rostos apáticos ao sair do *White's*, quando se veem respeitáveis cavalheiros de cabelos grisalhos balançando as cabeças uns para os outros através das janelas envidraçadas do *Arthur's*; quando os valetes desejam ser Briareus[105] para poder segurar os cavalos de todos os cavalheiros, quando aquele porteiro real com o maravilhoso casaco vermelho está tomando sol diante da Marlborough House; – no apogeu da vida londrina, você vê uma carruagem amarelo-claro com cavalos negros e um cocheiro com uma apertada peruca de seda macia, dois lacaios de librés brancos e amarelos e dentro dela uma enorme mulher em seda furta-cor, um *poodle* e uma sombrinha rosa, dirigindo-se ao portão do *Conflagrativo*; e o pajem vai dizer ao Sr. Goldmore (que tem perfeito conhecimento do fato, enquanto olha pelas janelas junto com cerca de outros quarenta janotas do *Conflagrativo*): "Sua carruagem, Sir". G sacode a cabeça. "Lembre-se, às oito horas em ponto", diz para Mulligatawney[106], o outro diretor das Índias Orientais; e, subindo na carruagem, deixa-se cair ao lado da Sra. Goldmore para fazer um passeio no parque e depois ir para casa na Portland Place. Quando a carruagem vai embora em disparada, todos os jovens janotas do clube sentem um júbilo secreto. Isto faz parte de seu modo de viver, por assim dizer. A carruagem pertence ao clube e o clube pertence a eles. Eles seguem com interesse a luxuosa carruagem; observam-na de maneira consciente quando a encontram no parque. Mas, um momento, ainda não chegamos aos esnobes de clube. Oh, meus bravos esnobes, que excitação haverá entre vocês quando esses artigos saírem!

Bem, pela descrição acima, vocês podem julgar que tipo de homem é Goldmore. Um Creso estúpido e pomposo da Leadenhall Street, e também bom e afável – cruelmente afável. "O Sr. Goldmore jamais esquecerá", sua senhora costumava dizer, "que foi o avô da Sra. Gray que o man-

---

105. *Briareu*: gigante da mitologia grega, filho da Terra e do Céu, que tinha cinquenta cabeças e cem braços.
106. *Mulligatawney*: sopa hindu feita com caril.

dou para a Índia; e apesar dessa jovem ter feito o casamento mais imprudente do mundo e deixado sua posição na sociedade, o marido dela parece um jovem engenhoso e laborioso e faremos tudo ao nosso alcance para lhe sermos úteis". Assim, eles costumavam convidar os Gray para jantar uma ou duas vezes por temporada, quando, como uma forma de intensificar a gentileza, Buff, o mordomo, recebe ordens de alugar um cabriolé para transportá-los na ida e na volta de Portland Place.

Claro que sou um amigo por demais bondoso de ambas as partes para não contar a Gray a opinião de Goldmore em relação a ele, e o espanto do nababo diante da ideia de que o advogado sem clientes tivesse uma janta qualquer. Na verdade, as declarações de Goldmore tornaram-se entre nós, os gaiatos do clube, uma brincadeira contra Gray, e costumávamos perguntar pela última vez que ele provara carne, se devíamos levar à sua casa algo para comer, e milhares de outras brincadeiras.

Então, um dia, ao voltar do clube para casa, o Sr. Gray transmitiu à esposa a espantosa informação de que convidara Goldmore para jantar.

"Meu amor", a Sra. Gray diz com um tremor, "como pôde ser tão cruel? Ora, a Sra. Goldmore não vai caber na sala de jantar!"

"Tranquilize-se, Sra. Gray; a dama está em Paris. Só Creso virá, e depois iremos ao teatro – ao Sadler's Wells. Goldmore disse no clube que achava Shakespeare um grande poeta dramático e que devia ser apadrinhado; depois do que, em uma explosão de entusiasmo, convidei-o para nosso banquete."

"Meu Deus do céu, o que *podemos* dar a ele para jantar?! Ele tem dois cozinheiros franceses; você sabe que a Sra. Goldmore está sempre nos falando sobre eles; e todos os dias ele janta com conselheiros municipais."

"Uma simples perna de carneiro, minha Lucy,
Peço que esteja pronta às três;
Que seja macia, fumegante e suculenta,
E que outro melhor alimento pode haver?"[107]

Gray diz, citando meu poeta favorito.

"Mas o cozinheiro está doente e você conhece os empadões horríveis do pasteleiro..."

"Silêncio, Frau!", Gray diz com voz de profunda tragédia. "Eu organizarei o repasto. Faça tudo que eu ordenar. Convide nosso amigo Snob aqui para participar da festa. Que seja minha a tarefa de conseguir a comida."

"Não seja esbanjador, Raymond", sua mulher diz.

"Sossegue, tímida parceira de um advogado sem clientes. O jantar de Goldmore será de acordo com nossos parcos meios. Siga apenas todas as minhas ordens." E vendo pela expressão peculiar no semblante do velhaco que alguma brincadeira louca estava em preparação, esperei o dia seguinte com ansiedade.

---

107. *"A plain leg of mutton, my Lucy, /I pry thee get ready at three; /Have it tender, and smoking, and juicy, /And what better meat can there be?"*

Capítulo XXXV

Os esnobes e o casamento

Na hora em ponto (a propósito, não posso esquecer de indicar aqui meu ódio, desprezo e indignação contra esses miseráveis esnobes que aparecem para jantar às nove, quando foram convidados para às oito, a fim de causar sensação no grupo. Que a repugnância das pessoas honestas, a calúnia de outros, a maldição dos cozinheiros, persigam esses patifes e vinguem a sociedade na qual pisam!) – às cinco horas em ponto, como eu disse, hora marcada pelo Sr. e Sra. Gray, um jovem de aparência elegante, com uma roupa de noite de bom gosto, cujas costeletas aparadas indicavam asseio, cujos passos ligeiros denotavam energia (pois na verdade ele estava faminto como sempre está na hora da janta, a qualquer hora que ela seja) e cujos belos cabelos loiros, caindo em cachos até os ombros, eram destacados por um chapéu de seda novinho em folha de quatro e nove pence, foi visto descendo a Bittlestone Street, na Bittlestone Square, em direção a Gray's Inn. A pessoa em questão, não preciso dizer, era o Sr. Snob. Ele *nunca* se atrasa quando convidado a jantar. Mas, para continuar com minha narrativa:

Embora o Sr. Snob possa gabar-se de ter causado sensação quando caminhava com passo pomposo pela Bittlestone Street, com sua bengala de cabo ricamente dourado (e, de fato, juro que vi cabeças olhando para mim da casa da Srta. Squilsby, a modista com placa de latão em frente à casa de Raymond Gray, que tem na janela três bonés de papel prateados e dois carcomidos quadros de moda), ainda assim o que foi a emoção causada por minha chegada comparada com aquela que fez vibrar a ruazinha quando às cinco e cinco o cocheiro de peruca de seda macia, a capa amarela do banco da carruagem e os lacaios de libré, os cavalos negros e arreios de prata brilhando do Sr. Goldmore desceram a rua em disparada! É uma rua muito pequena, com casas muito pequenas, a maioria delas com placas de latão muito grandes como a da Srta. Squilsby. Vendedores de carvão, arquitetos e inspetores, dois cirurgiões, um funcionário do condado, um professor de dança e, é claro, vários corretores de imóveis ocupam as casas – pequenos prédios de dois andares, com pequenos pórticos de estuque. A carruagem de Goldmore era quase mais alta que os telhados; os primeiros andares poderiam apertar a mão de Creso refestelado no interior do coche; todas as janelas desses primeiros andares estavam abarrotadas de crianças e mulheres com os olhos brilhando. Lá estavam a Sra. Hammerly com rolinhos nos cabelos, a Sra. Saxby com seu rosto torto, o Sr. Wriggles espreitando através da cortina transparente, segurando durante esse tempo o copo quente de rum com água – em suma, uma tremenda comoção na Bittlestone Street quando a carruagem de Goldmore estacionou na porta do Sr. Raymond Gray.

"Que gentil da parte dele vir com ambos os criados!", a pequena Sra. Gray diz, também espiando o veículo. O enorme lacaio desceu da boleia e deu uma batida na porta, que quase precipitou-se prédio adentro. Todas as cabeças estavam do lado de fora, o sol brilhava, até o garoto do realejo fez uma pausa, e o rosto vermelho e o colete branco de Goldmore cintilavam em esplendor. O hercúleo homem de pelúcia voltou para abrir a porta da carruagem.

Raymond Gray abriu a sua – em mangas de camisa.

Correu até a carruagem. "Entre, Goldmore", ele diz; "Bem a tempo, meu garoto. Abra a porta, seu fulano, e deixe seu patrão sair"; e seu fulano obedeceu em um gesto mecânico, com um rosto de espanto e horror, somente igualado à expressão de perplexidade que ornamentava o rosto púrpura de seu patrão.

"A que horas gostaria de ter o *carro*, sir?", seu fulano

diz, com aquela pronúncia peculiar, insoletrável, inimitável e servil, que constitui-se um dos principais encantos da existência.

"Melhor tê-lo no teatro à noite", Gray exclama; "é apenas um passo daqui a Wells e podemos ir andando. Tenho entradas para todos. Esteja em Sadler's Wells às onze."

"Sim, às onze", Goldmore exclama perturbado e entra na casa com passo atarantado, como se estivesse indo para a execução (como de fato estava, com esse malvado Gray na condição de carrasco ao seu lado). A carruagem afastou-se, seguida de incontáveis olhares vindos de vãos de portas e varandas; o aparecimento dela ainda é uma maravilha na Bittlestone Street.

"Entre por aqui e divirta-se com Snob", Gray diz abrindo a portinha da sala de visitas. "Chamarei assim que as costeletas estiverem prontas. Fanny está lá embaixo, vendo o pudim".

"Deus misericordioso!", Goldmore me diz em um tom bastante confidencial, "como ele pôde nos convidar? Na verdade, eu não tinha a menor ideia dessa... dessa extrema penúria."

"A janta, a janta!", Gray berra da sala de jantar, de onde sai muita fumaça e cheiro de fritura; e ao entrar nesse aposento, encontramos a Sra. Gray pronta para nos receber, e parecendo uma perfeita princesa que, por algum acaso, levava na mão uma tijela de batatas, a qual colocou em cima da mesa. Enquanto isso, o marido estava fritando costeletas de carneiro em uma grelha sobre o fogão.

"Fanny fez o rocambole", ele diz; "as costeletas são a minha parte. Aqui está uma ótima; prove esta, Goldmore." E atirou uma costeleta de primeira no prato do cavalheiro. Que palavras, que sinais de exclamação podem descrever a perplexidade do nababo?

A toalha de mesa era muito velha, cerzida em uma grande quantidade de lugares. Havia mostarda em uma xícara de chá, um garfo de prata para Goldmore – os nossos eram de ferro.

"Não nasci em berço de ouro", Gray diz com gravidade. "Este garfo é o único que temos. Em geral é Fanny que fica com ele."

"Raymond!", a Sra. Gray grita com o rosto súplice.

"Ela estava acostumada com coisas melhores, sabem; e espero um dia comprar um serviço de jantar para ela. Disseram-me que os pratos galvanizados são fora do comum. Onde, diabos, está aquele garoto com a cerveja? E agora", ele diz dando um salto, "serei um cavalheiro." E, assim, veste o casaco e senta com uma expressão muito grave, com quatro costeletas de carneiro que recém grelhara.

"Não comemos carne todos os dias, Sr. Goldmore", ele continuou, "e para mim é uma delícia ter um jantar como este. Vocês, cavalheiros da Inglaterra que vivem com conforto em casa, pouco sabem das necessidades que um advogado sem clientes suporta."

"Deus misericordioso!", o Sr. Goldmore diz.

"Onde está a mistura? Fanny, vá ao *Keys* e pegue a cerveja. Aqui estão seis pence." E qual não foi nosso assombro quando Fanny levantou-se como se fosse sair.

"Deus misericordioso! Deixe que *eu* vou", Goldmore grita.

"Não, de maneira nenhuma, meu caro senhor. Ela está acostumada com isso. Eles não lhe servirão tão bem quanto a ela. Deixe-a em paz. Que a lei o abençoe!", Raymond disse com uma calma espantosa. E a Sra. Gray saiu da sala e, de fato, voltou com uma bandeja onde havia uma jarra de estanho com cerveja. A pequena Polly (a quem, no batizado, tive a honra de presentear *ex officio* com uma caneca de prata) veio em seguida com um par de cachimbos e a expressão travessa mais fantástica em seu rostinho redondo e bochechudo.

"Fanny, minha querida, falou com Tapling sobre o gim?" Gray perguntou depois de ordenar a Polly que colocasse os cachimbos em cima da cornija da lareira, que essa pessoinha teve dificuldade em alcançar. "O último era terebentina e nem mesmo sua fermentação conseguiu fazer um bom ponche com ele."

"Você jamais suspeitaria, Goldmore, que minha mulher, uma Harley Baker, fizesse ponche com gim, não? Acho que minha sogra cometeria o suicídio se a visse."

"Por que você está sempre rindo de mamãe, Raymond?", a Sra. Gray diz.

"Ora, ora, ela não morreria, e *eu* não desejo que morra. Assim como você não faz ponche de gim nem tampouco gosta dele... e... Goldmore, você bebe a cerveja do copo ou da jarra?

"Deus misericordioso!", Creso torna a exclamar, enquanto a pequena Polly pega a jarra com suas mãozinhas e a oferece sorridente para o assombrado Diretor.

E assim, resumindo, começou o jantar que terminou pouco depois de uma maneira semelhante. Gray importunou seu desditado convidado com a descrição mais esquisita e ultrajante de suas labutas, miséria e pobreza. Descreveu a maneira como limpava as facas logo depois que se casou; e como costumava puxar as crianças em um carrinho; como sua mulher jogava panquecas para o alto, e as partes de suas roupas que ela fazia. Ordenou que Tibbits, seu escrevente (que na verdade era o funcionário que trouxera a cerveja da taberna e que a Sra. Fanny buscara no apartamento vizinho), fosse buscar "a garrafa de vinho do Porto" quando o jantar terminasse; e contou a Goldmore uma história sobre a maneira como aquela garrafa de vinho chegara às suas mãos, tão maravilhosa quanto quaisquer de suas histórias anteriores. Quando o repasto chegou ao fim e chegou a hora de ir para o teatro, e a Sra. Gray se retirou, e estávamos sentados ruminando em completo silêncio, com os últimos copos de Porto, de repente Gray rompeu o silêncio, dando um tapinha no ombro de Goldmore e dizendo: "Agora, Goldmore, diga-me uma coisa"

"O quê?", Creso pergunta.

"Você não teve uma boa janta?

Goldmore sobressaltou-se como se uma súbita verdade lhe tivesse sido revelada. Ele *realmente* tivera uma boa janta e não soubera disso até aquele momento. As três costeletas por ele consumidas eram o melhor tipo de carne de carneiro; as batatas eram de perfeita categoria; quanto ao rocambole: estava bom demais. A cerveja *porter* estava espumante e fria; e o vinho do Porto, digno da papada de um bispo. Falo com propósitos inconfessáveis, pois há outros mais na adega de Gray.

"Bem", Goldmore diz, após uma pausa, durante a qual se deu tempo para pensar na grave pergunta que Gray lhe fizera – "Dou-lhe minha palavra... agora que você disse isso... tive um jantar descomunal... descomunal, dou minha palavra! À sua saúde, Gray, meu garoto, e à de sua cordial senhora; e quando a Sra. Goldmore retornar, espero que possamos vê-lo mais em Portland Place." E com isto chegou a hora do teatro e fomos ver o Sr. Phelps em Sadler's Wells.

O melhor dessa história (penhoro minha honra pela verdade de cada palavra dita) é que após o banquete, do qual Goldmore tanto desfrutou, o honesto sujeito sentiu um respeito e uma compaixão prodigiosa pelo anfitrião miserável e morto de fome e decidiu-se a ajudá-lo em sua profissão. E sendo diretor da recém-estabelecida Companhia de Seguros de Vida Antibiliosa, nomeou Gray advogado efetivo, com belos honorários anuais; e ainda ontem, em uma apelação de Bombaim (Buckmuckjee Bobbache versus Ramchowder-Bahawder), no conselho privado, Lord Brougham cumprimentou o Sr. Gray, que estava no caso, por seu conhecimento curioso e exato do idioma sânscrito.

Não posso dizer se ele sabe sânscrito ou não, mas Goldmore conseguiu o emprego para ele e, desse modo, não posso deixar de ter um respeito oculto por esse mandachuva velho e pomposo.

Capítulo XXXVI

Os esnobes e o casamento

"Nós, os solteiros dos clubes, somos muito gratos a você", diz meu velho colega de escola e universidade, Essex Temple, "pela opinião que tem de nós. Você nos chama de egoístas, caras púrpuras, empolados e outros nomes bonitos. Você afirma, nos termos mais simples possíveis, que todos devíamos ir para o inferno. Ordena que apodreçamos na solidão e nos recusa todas as pretensões de honestidade, conduta e vida cristã decentes. Quem é você, Sr. Snob, para nos julgar desse modo? Quem é você, com seus infernais e benevolentes sorrisos, para rir de toda a nossa geração?

"Vou lhe contar meu caso", Essex Temple diz; "o meu e de minha irmã Polly, e você pode fazer o que quiser com eles; e escarnecer de solteironas e solteirões, se quiser.

"Vou sussurrar-lhe, em tom confidencial, que minha irmã Polly estava comprometida com o sargento Shirker – um sujeito cujos talentos não se pode negar e que fascinam, mas que eu sempre soube que era ignóbil, egoísta e pretensioso. Entretanto, as mulheres não enxergam esses defeitos nos homens que o Amor joga em seus caminhos. Shirker, que é tão caloroso quanto uma enguia, aproximou-se de Polly há muitos e muitos anos atrás, e ela não era um mau partido para um advogado sem clientes como ele era então.

"Você já leu sobre a vida de Lord Eldon? Lembra que o sórdido e velho esnobe conta que saía para comprar arenques de dois pence, que ele e a Sra. Scott fritavam juntos? E que ele desfilava sua humildade e exibia sua pobreza miserável – logo ele, que nessa época devia estar ganhando mil libras por ano? Bem, Shirker era igualmente orgulhoso de sua prudência, igualmente grato por sua própria vileza e, é claro, não se casaria sem os meios suficientes para a subsistência. Quem seria tão honrado? Polly esperou, esperou, lânguida, ano após ano. *Ele* não estava angustiado; a paixão *dele* jamais perturbou suas seis horas de sono, nem afastou a ambição de sua mente. Ele preferia abraçar um advogado em qualquer dia do que beijar Polly, apesar de ela ser uma das criaturas mais belas do mundo; e enquanto ela definhava sozinha no andar de cima, relendo o estoque de meia dúzia de frígidas cartas que o abominável pretensioso condescendera em escrever para ela, *ele*, esteja seguro, nunca se ocupava de outra coisa que não fossem seus sumários no escritório de advocacia – sempre frígido, rígido, satisfeito consigo e seu dever. O casamento arrastava-se ano após ano, enquanto o Sr. sargento Shirker tornava-se o famoso advogado que é.

"Enquanto isso, meu irmão mais novo, Pump Temple, que estava na 120ª dos hussardos e que tinha o mesmo pequeno patrimônio que coube a mim e Polly, teve de se apaixonar por nossa prima, Fanny Figtree, e casar com ela imediatamente. Você devia ter visto as bodas! Seis damas de honra de rosa para segurar a cauda, buquê, luvas, vidro de perfume e lenço de bolso da noiva; cestos cheios de fitas brancas na sacristia para serem colocadas nos criados e cavalos; uma distinta congregação de conhecidos curiosos nos bancos da igreja, uma outra de pobres maltrapilhos nos degraus; todas as carruagens de todos os nossos conhecidos, os quais foram recrutados por tia Figtree para a ocasião; e, claro, quatro cavalos para o veículo nupcial do Sr. Pump.

"Em seguida veio o desjejum ou *déjeuner*, se preferir, com uma orquestra de metais na rua e policiais para manter a ordem. O feliz noivo gastou mais ou menos a renda de um ano em vestidos para as damas de honra e belos presentes; e a noiva devia ter um *trousseau* de rendas, cetins, caixas de joias e outras bobagens, para tornar-se digna de ser a esposa de um tenente. Pump não hesitou. Jogou o dinheiro pela janela como se fosse lixo; e a Sra. P. Temple, em cima do cavalo Tom Tiddler que o marido lhe dera, foi a mulher militar mais elegante de Brighton ou Dublin. Ah, como a velha Sra. Figtree aborrecia-me e à Polly com as histórias sobre a grandeza de Pump e o nobre grupo social que ele frequentava! Polly mora com os Figtree, já que não sou rico o bastante para sustentar um lar para ela.

"Pump e eu sempre fomos muito distantes. Sem nada saber sobre cavalos, ele nutre um desprezo natural por mim; e no tempo de vida de nossa mãe, quando a boa e velha dama estava sempre pagando as dívidas dele e mimando-o, não estou seguro se não havia um pouco de ciúmes. Em geral era Polly que mantinha a paz entre nós dois.

"Ela foi a Dublin visitar Pump e trouxe de volta grandes relatos sobre as façanhas dele – o homem mais alegre da cidade – ajudante de ordens do governador – Fanny era admirada em toda parte – Sua Excelência era madrinha do segundo menino; o mais velho com uma fileira de prenomes aristocráticos que deixavam a avó frenética de deleite. Em breve Fanny e Pump vieram amavelmente a Londres, onde o terceiro nasceu.

"Polly foi madrinha deste, e quem mais carinhoso do que ela e Pump agora? 'Oh, Essex', ela diz para mim, 'ele é tão bom, tão generoso, tão apegado à sua família, tão bonito; quem pode deixar de gostar dele e de perdoar seus pequenos erros?' Um dia, quando a Sra. Pump ainda estava nas regiões altas, e a carruagem fechada do Doutor Fingerfee diante da porta dela todos os dias, já que ele tinha negócios em Guildhall, quem eu haveria de encontrar em Cheapside, senão Pump e Polly? A pobre moça parecia mais feliz e rosada do que jamais a vi nesses doze anos. Pump, pelo contrário, ficou bastante embaraçado e ruborizado.

"Eu não poderia me enganar a respeito do rosto dela e de seu ar travesso e triunfal. Ela estivera cometendo algum ato de sacrifício. Fui ao corretor de valores da família. Nessa manhã, ela havia liquidado duas mil libras e dado para Pump. Não adiantava brigar – Pump estava com o dinheiro; ele viajara a Dublin no momento em que cheguei à casa da mãe dele, e Polly ainda estava radiante. Ele ia prosperar, ia aplicar o dinheiro no Pântano de Allen[108], não sei direito. Na verdade, ele ia pagar suas perdas da última corrida de cavalos com obstáculos de Manchester, e deixo por sua conta imaginar quanto do principal ou de juros a pobre Polly conseguiu ver de volta.

"Era mais da metade da fortuna dela e depois ele ainda recebeu outras mil libras de Polly. Em seguida vieram os esforços para protelar a ruína e impedir o desmascaramento; esforços de nossas partes e sacrifícios que" (neste ponto, o Sr. Essex Temple começou a hesitar) "que não precisam ser comentados, mas que são de tão pouco uso quanto os sacrifícios desse tipo sempre são. Pump e sua esposa estão no exterior... eu não gostaria de perguntar onde; Polly está com os três filhos, e o Sr. sargento Shirker escreveu uma carta formal para romper o relacionamento, sobre o término do qual a Srta. Temple já devia ter especulado sozinha, quando alienou a maior parte de sua fortuna.

"E você com essa sua famosa teoria sobre os casamentos pobres!", Essex Temple grita, concluindo a história acima. "Como você sabe que não quero casar? Como se atreve a zombar de minha pobre irmã? O que somos nós senão mártires do irresponsável sistema de casamento, que o Sr. Snob, sem dúvida, escolheu para defender?" E ele pensava ter o melhor argumento, o que, é estranho dizer, não é minha opinião.

Mas, não fosse a infernal veneração aos esnobes, cada uma dessas pessoas não podia ser feliz? Se a felicidade da pobre Polly está em unir seus ternos braços em volta de um gatuno tão impiedoso como o covarde que a enganou, ela podia estar feliz agora – tão feliz quanto Raymond Raymond na balada, com a estátua de pedra a seu lado. Ela foi desgraçada porque o Sr. sargento Shirker venera o dinheiro e a ambição, é um esnobe e covarde.

---

108. *Bog of Allen*: Irlanda.

Se o desditado Pump Temple e sua mulher volúvel e travessa arruinaram-se, arrastando outros em sua calamidade, é porque eles amam a classe e os cavalos, assim como a prata, as carruagens, os *Manuais da Corte*, a chapelaria, e sacrificariam tudo para obter esses bens.

E quem os desencaminha: se o mundo fosse mais simples, essas pessoas tolas não seguiriam a moda? Por acaso o mundo não ama os *Manuais da Corte*, a chapelaria, a prata e as carruagens? Tende piedade de nós! Leiam a inteligência da moda; leiam as *Notícias da Corte*, leiam os romances requintados; observem a humanidade, de Pimlico a Red Lion Square, e vejam como o esnobe pobre está imitando o esnobe rico; como o esnobe ignóbil está prostrado aos pés do esnobe orgulhoso, e o esnobe nobre está sendo senhor absoluto de seu humilde irmão. Será que a ideia de igualdade nunca entra na cabeça de Dive? Algum dia entrará? Será que algum dia a duquesa de Fitzbattleaxe (eu gosto de um bom nome) acreditará que Lady Creso, sua vizinha na Belgrave Square, é uma dama tão boa quanto Sua Alteza? Algum dia Lady Creso deixará de invejar as festas da duquesa e de ser condescendente com a Sra. Broadcloth, cujo marido ainda não conseguiu sua condição de baronete? Algum dia a Sra. Broadcloth dará um afetuoso aperto de mão na Sra. Seedy e renunciará aos cálculos odiosos sobre a renda da pobre e querida Sra. Seedy? E a Sra. Seedy, que passa fome em sua enorme casa, sairá para ter uma vida confortável em uma casa pequena, ou em uma pousada? E a estalajadeira, a Srta. Letsam, não irá parar de pensar na intimidade dos comerciantes, ou de censurar a insolência de Suky, a criada, que usa flores sob o gorro como uma dama?

Mas por que esperar, por que desejar esses tempos? Por acaso quero que todos os esnobes morram? Por acaso desejo que esses ensaios sobre os esnobes cheguem ao fim? Tolo suicida, tu também não és um esnobe e irmão?

Capítulo XXXVII

Esnobes de clube
I

Como eu gostaria de ser especialmente agradável com as damas (a quem faço a reverência mais humilde), vamos agora, se vocês quiserem, começar a difamar uma classe de esnobes com os quais, acredito, a maioria das mentes femininas se exaspera. Refiro-me aos esnobes de clube. Raras vezes escutei até a mais meiga e suave das mulheres falar sem um pequeno sentimento de amargura contra essas instituições sociais, esses arrogantes palácios da St. James's que são abertos aos homens; ao passo que as damas têm apenas seus sombrios cubículos de tijolo, de três janelas, em Belgravia ou em Paddingtonia, ou na região entre a estrada de Edgware e a da *Gray's Inn*.

Na época de meu avô era a maçonaria que provocava a raiva delas. Foi minha tia-avó (cujo retrato ainda temos na família) que se enfiou na caixa do relógio da Real Loja Rosacruz em Bungay, Suffolk, para espionar os procedimentos da Sociedade da qual seu marido era membro; e ficando assustada pelo súbito zumbir e bater das onze horas (no exato momento em que o membro grão-mestre trazia a grelha mística para a recepção de um neófito), saltou no meio da loja reunida, e foi eleita, por uma desesperada unanimidade, membro Grã-mestra pelo resto da vida. Apesar dessa mulher admirável e corajosa jamais ter sussurrado, depois disso, nenhuma palavra sobre os segredos da iniciação, ainda assim, ela incutiu em toda nossa família um tamanho terror em relação aos mistérios de Jachin e Boaz, que desde então ninguém de nossa família jamais entrou para a Sociedade, nem usou a temível insígnia maçônica.

É sabido que Orfeu foi dilacerado por algumas senhoras da Trácia possuídas de justa indignação pelo fato de pertencer a uma Loja Harmônica. "Deixem-no voltar para Eurídice", elas disseram, "por quem ele finge afligir-se tanto." Mas a história é contada no elegante dicionário do Dr. Lempriere, de uma maneira muito mais convincente do que esta débil pena pode tentar. Vamos, então, de imediato e sem verborreia, abordar o tema dos clubes.

Em minha opinião, os clubes não deviam ser permitidos aos solteiros. Se meu amigo dos Saiotes Curtos não tivesse nosso clube, o *Union Jack*, aonde ir (eu pertenço ao U. J. e outras nove instituições similares), quem sabe se ele ainda seria solteiro no presente momento? Em vez de ficarem à vontade e serem mimados com todo o luxo, como o são nos clubes, os solteiros deviam ser tratados de um modo profundamente miserável, em minha opinião. Devia-se dar todo encorajamento para tornar desagradável o tempo livre deles. De acordo com meus sentimentos, não pode haver objeto mais odioso do que o jovem Smith, no apogeu de sua saúde, comandando um jantar de três pratos; do que o Jones de meia-idade chafurdado (como posso dizer) em uma poltrona de estofamento macio, lendo o último delicioso romance ou uma brilhante revista; ou do que o velho Brown, esse velho depravado e egoísta para quem a mera literatura não tem nenhum encanto, esticado no melhor sofá, sentado em cima da segunda edição do *The Times*, tendo o *Morning Chronicle* entre os joelhos, o *Herald* enfiado entre casaco e colete, o *Standard* debaixo do braço esquerdo, o *Globe* debaixo do outro sovaco e o *Daily News* em leitura atenta. "Eu o molestarei pedindo o *Punch*, Sr. Wiggins", diz o velho glutão inescrupuloso, interrompendo nosso amigo, que está rindo do periódico em questão.

Não devia existir esse tipo de egoísmo. Não, não. O jovem Smith, em vez de sua janta e vinho, devia estar, onde? – na festiva mesa de chá, claro, ao lado da Srta. Higgs, sorvendo o chá da China ou provando o inofensivo sonho; enquanto a velha Sra. Higgs observa, satisfeita com o inocente namoro dos dois, a Srta. Wirt, a governanta, interpreta ao piano a última sonata de Thalberg, totalmente despercebida.

Onde o Jones de meia-idade devia estar? Nessa época da vida, devia ser chefe de uma família. A essa hora – digamos, às nove da noite – a sineta do quarto das crianças devia ter acabado de tocar, chamando os filhos para a cama. Ele e a Sra. J. deviam estar, como convém, sentados lado a lado junto à lareira ao lado da mesa da sala de jantar, com uma garrafa de vinho do Porto entre os dois, não tão cheia como há uma hora. A Sra. J. tomou dois copos, a Sra. Grumble (sogra de Jones) tomou três, e Jones deu cabo do resto e tira um cochilo confortável até a hora de ir para a cama.

E Brown, esse velho canalha devorador de jornais, que direito *ele* tem a um clube numa decente hora da noite? Devia estar jogando a melhor de três com a Srta. MacWhirter, com sua esposa e o farmacêutico da família. Seu lampião devia ser levado a ele às dez horas e ele devia retirar-se para descansar, na mesma hora em que jovens estiverem pensando numa dança. Como são mais belas, simples e nobres as várias ocupações que esbocei para esses cavalheiros, do que as atuais orgias noturnas em seus horríveis clubes.

E, minhas damas, pensem nos homens que não apenas frequentam a sala de jantar e a biblioteca, mas que usam outros apartamentos dessas horríveis espeluncas que tenho o propósito de demolir; pensem em Cannon, o patife, sem o casaco, em sua idade e tamanho, sobre a mesa de bilhar a noite inteira, e fazendo apostas com o odioso capitão Spot! – pensem em Pam jogando em um quarto escuro com Bob Trumper, Jack Deuceace e Charley Vole, o pobre patife desencaminhado, pontos a guinéu e cinco libras na melhor de três! – pensem, acima de tudo – oh, pensem nesse antro abominável que, segundo me disseram, foi instituído em *certos* clubes, chamado *a sala de fumar* – pensem nos devassos que se congregam ali, nas quantidades de ponche de uísque de cheiro desagradável ou, mais perigoso, no ponche de xerez que eles consomem; pensem neles indo para casa na hora em que o galo canta e adentrando a tranquila moradia com a chave de Chubb; pensem neles, os hipócritas, tirando as botas insidiosas antes de subir com passo furtivo ao andar de cima, as crianças dormindo no segundo andar, a esposa querida sozinha, com a vela pequena definhando na mesinha de cabeceira – esse aposento que em pouco tempo será submetido ao odioso cheiro dos charutos envelhecidos! Não sou advogado da violência; não sou, por natureza, de tendência incendiária; mas se vocês, minhas queridas damas, são a favor de assassinar o Sr. Chubb e de incendiar os prédios dos clubes da St. James's, existe pelo menos *um* esnobe que não irá pensar o pior de vocês.

Os únicos homens que, em minha opinião, deviam ter permissão para usar os clubes, são os casados sem profissão. A presença contínua destes em uma casa não pode ser vista como desejável, nem mesmo pela mais apaixonada das mulheres. Digamos que as moças estejam começando a fazer exercícios musicais, o que, em uma honrada família inglesa, deve ocupar três horas de toda senhorita jovem; seria muito difícil convocar o pobre papai para sentar-se na sala de visitas durante todo esse tempo, a fim de ouvir os intermináveis guinchos e dissonâncias extraídos do miserável piano durante a necessária operação acima mencionada. Um homem com bom ouvido, em especial, ficaria louco se forçado todos os dias a submeter-se a esse horror.

Ou suponhamos que você tenha uma queda por ir à modista, ou a Howell and James's, é evidente, minha cara madame, que é muito melhor seu marido estar no clube durante essas operações, do que a seu lado na carruagem, ou aboletado maravilhado em um dos tamboretes de Shawl e Gimcrack's, enquanto jovens dândis de vitrine estão apresentando suas mercadorias.

Esse tipo de marido devia ser mandado para fora de casa após o café da manhã e, se não for membro do Parlamento, ou diretor de uma estrada de ferro ou de uma companhia de seguros, devia ser enfiado em seu clube, com ordens para nele permanecer até a hora da janta. Nada é mais agradável para minha mente verdadeiramente bem regulada do que ver esses nobres personagens empregados de maneira tão valiosa. Sempre que passo pela St. James's Street, tendo o privilégio, como o resto do mundo, de olhar para as janelas do *Blight*, do *Foodle* ou do *Snook*[109], ou para o grande vão do *Contemplative Club*, observo com respeitável apreço as figuras dentro deles – o velho fóssil rosado, os velhos dândis mofados, os cinturões e perucas lustrosas e gravatas apertadas desses homens os mais vazios e respeitáveis. Sem dúvida, é melhor que fiquem ali durante o dia. Quando vocês se despedirem deles, queridas damas, pensem no consequente arrebatamento de seu retorno. Vocês já terão tratado dos assuntos domésticos; terão feito suas compras e visitas; terão levado o *poodle* para tomar ar no parque; sua criada francesa terá completado a *toilette* que lhes deixa com essa beleza tão deslumbrante à luz de velas, e vocês estarão prontas para tornar o lar agradável para eles, que estiveram ausentes o dia inteiro.

Não há dúvida que esses homens devam ter seus clubes e, por conseguinte, não vamos classificá-los entre os esnobes de clube – reservemos nosso ataque a eles para o próximo capítulo.

---

109. *Blight, Foodle, Snook*: clubes imaginários.

Capítulo XXXVIII

Esnobes de clube
II

A grande sensação provocada nos clubes pela publicação do último artigo sobre os esnobes de clube só pode ser lisonjeira para mim, que sou um deles.

Pertenço a muitos clubes. O *Union Jack* o *Sash and Marlin-spike*, que são clubes militares. O *True Blue*, o *No Surrender*, o *Blue and Buff*, o *Guy Fawkes*[110] e o *Cato Street* – clubes políticos. O *Brummel* e o *Regent* – clubes de dândis. O *Acropolis*, o *Palladium*, o *Areopagus*, o *Pnyx*, o *Pentelicus*, o *Ilissus* e o *Polupsloisboio Thalasses* – clubes literários. Nunca consegui compreender como este último grupo de clubes escolheu seus nomes; de minha parte, *não* sei grego e me pergunto quantos outros membros dessas instituições sabem.

Desde que os esnobes de clube foram noticiados, observo a sensação causada por minha entrada em qualquer um desses locais. Membros levantam-se e se dão cotoveladas, eles agitam-se, eles fecham a carranca, enquanto lançam rápidos olhares para o presente esnobe. "Sujeito arrogante, infernal e imprudente, se ele me desmascarar", diz o coronel Bludyer, "quebrarei todos os ossos de seu esqueleto". "Eu lhe disse no que daria admitir literatos no clube", Ranville Ranville diz a seu colega Spooney, do Departamento de Fita e Cera de Selar. "Essas pessoas estão muito bem em seus devidos lugares e, na condição de homem público, faço questão de apertar as mãos delas e esse tipo de coisa; mas ter a nossa privacidade invadida por essa gente, realmente

---

110. *Union Jack*: pavilhão do Reino Unido; *Sas hand Marlin-spike*: "Cinturão e Espicha"; *True Blue*: membro leal do Partido Conservador; *No Surrender*: sem rendição; *Blue and Buff*: azul e amarelo claro, as cores dos *tories* e dos *whigs*; *Guy Fawkes*: ver nota 102.

é demais. Vamos embora, Spooney", e o par de pedantes retira-se com arrogância.

Quando entrei no salão de café do *No Surrender*, o velho Jawkins discursava para um grupo de homens que bocejavam, como de praxe. Lá estava ele, balançando o *Standard* e andando com passo afetado diante da lareira. "O que", ele diz, "eu disse a Peel no ano passado? Se você toca na Lei do Trigo, está tocando na questão do açúcar; se toca no açúcar, toca no chá. Não sou monopolista. Sou um liberal, mas não posso esquecer que estou na beira de um precipício; e se for para termos o Livre Comércio, me dê reciprocidade. E qual foi a resposta de Sir Robert Peel para mim? 'Sr. Jawkins', ele disse..."

Nesse ponto, de repente, o olho de Jawkins virou-se na direção deste seu humilde criado e ele parou a frase, com um ar de culpa – a estúpida frase envelhecida que todos nós do clube tínhamos ouvido várias e várias vezes.

Jawkins é o esnobe de clube mais obstinado. Todos os dias ele está junto à lareira, segurando aquele *Standard*, no qual lê o artigo principal e o despeja *ore rotundo*, com a serenidade mais espantosa, no rosto de seu vizinho que acabou de ler cada palavra do jornal. Jawkins tem dinheiro, como se pode ver pela gravata em seu colarinho. Passa a manhã andando com passo afetado pela cidade, em salas de visitas de banqueiros e corretores, e diz: "Falei com Peel ontem e as intenções dele são essas e essas. Eu e Graham estivemos conversando sobre a questão e empenho minha palavra de honra como a opinião dele coincidiu com a minha; e essa é a única medida que o governo se aventurará tentar." Na hora do jornal vespertino, ele está no clube: "Posso dizer-lhes a opinião da *City*, meus lordes", ele diz, "e a maneira como Jones Loyd a vê é a seguinte, em resumo: os próprios Rothschild me contaram. Em Mark Lane, as pessoas já estão de opinião *bem*-formada." Ele é considerado um homem muito bem-informado.

Mora em Belgravia, claro; em uma casa requintada de cor parda, e tem à sua volta tudo que seja adequadamente grave, sombrio e confortável. Seus jantares aparecem no *Morning Herald* entre as festas da semana, e sua esposa e filhas fazem uma bela presença na recepção na Corte, uma vez ao ano, quando ele aparece no clube com seu uniforme de membro da assembleia legislativa.

Ele tem a tendência a começar um discurso para você, dizendo: "quando eu estava na Câmara, eu... etc." – na verdade, ele representou Skittlebury durante três semanas no Parlamento, e perdeu a cadeira por corrupção; desde então, ele disputou três vezes por esse honrado distrito, sem sucesso.

Um outro tipo de esnobe político que tenho visto na maioria dos clubes é o do homem que não se importa muito com a política doméstica, mas que é excelente em assuntos externos. Penso que esse tipo de homem é raramente encontrado em algum outro lugar, a não ser nos clubes. É para ele que os jornais produzem seus artigos sobre o exterior, ao custo de cerca de dez mil libras ao ano por cada. É ele o homem que, de fato, sente um sério desconforto quanto aos desígnios da Rússia e a traição atroz de Luís Felipe. É ele que espera uma frota francesa no Tâmisa, e fica todo o tempo de olho no presidente americano, de cujos discursos lê cada palavra (que Deus o ajude!). Sabe os nomes dos líderes em luta em Portugal e em torno do que estão lutando; é ele que diz que Lord Aberdeen[111] devia sofrer um *impeachment* e Lord Palmerston[112] ser enforcado, ou vice-versa.

Que Lord Palmerston está vendido à Rússia, o número

---

111. *Lord Aberdeen* (1784-1860): diplomata, ministro de Negócios Estrangeiros, depois primeiro-ministro; não conseguiu evitar a guerra da Crimeia.

112. *Lord Palmerston* (1794-1865): duas vezes ministro de Negócios Estrangeiros e depois primeiro-ministro; distinguia-se pela intransigência com a qual defendia os interesses ingleses em todo o mundo, principalmente face aos alemães, franceses e russos. Tendo em vista essa característica de Palmerston como político, as observações do esnobe de Thackeray são particularmente absurdas.

exato de rublos pagos e por qual casa da cidade, são temas favoritos desse tipo de esnobe. Um dia eu o ouvi sem querer – foi o capitão Spitfire, da Armada Real (a propósito, a quem os *Whigs* recusaram um navio) – entregar-se à seguinte conversa com o Sr. Minns após o jantar.

"Por que a princesa Scragamoffsky não estava na festa de Lady Palmerston? Porque *ela não pode aparecer...* e por que não pode aparecer? Minns, devo dizer-lhe por que ela não pode aparecer? As costas da princesa Scragamoffsky foram esfoladas, Minns... eu lhe digo que ficaram em carne viva, senhor! Na última terça-feira, às doze horas, três caçadores do Regimento Preobajinski chegaram a *Ashburnham House* e às doze e meia, na sala de visitas amarela da embaixada russa, diante da embaixatriz e de quatro criadas, do sacerdote da igreja grega e do secretário da embaixada, madame de Scragamoffsky recebeu uma dúzia de treze. Ela foi açoitada, senhor, açoitada no meio da Inglaterra – na Berkeley Square – por ter dito que o cabelo da grã-duquesa Olga era vermelho. E agora, senhor, você me dirá que Lord Palmerston deve continuar ministro?"

Minns: "Deus do céu!"

Minns segue Spitfire e acha que ele é o mais genial e sábio dos seres humanos.

Capítulo XXXIX

Esnobes de clube
III

Por que algum grande autor não escreve *Os Mistérios dos Clubes* ou *A St. James's Street Revelada*? Seria um belo tema para um escritor imaginativo. Todos nós devemos lembrar quando, garotos, íamos à feira e, já tendo gasto todo nosso dinheiro, sentíamos uma espécie de terror e ansiedade ao circularmos pelo lado de fora do espetáculo, especulando sobre a natureza da diversão que estaria ocorrendo lá dentro.

O Homem é um Drama – de Milagre e Paixão, Mistério e Torpeza, Beleza e Veracidade, e Etcetera. Cada Peito é uma Barraca na Feira das Vaidades. Mas vamos parar com esse estilo de maiúsculas, eu morreria se o mantivesse em uma coluna (a propósito, seria uma bela coisa uma coluna cheia de maiúsculas). Em um clube, embora talvez não haja nenhuma alma de seu conhecimento no salão, você sempre tem a oportunidade de observar estranhos e de especular sobre o que está acontecendo dentro daquelas barracas e cortinas de suas almas, seus casacos e coletes. Este é um esporte que nunca acaba. De fato, me contaram que há certos clubes na cidade onde ninguém jamais fala com ninguém. Eles sentam-se no salão de café, em completo silêncio, e observam-se uns aos outros.

No entanto, quão pouco se pode dizer a partir do comportamento externo de um homem! Existe um membro de nosso clube – alto, corpulento, de meia-idade – veste-se com suntuosidade – é bastante calvo – usa botas de verniz – e um casaco de pele quando sai; de comportamento calmo, sempre pedindo e consumindo um jantar *recherché*; e quem pensei ser Sir John Pocklington nesses últimos cinco anos, e que respeitei como um homem de quinhentas libras *per diem*; mas descobri que ele não passa de um funcionário de algum escritório da cidade, com uma renda de menos de duzentas libras, e seu nome é Jubber. Sir John Pocklington era, pelo contrário, o homenzinho sujo e desagradável que gritava tanto sobre a qualidade da cerveja e resmungava estar pagando alto os três pence por um arenque, sentado na mesa ao lado de Jubber, no dia em que alguém apontou-me o baronete.

Pegue-se um tipo diferente de mistério. Vejo, por exemplo, o velho Fawney[113] andando na ponta dos pés pelos salões do clube, com olhos vítreos e inexpressivos e um eterno sorriso afetado e pegajoso – ele bajula a todos que encontra, aperta a sua mão, lhe abençoa e revela o interesse mais meigo e surpreendente pelo seu bem-estar. Você sabe que ele é velhaco e embusteiro e ele sabe que você sabe disso. Mas ele sai ziguezagueando e, aonde quer que vá, deixa para trás um rastro viscoso de adulação. Quem pode penetrar o mistério desse homem? Que bem terrenal ele pode arrancar de você ou de mim? Você não sabe o que está se operando por baixo daquela tranquila máscara que olha de soslaio. Tem apenas a obscura repulsão instintiva que o adverte que está na presença de um patife – fora este fato, toda a alma de Fawney é um segredo para você.

Acho que gosto mais de especular sobre os homens jovens. Eles jogam de modo mais aberto. Você conhece as cartas que eles têm nas mãos, por assim dizer. Tomemos, por exemplo, *messieurs* Spavin e Cockspur[114].

Um ou dois espécimes de sujeitos jovens como os acima citados podem ser encontrados, acredito, na maioria dos clubes. Eles não conhecem ninguém. Levam consigo para os salões um delicado aroma de charuto e murmuram pelos cantos sobre assuntos esportivos. Recordam a história do curto período em que foram ornamentos do mundo

---

113. *Fawn*: adular, bajular.
114. *Spavin*: esparavão; cockspur: esporão de galo.

através dos nomes de cavalos vencedores. Assim como os políticos conversam sobre "o ano da Reforma", "o ano em que os Whigs foram derrotados" e assim por diante, esses jovens janotas esportivos falam do ano de *Tarnation*, do ano de *Opodeldoc* ou do ano em que *Catawampus* ficou em segundo no Prêmio de Chester. Eles jogam bilhar pela manhã, consomem cerveja clara no desjejum e "entornam" copos de água mineral alcoólica. Leem o *Bell's Life* (um jornal muito agradável e com muita erudição nas respostas aos correspondentes). Vão a Tattersall's e caminham com ares de superioridade pelo parque, com as mãos enfiadas nos bolsos dos paletós.

O que me impressiona em especial no comportamento externo dos jovens esportistas é sua espantosa gravidade, a concisão de seu discurso e o ar preocupado e taciturno. Na sala de fumar do *Regent*, quando Joe Millerson estiver enchendo a sala toda com uma explosão de riso, você ouvirá os jovens *messieurs* Spavin e Cockspur rosnando juntos em um canto. "Aceito seus vinte e cinco contra um, Brother contra Bluenose", Spavin sussurra. "Não posso de maneira nenhuma", Cockspur diz, sacudindo a cabeça com ar de mau-agouro. O livro de apostas está sempre presente nas mentes desses jovens desditados. Acho que odeio essa obra mais do que ao *Nobreza*. Há algo de bom neste último – embora, de modo em geral, seja um registro fútil; embora De Mogyns não seja descendente do gigante Hogyn Mogyn; embora a metade das outras genealogias seja igualmente falsa e tola; ainda assim os lemas são uma boa leitura – alguns deles; e o livro em si, uma espécie de lacaio de libré e rendas douradas da História, pode, nesse sentido, prestar serviço. Mas o que sai ou entra de bom em um livro de apostas? Se eu pudesse ser o califa Omar por uma semana, atiraria nas chamas cada um desses livros desprezíveis; desde o milorde que tem "relações amigáveis" com o haras de Jack Snaffle e está enganando patifes mal-informados e fraudando novatos, até o garoto do açougue de Sam que faz uma aposta de dezoito pence no bar e "espera ganhar vinte e cinco xelins".

Em uma transação de turfe, tanto Spavin como Cockspur tentariam tirar o máximo de seu pai e, para ganhar um ponto de vantagem, sacrificariam seus melhores amigos. Um dia iremos ouvir que um ou outro fugiu para não pagar as dívidas do jogo; acontecimento este que, como não somos esportistas, não partirá nossos corações. Veja – o Sr. Spavin está se arrumando antes da partida, fazendo um cacho numa mecha dos cabelos diante do espelho. Olhem para ele! É só nos portos e entre os homens do turfe que se pode ver um rosto tão ignóbil, tão astuto e lúgrube.

Um ser muito mais humano entre os jovens clubistas é o esnobe conquistador de mulheres. Acabei de ver Wiggle conversando com Waggle[115], seu inseparável, no quarto de vestir.

Waggle: "Dou minha palavra, Wiggle, ela olhou."

W*iggle*: "Bem, Waggle, é o que você diz... reconheço que acho que ela *realmente* olhou para mim de uma maneira muito amável. Veremos à noite na peça francesa."

E tendo enfeitado suas pessoinhas, esses dois jovens janotas inofensivos descem ao andar de baixo para jantar.

---

115. Ver nota 40.

Capítulo XL

Esnobes de clube
IV

Ambos os tipos de jovens, mencionados no capítulo anterior com os nomes irreverentes de Wiggle e Waggle, podem ser encontrados em uma quantidade tolerável, penso, nos clubes. Tanto Wiggle como Waggle são desocupados. São oriundos das classes médias. É bem provável que um deles se faça passar por advogado, e o outro tem elegantes apartamentos pela Piccadilly. São uma espécie de dândis de segunda categoria; não conseguem imitar o soberbo comportamento indiferente e a admirável leviandade vazia que distinguem os nobres e bem-nascidos chefes da raça; mas conduzem suas vidas quase tão mal (que seja apenas para o exemplo) e pessoalmente são tão inúteis quanto. Não vou tomar um raio e atirá-lo nas cabeças dessas borboletinhas da Pall Mall. Eles não causam muito dano público, nem cometem extravagâncias privadas. Não gastam mil libras em brincos de diamante para uma bailarina da Ópera, como Lord Tarquin pode gastar; nenhum deles jamais montou uma taberna nem quebrou a banca de um clube de jogos de azar, como o jovem conde de Martingale. Eles têm boas opiniões, sentimentos amáveis e fazem honestas transações em dinheiro – mas em seus personagens de homens de segunda categoria eles e seus semelhantes são tão sórdidos, absurdos e presunçosos que não devem ser omitidos em uma obra que trata dos esnobes.

Wiggle já esteve no exterior, onde dá a entender que teve um tremendo sucesso entre as condessas alemãs e princesas italianas, que ele conheceu nas *tables-d'hôte*. Seus quartos estão cheios de quadros de atrizes e bailarinas. Passa as manhãs com um elegante roupão, queimando velas aromáticas e lendo *Don Juan* e novelas francesas (a propósito, a vida do autor de *Don Joan*, descrita pelo próprio, foi o modelo da vida de um esnobe). Ele tem estampas francesas de meio pêni e dois pence de mulheres com olhos lânguidos, vestidas com túnicas, em meio a violões, gôndolas, e assim por diante – e conta histórias sobre elas.

"É uma péssima estampa, eu sei", ele diz, "mas tenho uma razão para gostar dela. Ela me lembra alguém... alguém que conheci em outras plagas. Já ouviu falar da Principessa di Monte Pulciano? Eu a conheci em Rimini. Cara, cara Francesca! Aquela de cabelos claros e olhos brilhantes com sua Ave do Paraíso e robe turco com o periquito em seu dedo, tenho certeza de que deve ter sido inspirada em... em alguém que talvez você não conheça... mas ela é conhecida em Munique, Waggle, meu garoto... todos conhecem a condessa Ottilia de Eulenschrecken. Deus, que linda criatura era ela quando dançamos no aniversário do príncipe Attila da Bavária, em 44. O príncipe Carloman estava na nossa frente, e o príncipe Pepin dançava a mesma *contredanse*. Havia um narciso no buquê dela. Waggle, *agora eu entendo.*" Seu rosto assume uma expressão agoniada e misteriosa e ele enterra a cabeça nas almofadas do sofá, como que mergulhando em um redemoinho de recordações apaixonadas.

No ano passado ele causou uma considerável sensação, tendo em sua mesa um estojo de couro marroquino em miniatura, trancado por uma chave de ouro, que ele sempre usava no pescoço, e no qual estava estampada uma serpente – o símbolo da eternidade – com a letra M no meio. Às vezes ele o depositava em cima de sua escrivaninha de couro marroquino, como se fosse um altar – em geral tinha flores em cima dela; no meio de uma conversa, ele levantava e o beijava. E gritava do quarto de dormir para o criado: "Hicks, traga o meu porta-joias!"

"Não sei quem", Waggle diria. "Quem *conhece* as intrigas desse sujeito?! Desborough Wiggle, senhor, é um escravo da paixão. Imagino que você tenha escutado a história da princesa italiana trancada no convento de Santa Bárbara, em Rimini, não? Ele não lhe contou? Neste caso, não tenho a liberdade para falar. Ou da condessa por quem ele quase duelou com o príncipe Witikind da Bavária? Talvez você não tenha ouvido falar sobre aquela linda moça em Pentonville, filha do mais respeitável clérigo. Ela ficou de coração partido ao descobrir que ele estava comprometido (com a criatura mais adorável de uma família da alta sociedade, que depois mostrou-se falsa com ele); agora ela está em Hanwell."

Waggle acredita, com frenética adoração, nas histórias de seu amigo. "Que gênio ele é, se ao menos ele se aplicasse!", Waggle sussurra para mim. "Ele poderia ser qualquer coisa, senhor, não fossem as suas paixões. Os poemas dele são as coisas mais lindas que já se viu. Está escrevendo a continuação de *Don Juan*, a partir de suas próprias aventuras. Já leu os versos dele para Mary? São melhores que os de Byron, senhor... melhores que os de Byron."

Fiquei contente em ouvir isso de um crítico tão abalizado como Waggle; pois o fato é que um dia eu mesmo compus os versos para o honesto Wiggle, a quem encontrei em seu quarto mergulhado em pensamentos frente a um álbum antiquado e muito sujo, no qual ainda não havia escrito uma palavra sequer.

"Não consigo", ele diz. "Às vezes posso escrever cantos inteiros e hoje nem uma linha. Oh, Snob, que oportunidade! Uma criatura tão divina! Ela me pediu para escrever versos em seu álbum e eu não consigo."

"Ela é rica?", eu disse. "Pensei que você nunca casaria com alguém que não fosse uma herdeira."

"Oh, Snob, ela é a criatura mais completa e bem-relacionada! E não consigo extrair uma linha."

"Como você as quer?", eu digo. "Quente, com açúcar?"

"Não, não! Você está pisando nos sentimentos mais sagrados, Snob. Quero algo selvagem e terno... como Byron.

Quero dizer a ela que no meio dos salões em festa, e esse tipo de coisa, você sabe... eu só penso nela, você sabe... que desprezo o mundo e que estou cansado dele, você sabe e... alguma coisa sobre uma gazela, um rouxinol, você sabe."

"E um iatagã para finalizar", o presente escritor observou e nós começamos:

Para Mary

Eu pareço, no meio da multidão,
    O mais feliz de todos;
Minha risada repica alegre e sonora,
    Em banquete e baile.
Meu lábio tem sorrisos e escárnios,
    Para todos os homens verem;
Mas minha alma e minha verdade e minhas lágrimas
    São para ti, são para ti!

"Você não acha *isso* esmerado, Wiggle?", eu digo. "Declaro que quase me fez chorar."

"Agora suponhamos", Wiggle diz, "que eu diga que o mundo inteiro está a meus pés... para provocar ciúmes nela, você sabe, e esse tipo de coisa... e que... que eu vou *viajar*, você sabe? Talvez isso influencie os sentimentos dela."

Assim, *Nós* (como o patife pedante disse) começamos de novo:

Elas cortejam e lisonjeiam em minha volta
As velhas e as jovens,
As mais belas estão prestes a arriscar
Seus corações por meu ouro.
Imploram-me... eu rio ao rejeitar
As escravas aos meus pés,
Mas em fé e em afeto volto-me
Para ti, para ti!

"Agora vamos à viagem, Wiggle, meu garoto!" E começo com uma voz sufocada pela emoção:

Para longe! pois meu coração não conhece descanso
Desde que você o ensinou a sentir;
Em meu peito deve morrer o segredo
Que estou louco para revelar;
A paixão eu não posso...

"Escute, Snob!", nesse ponto Wiggle interrompe o excitado bardo (no exato momento em que eu estava prestes a soltar quatro linhas tão patéticas que o deixariam histérico). "Escute... ham... você não poderia dizer que sou... um militar e que há um certo perigo em minha vida?"

"Você, um militar?... perigo em sua vida? Mas que diabos você quer dizer?"

"Ora", Wiggle disse, corando um bocado, "eu disse a ela que estava de partida... para... a expedição... ao Equador."

"Você, abominável jovem impostor", exclamei. "Termine o poema você mesmo!" E foi o que ele fez, sem a menor métrica, e jactou-se da obra no clube como se fosse realização sua.

O pobre Waggle acreditava por completo no gênio de seu amigo, até um dia da semana passada em que apareceu no clube, com um sorriso arreganhado no rosto e disse: "oh, Snob, fiz a *maior* descoberta! Ao ir na patinação hoje, quem encontrei senão Wiggle passeando com aquela esplêndida mulher... a tal dama de família ilustre e imensa fortuna, Mary, você sabe, para quem ele escreveu os lindos versos. Ela tem quarenta e cinco, seu cabelo é vermelho, o nariz parece uma alavanca de bomba d'água. O pai fez fortuna com uma loja de presunto e carne de vaca, e Wiggle vai casar com ela semana que vem."

"Tanto melhor, Waggle, meu jovem amigo", exclamei. "Melhor para o sexo feminino que esse cão perigoso pare de caçar mulheres... que esse Barba Azul renuncie à sua prática. Ou, melhor para ele próprio. Pois não há uma palavra de verdade em nenhuma daquelas prodigiosas histórias de amor que você costumava engolir; ninguém foi magoado, a não ser o próprio Wiggle, cujos afetos se concentrarão agora na loja de presunto e carne de vaca. *Existem* pessoas, Sr. Waggle, que fazem essas coisas a sério e que também mantêm uma boa posição no mundo. Mas estas não são objetos de ridículo e, embora esnobes sem dúvida, são igualmente salafrários. O caso deles vai para uma Corte Superior."

Capítulo XLI

Esnobes de clube
V

Baco é a divindade a quem Waggle devota sua especial veneração. "Dê-me vinho, meu garoto", ele diz para o amigo Wiggle que está tagarelando sobre a adorável mulher; e ergue seu copo cheio do fluido róseo, fecha os olhos com uma expressão grave, sorve-o e, depois disso, estala os lábios e medita sobre o vinho como se fosse o maior dos *connaisseurs*.

Tenho observado esse excessivo culto ao vinho, em especial nos jovens. Snoblings da universidade, Fledglings do exército e Goslings[116] as escolas públicas, que ornamentam nossos clubes, são ouvidos com frequência falando muito decididamente sobre questões do vinho. "Esta garrafa está com gosto de rolha", Snobling diz; e o Sr. Sly[117], o mordomo, a retira e pouco depois retorna com o mesmo vinho em uma outra jarra, que o jovem amador proclama ser excelente. "O champanhe que vá para o inferno!", Fledgling diz, "só é bom para moças e crianças. Quero xerez claro na janta e meu bordeaux de 1823 depois." "Agora, o que é o Porto?", Gosling diz, "uma coisa doce, nojenta e espessa... onde está o velho vinho seco que *costumávamos* conseguir?" Até o ano passado, Fledgling bebia cerveja fraca na casa do Dr. Swishtail; Gosling costumava conseguir seu velho Porto seco em uma loja de bebidas em Westminster – até sair desse seminário em 1844.

Qualquer pessoa que tenha visto as caricaturas de trinta anos atrás, deve lembrar-se como eram comuns feições com narizes vermelhos, rostos cheios de espinhas e outras

---

116. Tanto *fledgling* ("ave recém-emplumada") quanto gosling ("ganso novo") podem ter o significado figurado de "novato", "pessoa inexperiente".

117. *Sly*: astuto, espertalhão; dissimulado.

figuras bardolfianas[118]. Hoje são muito mais raras (na natureza e, por conseguinte, nos quadros) do que naqueles bons tempos dourados; mas ainda podem ser encontrados entre os jovens de nossos clubes, rapazes que se jactam de bebedeiras e cujos rostos, muito doentios e amarelos, são decorados em sua maior parte com aquelas marcas que, dizem, são eliminadas pelo Kalydor de Rowland[119]. "Eu estava *tão* embriagado na noite passada... meu velho!" Hopkins diz a Timkins (em amável confidência). "Vou lhe contar o que fizemos. Tomamos o café da manhã com Jack Herring às doze, e continuamos com conhaque com soda e charutos até as quatro; depois passamos no parque durante uma hora; em seguida, jantamos e bebemos Porto quente até a hora da meia-tarifa para os espetáculos; a seguir demos uma passada de uma hora no teatro de Haymarket; depois voltamos ao clube, comemos grelhados e bebemos ponche de uísque até tudo mudar de cor – Olá, garçom! Traga-me um cálice de licor de cereja." Os garçons de clube, os homens mais civilizados, gentis e pacientes, morrem de sofrimento com esses jovens beberrões cruéis. Mas se o leitor quiser ver um quadro perfeito dessa classe de jovens, eu recomendaria que assistisse à engenhosa comédia *Seguros Londres* – cujos afáveis heróis são representados não apenas como ébrios e homens-das-cinco-da-manhã, mas também apresentando uma centena de outros deliciosos traços da fraude, da mentira e da devassidão generalizada, muito edificantes de se testemunhar.

Como a conduta desses jovens ultrajantes é diferente do comportamento decente de meu amigo, o Sr. Papworthy, que diz a Poppins, o mordomo do clube:

Papworthy: "Poppins, estou pensando em jantar cedo; a casa tem alguma carne de caça fria?"

Poppins: "Temos pastel de caça, senhor; temos galo

---

118. *Bardolfianas*: de Bardolph, personagem de Henrique IV, de Shakespeare. Um velhaco afetado e bêbado, porém divertido.

119. *Rowland*: famoso perfumista da época.

silvestre frio, senhor; temos faisão frio, senhor; temos pavão frio, senhor; cisne frio, senhor; avestruz frio, senhor etc. etc. (conforme o caso).

Papworthy: "Hum! Qual seu melhor clarete no momento, Popping? – no cálice, eu me refiro."

Poppins: "Temos Lafitte de Cooper e Magnum, senhor; temos St. Julien de Lath e Sawdust, senhor; Léoville de Bung é considerado notavelmente bom; e penso que o senhor iria gostar do Château-Margaux de Jugger."

Papworthy: "Hum... ham... bem... traga-me um pedaço de pão e um copo de cerveja. Só vou *lanchar*, Poppins."

O capitão Shindy é um outro tipo de chato de clube. Ele é conhecido por ter provocado um alvoroço no clube inteiro por causa da qualidade de sua costeleta de carneiro.

"Dê uma olhada nisso, senhor! Está frita, senhor? Cheire-a, senhor! Isso é uma carne apropriada a um cavalheiro?", ele grita com o garçom que está trêmulo à sua frente e que em vão diz a ele que o bispo de Bullocksmithy acabou de comer três do mesmo lombo. Todos os garçons do clube estão amontoados em volta da costeleta de carneiro do capitão. Este esbraveja as mais horríveis pragas contra John por não ter levado os picles; profere as imprecações mais terríveis porque Thomas não chegou com o molho Harvey; Peter chega derrubando a jarra de água em cima de Jeames, que está trazendo "as lustrosas vasilhas de pão". Sempre que Shindy entra no salão (tamanha é a força do caráter) todas as mesas são abandonadas, cada cavalheiro tem que jantar da melhor maneira que puder, e todos aqueles enormes criados entram em pânico.

Ele tira proveito disso. Reclama e, como consequência, é melhor servido. No clube, ele tem dez criados correndo para obedecer suas ordens.

Enquanto isso, a pobre Sra. Shindy e as crianças encontram-se em sombrios alojamentos, em algum lugar, sendo servidas por uma moça de alguma instituição de caridade, de tamancos.

Capítulo XLII

Esnobes de clube
VI

Toda inglesa de boa descendência irá simpatizar com o tema do angustiante conto, a história de Sackville Maine, que estou prestes a narrar. Após termos falado dos prazeres dos clubes, vamos dar uma olhada, por um momento, nos perigos dessas instituições e, com este propósito, devo apresentar-lhes meu conhecido de juventude, Sackville Maine.

Foi em um baile na casa de minha respeitável amiga, a Sra. Perkins, que me apresentaram a esse cavalheiro e sua encantadora senhora. Ao ver diante de mim uma jovem criatura de vestido branco, com sapatos de cetim branco e uma fita rosa com cerca de uma jarda de largura, flamejante ao girar em uma polca nos braços de Monsieur de Springbock, o diplomata alemão, com uma grinalda verde na cabeça e os cabelos mais negros nos quais este indivíduo já pousou os olhos – ao ver, eu disse, diante de mim uma jovem senhora encantadora em belos movimentos, em uma linda dança, e apresentando, enquanto rodava e rodava pelo salão, ora todo o rosto, depois três quartos de face, em seguida um perfil – um rosto, resumindo, que de todos os modos que fosse visto parecia lindo, róseo e feliz, eu senti (como creio) uma curiosidade não indecorosa em relação à dona daquele semblante agradável e perguntei a Wagley (que estava ao lado, em conversa com um conhecido) quem era a dama em questão.

"Qual?", Wagley diz.

"Aquela com os olhos negros como carvão", respondi.

"Quieto!", ele diz; e o cavalheiro com quem ele conversava afastou-se com uma expressão bastante embaraçada.

Depois que ele se foi, Wagley explodiu em uma gargalhada. "Olhos *negros como carvão*!", ele disse. "Você acertou na mosca. Aquela é a Sra. Sackville Maine, e foi o marido dela que acabou de sair daqui. Ele é vendedor de carvão, Snob, meu garoto, e não tenho dúvida que o Sr. Perkins é suprido pelo desembarcadouro dele. Ele se sente em uma fornalha ardente quando ouve o carvão ser mencionado. Ele, a esposa e a mãe têm muito orgulho da família da Sra. Sackville; ela foi a Srta. Chuff, filha do capitão Chuff, Armada Real. Aquela é a viúva, a mulher corpulenta de seda carmesim em luta com o velho Dr. Dumps, na mesa de cartas."

E assim foi de fato. Sackville Maine (cujo nome é cem vezes mais elegante, sem dúvida, do que o de Chuff) foi abençoado com uma bela esposa e uma sogra distinta, dois motivos pelos quais algumas pessoas o invejam.

Logo depois do casamento dele, a velha dama teve a bondade de lhe fazer uma visita – só por uma quinzena – em seu lindo chalézinho, Kennington Oval; e tamanho é o afeto dela pelo lugar, que nunca mais saiu de lá nesses quatro anos. Ela também levou o filho, Nelson Collingwood Chuff, para viver lá; mas ele não fica tanto em casa quanto sua mamãe, já que frequenta o turno do dia da *Merchant Taylors' School*[120], onde está recebendo uma perfeita educação clássica.

Se esses seres tão intimamente aliados de sua esposa e, com justiça, tão queridos dela, podem ser considerados obstáculos à felicidade de Maine, existe algum homem que não tenha algumas coisas na vida das quais se queixe? A primeira vez que encontrei o Sr. Maine, nenhum outro homem parecia mais tranquilo do que ele. Seu chalé era a imagem da elegância e conforto; sua mesa e adega dispunham de um estoque excelente e esmerado. Havia todo prazer, mas nenhuma ostentação. O ônibus o levava para o trabalho pela manhã; o barco o trazia de volta para o mais feliz dos lares, onde ele passava as longas noites lendo os romances da

---

120. *Merchant Taylors' School*: tradicional escola de Londres, frequentada por jovens da burguesia comerciante.

moda para as damas enquanto elas trabalhavam; ou acompanhava a esposa na flauta (que ele tocava com elegância); ou passava o tempo com uma das centenas de diversões agradáveis e inocentes do círculo doméstico. A Sra. Chuff cobriu as salas de visitas com prodigiosas tapeçarias, obra de suas mãos. A Sra. Sackville tinha um gênio especial para fazer coberturas de fita ou filó para as almofadas bordadas. Sabia fazer vinho caseiro. Podia fazer conservas e picles. Tinha um álbum no qual, durante o tempo do namoro, Sackville Maine escreveu fragmentos escolhidos da poesia de Byron e Moore, análogos à sua situação e com linda caligrafia mercantil. Ela possuía um enorme livro de receitas manuscrito – resumindo, todas as qualidades que indicavam uma virtuosa mente feminina inglesa de boa descendência.

"E quanto a Nelson Collingwood", Sackville dizia rindo, "não poderíamos passar sem ele na casa. Se ele não estragasse a tapeçaria, em poucos meses estaríamos abarrotados de almofadas; e quem iríamos conseguir se não ele para beber o vinho caseiro de Laura?" A verdade é que as pessoas elegantes que saíam da cidade para jantar em "Oval", não eram convencidas a bebê-lo – reserva essa que, confesso, compartilhei, quando me tornei íntimo da família.

"No entanto, senhor, esse gengibre verde foi bebido por alguns dos heróis mais orgulhosos da Inglaterra", a Sra. Chuff exclamava. "O Lord almirante Exmouth provou e elogiou, senhor, a bordo do navio do capitão Chuff, o *Nabucodonosor*, 74, em Argel; e levava três dúzias dele na fragata *Pitchfork*; parte delas foi servida aos homens antes dele entrar em sua ação imortal contra o *Furibonde*, capitão Chouffleur, no Golfo do Panamá".

Nada disso jamais serviu para dar cabo de nenhuma quantidade do vinho, apesar da velha viúva nos contar a história todos os dias em que a bebida era preparada – e embora o gengibre verde tenha mandado os marujos britânicos para o combate e a vitória, ele não era do nosso gosto, cavalheiros pacíficos e degenerados dos tempos modernos.

Agora vejo Sackville como na ocasião em que, apresentado por Wagley, fiz minha primeira visita a ele. Foi em julho – em uma tarde de domingo – Sackville Maine estava voltando da igreja, com a esposa em um braço e a sogra (de seda vermelha, como de hábito) no outro. Um lacaio semicrescido ou rapazola bem desajeitado, por assim dizer, caminhava atrás deles, carregando seus reluzentes livros de orações dourados – as mulheres levavam esplêndidas sombrinhas com fitas e franjas. O enorme relógio de ouro da Sra. Chuff, preso à sua barriga, brilhava como uma bola de fogo. Nelson Collingwood estava ao longe, atirando pedras em um cavalo velho da comunidade de Kennington. "Foi nesse verdejante lugar que nos conhecemos... assim como não posso esquecer a majestosa cortesia da Sra. Chuff, que se lembrou de ter tido prazer de me ver na casa da Sra. Perkins; nem o olhar de escárnio que ela lançou a um infeliz cavalheiro que, quando passamos, estava fazendo, em cima de uma barrica, um discurso por demais incoerente para uma plateia composta de céticos criados e amas-secas. "Não consigo ser de outro jeito, senhor", ela diz; "sou viúva de um oficial da Marinha Britânica, fui ensinada a honrar minha igreja e meu rei; não consigo suportar radicais ou dissidentes."

Com esses princípios, Sackville ficou impressionado. "Wagley", ele disse à pessoa que me apresentou, "se não tem compromisso melhor, por que você e o amigo não jantam em "*Oval*"? Sr. Snob, o carneiro está saindo do espeto neste exato minuto. Laura e a Sra. Chuff" (ele disse *Laurar* e a Sra. Chuff; mas odeio as pessoas que fazem reparos a essas peculiaridades da pronúncia) "ficarão muito felizes em vê-los; e posso prometer-lhes uma acolhida afetuosa e um copo de vinho do Porto tão bom quanto qualquer outro da Inglaterra."

"Isso é melhor do que jantar no *Sarcophagus*, pensei comigo; era nesse clube que eu e Wagley tencionávamos jantar; e assim aceitamos o gentil convite, do qual surgiu mais tarde uma considerável intimidade.

Tudo naquela família e casa era tão agradável, confortável e bem disposto que um cínico teria parado de resmungar ali. A Sra. Laura era toda cortesia e sorrisos e estava tão interessante no lindo robe quanto no vestido de noite na casa da Sra. Perkins. A Sra. Chuff disparou suas histórias sobre o *Nabucodonosor,* 74, a ação entre o *Pitchfork* e o *Furibonde* – a heroica resistência do capitão Chouffleur e a quantidade de rapé que ele aspirava etc. etc.; as quais, quando ouvidas pela primeira vez, eram mais agradáveis do que mais tarde as achei. Sackville Maine era o melhor dos anfitriões. Concordava com tudo que qualquer um dissesse, alterando suas opiniões sem a menor reserva quanto à menor contradição possível. Não era um desses seres que competiriam com um Schönbein[121] ou um padre Bacon[122], ou que se dedicam a grandes descobertas – mas era sim um bom sujeito, gentil, simples, honesto e tranquilo – apaixonado pela mulher – bem disposto com todo mundo – contente consigo, contente até mesmo com a sogra. Recordo que no decorrer dessa noite quando o uísque com água foi trazido por uma razão qualquer, Nelson Collingwood ficou um tanto ou quanto embriagado. Este fato não tocou em absoluto a equanimidade de Sackville. "Leve-o para o andar de cima, Joseph", ele disse ao rapazola desajeitado, "e... Joseph... não conte para a mãe dele".

O que poderia deixar infeliz um homem com temperamento tão feliz? O que poderia causar desconforto, rixa ou desavença em uma família tão pacífica e unida? Senhoras, a culpa não foi minha – foi coisa da Sra. Chuff – mas o resto da história vocês terão em um dia futuro.

---

121. *Christian F. Schönbein* (1795-1868): químico alemão, descobriu o ozônio e inventou a nitrocelulose.

122. *Roger Bacon* (1214-1294): teólogo e filósofo inglês.

Capítulo XLIII

Esnobes de clube
VII

O infortúnio que sucedeu ao simples, afável jovem Sackville originou-se por completo no *Sarcophagus Club*, e o fato de um dia ele ter entrado ali foi em parte culpa do presente escritor.

Ao ver que a Sra. Chuff, sua sogra, tinha uma queda pela alta sociedade (de fato, a conversa toda era sobre o Lord Collingwood, o Lord Gambier, Sir Jahaleel Brenton e os bailes em Gosport e Plymouth), eu e Wagley, de acordo com nosso costume, entramos no assunto e falamos sobre lordes, duques, marqueses e baronetes, como se esses dignatários fossem nossos amigos íntimos.

"Lord Sextonbury", eu disse, "parece ter superado a morte da lady. Ele e o duque estavam muito alegres bebendo seu vinho no *Sarcophagus*, ontem à noite; não estavam, Wagley?"

"Bom sujeito, o duque", Wagley respondeu. "Por favor, madame" (para a Sra. Chuff), "a senhora que conhece o mundo e a etiqueta, poderia dizer-me o que um homem devia fazer em meu caso? Em junho passado, Sua Alteza, o filho de Lord Castlerampant, Tom Smith e eu estávamos jantando no clube, quando apostei contra *Daddylonglegs* no Derby – quarenta contra um, só em moedas de ouro. Sua Alteza aceitou a aposta e, claro, eu ganhei. Ele nunca me pagou. Pois bem, posso pedir uma moeda de ouro a um homem tão importante assim? Mais *um* torrão de açúcar, por favor, cara madame."

Foi uma sorte Wagley ter dado a ela essa oportunidade de esquivar-se da pergunta, pois a questão prostrou toda a família com a qual estávamos. Eles telegrafaram-se com olhos admirados. As histórias da Sra. Chuff sobre a nobreza naval ficaram bastante desbotadas; e a pequena e gentil Sra. Sackville ficou intranquila e subiu ao andar de cima para olhar as crianças – olhar não o jovem monstro Nelson Collingwood, que estava dormindo para libertar-se do uísque com água; mas sim um casal de pequenos que apareceu na hora da sobremesa e de quem ela e Sackville eram os felizes pais.

O resultado desta e de outras reuniões subsequentes com o Sr. Maine foi que propusemos e conseguimos elegê-lo membro do *Sarcophagus Club*.

O que não foi feito sem um bocado de oposição – tendo sido espalhado o segredo de que o candidato era um negociante de carvão. Pode ter certeza de que as pessoas orgulhosas e a maioria dos novos-ricos do clube estavam prontos para rejeitá-lo. Entretanto, combatemos com sucesso essa oposição. Mostramos aos novos-ricos que os Lambton e os Stuart vendiam carvão; apaziguamos os orgulhosos através de relatos sobre o bom nascimento dele, sua boa natureza e bom comportamento; e no dia da eleição, Wagley pôs-se a descrever com grande eloquência a ação entre o *Pitchfork* e o *Furibonde* e o valor do capitão Maine, pai do nosso amigo. Houve um pequeno equívoco na narrativa, mas nosso homem venceu, com um insignificante passo em falso: de Byles, claro, que dava bola preta para todo mundo, e de Bung que desprezava um vendedor de carvão, posto que havia pouco tempo que se retirara do comércio de vinho.

Algumas quinzenas depois vi Sackville Maine nas seguintes circunstâncias:

Ele estava mostrando o clube para a família. Maine os levara até lá no cabriolé azul-claro, que ficou à espera na porta do clube; com o pajem-rapazola desajeitado da Sra. Chuff na boleia ao lado do cocheiro, com uma imitação de libré. Nelson Collingwood, a bela Sra. Sackville, a Sra. capitão Chuff (nós a chamávamos de Sra. Comodoro

Chuff), todos estavam lá, sendo que esta última, claro, de seda rubro-escarlate que, mesmo sendo esplêndida, não é nada em comparação com o esplendor do *Sarcophagus*. O encantado Sackville Maine estava apontando as belezas do lugar para eles. O lugar parecia tão lindo quanto o paraíso para o pequeno grupo.

O *Sarcophagus* ostenta toda variedade conhecida da arquitetura e da decoração. A biblioteca grande é elizabethana; a biblioteca pequena é gótica acentuada; o salão de jantar é dórico austero; o salão dos convidados tem um ar egípcio; as salas de visita são Luiz XIV (assim chamada porque os horríveis ornamentos expostos eram usados na época de Luiz XV); o *cortile*, ou saguão, é mourisco-italiano. Tudo isso sobre mármore, madeira de bordo, espelhos, arabescos, ouropel e *scagliuola*. Volutas, monogramas, dragões, cupidos, primaveras-dos-jardins e outras flores contorciam-se nas paredes em todos os tipos de cornucopiosidades. Imagine-se cada cavalheiro da orquestra de Jullien tocando com todo seu poder e cada qual executando um tom diferente; os ornamentos de nosso clube, o *Sarcophagus*, assim me desconcertavam e afetavam. Deslumbrada com emoções que não posso descrever e que ela não ousou revelar, a Sra. Chuff, seguida por seus filhos e genro, caminhou maravilhada através desses desajeitados esplendores.

Na grande biblioteca (70 metros de comprimento por 45), o único homem que a Sra. Chuff viu foi Tiggs[123], que estava deitado em um sofá de veludo carmesim, lendo um romance francês de Paul de Kock. Era um livro muito pequeno. Ele é um homem muito pequeno. Naquele enorme salão ele parecia uma simples partícula. Quando as damas atravessaram ofegantes e trêmulas a vastidão daquela grandiosa solidão, ele lançou um olhar inteligente e mortífero para as lindas estranhas, como se estivesse dizendo: "não sou um sujeito agradável?" Elas pensaram que sim, tenho certeza.

---

123. *Tiggs*: lembra Montagne Tigg, personagem desagradável de *Martin Chuzzlewitt*, romance de Dickens.

"*Quem é esse?*", a Sra. Chuff sussurrou quando estávamos a uma distância de cerca de cinquenta jardas dele, na outra extremidade da sala.

"Tiggs!", eu disse em um sussurro semelhante.

"Muito agradável, não é, minha querida?", Maine diz de um modo informal para a Sra. Sackville; "todas estas revistas, está vendo?... material escrito... obras novas... uma biblioteca seleta contendo cada obra importante... o que temos aqui?... *Monasticon de Dugdale*, um livro muito valioso e, acredito, divertido."

E com o propósito de baixar um dos livros para a inspeção da Sra. Maine, ele escolheu o volume III para o qual foi atraído pelo fato singular de que uma maçaneta de latão aparecia no dorso. Entretanto, em vez de retirar um livro, ele abriu um armário habitado apenas pela vassoura e espanador de uma criada indolente, para os quais ele olhou com extremo embaraço; enquanto Nelson Collingwood, perdendo todo respeito, explodia em um trovão de gargalhada.

"Esse é o livro mais esquisito que já vi", Nelson diz. "Gostaria que só tivéssemos desses na *Merchant Taylors'*."

"Quieto, Nelson!", a Sra. Chuff grita e nós adentramos outros esplêndidos aposentos.

Como eles admiraram as cortinas da sala de visita (brocado rosa e prateado, um artigo excelente para Londres), e calcularam o preço por jarda, divertiram-se nos luxuosos sofás e pasmaram-se diante dos imensuráveis espelhos.

"Muito bom para se fazer a barba, hein?", Maine diz para a sogra. (A cada minuto que passava, a presunção dele tornava-se mais abominável.) "Sai da frente, Sackville", ela diz, toda encantada, lançando um olhar sobre seu ombro e espalhando a cauda de seda vermelha para dar uma boa olhada em sua figura; o mesmo fez a Sra. Sackville – apenas uma olhada, e considerei que o espelho refletiu uma criatura muito linda e sorridente.

Mas o que é uma mulher diante de um espelho? Abençoadas queridas, este é o lugar delas. Elas voam para ele com naturalidade. O espelho as agrada e elas o adoram. O que gosto de ver e observo com crescente alegria e adoração são os *homens* do clube diante dos enormes espelhos. O velho Gills puxando o colarinho para cima e sorrindo para seu rosto sarapintado. Hulker olhando solene para sua grande pessoa e apertando o casaco para dar uma cintura à sua figura. Fred Minchin passando com um sorriso forçado em seu caminho para o jantar e lançando um sorriso satisfeito e sonhador para o reflexo de seu cachecol branco. Que grande quantidade de vaidade aquele espelho do clube já refletiu, tenham certeza!

Bem, as damas atravessaram todo o estabelecimento com completo prazer. Observaram os salões de café, as mesinhas postas para a janta, os cavalheiros que tomavam o lanche e o velho Jawkins gritando, como de hábito; viram as salas de leitura e a corrida atrás dos jornais vespertinos; viram as cozinhas – esse prodígios da arte – onde o *chef* dirigia vinte lindas auxiliares de cozinha e dez mil reluzentes panelas; e entraram no cabriolé azul-claro completamente confusas de prazer.

Sackville não entrou na carruagem, apesar da pequena Laura ter tomado o assento traseiro com esse objetivo, deixando para ele a parte da frente, junto à seda vermelha da Sra. Chuff.

"Preparamos seu jantar favorito", ela diz com voz tímida, "você não vem, Sackville?"

"Hoje vou comer uma costela aqui, minha querida", Sackville replicou. "Para casa, James." E ele subiu os degraus do *Sarcophagus*, e o lindo rosto olhou muito triste para fora da carruagem, enquanto o cabriolé se afastava.

Capítulo XLIV

Esnobes de clube
VIII

Por que – por que eu e Wagley fizemos essa ação tão cruel de apresentar o jovem Sackille Maine àquele odioso Sarcophagus? Que nossa imprudência e o exemplo dele sejam uma advertência para outras pessoas distintas; que o destino dele e o de sua pobre esposa sejam lembrados por toda mulher britânica. As consequências da entrada dele no clube foram as seguintes:

Um dos primeiros vícios que esse infeliz patife adquiriu, naquele domicílio da frivolidade, foi o de *fumar*. Alguns dos dândis do clube, como o marquês de Macabaw, o Lord Doodeen e outros sujeitos de classe alta, têm o hábito de se entregar a esse vício no andar de cima, nos salões de brilhar do Sarcóphagus – e, em parte para conhecê-los e em parte por sua aptidão natural para o crime, Sackville Maine seguiu-os e se tornou adepto desse odioso costume. Quando ele é introduzido em uma família, não preciso dizer como são tristes as consequências, tanto para a mobília como para a moral. Sackville passou a fumar na sala de jantar de sua casa, e causou um agonia na esposa e sogra que não me aventuro a descrever.

Em seguida, ele tornou-se um *jogador de bilhar* perito, desperdiçando horas e mais horas nessa diversão; apostando alto, jogando de modo tolerável e perdendo muito para o capitão Spot e o coronel Canon. Jogava partidas de centenas de jogos com esses cavalheiros e não apenas continuava nessa obra até as quatro ou cinco da madrugada, como também era encontrado no clube de manhã, viciando-se em detrimento de seus negócios, para a ruína de sua saúde e, negligência de sua esposa.

Do bilhar ao uíste é apenas um passo – e quando um homem passa para o uíste e a melhor de três a quinhentas libras, minha opinião é que está liquidado. Como continuaria o negócio de carvão, como seria mantida a relação com a firma, enquanto o sócio majoritário estava sempre na mesa de cartas?

Associado agora com as pessoas da alta sociedade e os janotas da Pall Mall, Sackville passou a ter vergonha de sua pequena residência em Kennington Oval e mudou a família para Pimlico, onde apesar de sua sogra, a Sra. Chuff, ter a princípio ficado feliz, já que o quarteirão era elegante e próximo a seu soberano, a pobre pequena Laura e as crianças acharam uma angustiante diferença. Onde estavam os amigos dela que apareciam com seu trabalho de uma manhã? Em Kennington e nas vizinhanças de Clapham. Onde estavam os coleguinhas de brincadeiras das crianças? Na comuna de Kennington. As enormes carruagens trovejantes, que subiam e desciam em disparada as ruas de cor parda do novo quarteirão, não continham nenhum amigo da sociável pequena Laura. As crianças que andavam pelas praças, assistidas por uma *bonne* ou uma governanta afetada, não eram iguais àquelas crianças felizes que soltavam pipa, ou brincavam de amarelinha na antiga comunidade muito amada. E ah!, que diferença na igreja também! entre a St. Benedict de Pimlico, com bancos abertos, missa com canções monótonas, círios, alvas, sobrepelizes, grinaldas e procissões, e os hábitos antigos e honestos de Kennington! E os criados que também frequentavam a St. Benedict eram tão esplêndidos e enormes que James, o garoto da Sra. Chuff, tremia entre eles e dizia que preferia receber o aviso-prévio do que voltar a carregar os livros para aquela igreja.

A mobília da casa foi comprada com muito custo.

E, ai Deus, que diferença havia entre os terríveis banquetes franceses que Sackville dava em Pimlico e os alegres jantares em Oval! Não mais pernis de carneiro, não mais o melhor vinho do Porto da Inglaterra, mas sim *entrées* em prata, um funesto champanhe barato, garçons de luvas e os janotas do clube como companhia – entre os quais a Sra. Chuff ficava intranquila e a Sra. Sackville em completo silêncio.

Não que ele jantasse em casa com frequência. O patife tornara-se um perfeito epicurista, e era comum jantar no clube com a súcia de *gourmands*; com o velho Dr. Maw, o coronel Cramley (que é tão magro quanto um galgo e tem mandíbulas de operário) e o resto deles. Lá você pode ver o patife bebendo champanhe Sillery e devorando comidas francesas; às vezes eu olho com pesar de minha mesa (sobre a qual a carne fria, a cerveja fraca do clube e meio cálice de marsala formam o modesto banquete) e suspiro ao pensar que foi obra minha.

E havia outros seres presentes em meus pensamentos arrependidos. Onde está sua mulher, eu pensei. Onde está a pobre, boa, gentil e pequena Sra. Laura? Neste exato momento – é mais ou menos hora das crianças irem para a cama, enquanto o Sr. Inútil está encharcando-se de vinho – os pequenos estão aos joelhos de Laura sussurando suas orações; e ela os está ensinando a dizer: "Que Deus abençoe papai".

Depois que ela põe as crianças na cama, acaba sua ocupação do dia e ela passa a noite inteira na maior solidão e melancolia, à espera dele.

Oh, que vergonha! Vá para casa, seu vagabundo beberrão.

A maneira como Sackville perdeu a saúde, como perdeu seu negócio, como passou a ter dificuldades, como contraiu dívidas, como tornou-se diretor de estrada de ferro, como a casa de Pimlico foi fechada e como ele foi para Boulogne – eu poderia contar tudo isso, só que estou envergonhado demais com minha parte na transação. Eles retornaram à Inglaterra porque, para surpresa de todos, a Sra.

Cruff apresentou uma grande soma de dinheiro (que ninguém sabia que ela poupara) e pagou o passivo dele. Maine está na Inglaterra, mas em Kennington. Há muito tempo seu nome foi retirado dos livros do Sarcóphagus. Quando nos encontramos, ele atravessa para a outra calçada, e eu não o visito porque ficaria pesaroso se visse um ar de reprovação ou tristeza no doce rosto de Laura.

Entretanto, não foi de todo má, como me orgulho de pensar, a influência do Snob da Inglaterra sobre os clubes em geral: o capitão Shindy tem medo de continuar tiranizando os garçons, e come sua costeleta de carneiro sem atravessar o Aqueronte[124]. Gobemouche não pega mais que dois jornais de cada vez para sua leitura particular. Tiggs não toca mais a sineta, fazendo com que o servente da biblioteca caminhe um quarto de milha a fim de entregar-lhe o volume II, que está em cima da mesa ao lado. Growler parou de andar de mesa em mesa no salão de café, para inspecionar o que as pessoas estão jantando. Trotty Veck[125] pega o próprio guarda-chuva no saguão – o de algodão; e o paletó de seda com listras de Sydney Scraper foi devolvido por Jobbins, que confundiu-se por completo e pensou que fosse o seu. Wiggle parou de contar histórias sobre as damas que conquistou. Snooks já não acha mais cavalheiresco dar bola preta para advogados. Snuffler já não abre mais o enorme lenço de algodão vermelho diante da lareira para a admiração de duzentos cavalheiros; e se um esnobe de clube foi levado de volta ao caminho da retidão e se um pobre John foi poupado de uma viagem ou repreensão – digam, amigos e confrades, se esses esboços sobre os esnobes de clube foram em vão.

---

124. *Aqueronte*: na mitologia grega é o Rio dos Infernos, que ninguém podia atravessar duas vezes.

125. *Trotty Veck*: outro personagem de Dickens.

Observações finais sobre os esnobes

Eu mal sei como foi que chegamos ao nº 45 dessa presente série de ensaios, meus queridos amigos e irmãos esnobes – mas durante todo um ano mortal estivemos juntos, falando bobagem e abusando da raça humana; e se fôssemos viver mais cem anos, acredito que haveria muito assunto para conversação no inesgotável tema dos esnobes.

A mente nacional foi despertada para a questão. Todos os dias chovem cartas, transmitindo sinais de simpatia; dirigindo a atenção do esnobe inglês para raças de esnobes ainda não descritas. "Onde estão seus esnobes teatrais, seus esnobes comerciais, seus esnobes médicos e cirurgiões; seus esnobes funcionários públicos; seus esnobes jurídicos; seus esnobes artísticos; seus esnobes musicais; seus esnobes esportistas?", escrevem meus estimados correspondentes. "Decerto que você não vai perder a eleição para chanceler de Cambridge, nem deixará de desmascarar os Dom Esnobes que estão chegando, barrete doutoral na mão, para implorar a um jovem príncipe de vinte e seis anos que seja chefe da renomada universidade", escreve um amigo que sela com o sinete do *Cam and Isis Club*. "Por favor, por favor", grita um outro, "agora que a temporada de ópera está abrindo, faça-nos uma conferência sobre os esnobes de libretos." Na verdade, eu gostaria de escrever um capítulo sobre os dândis esnobes. Penso com angústia em meus queridos esnobes teatrais; e quase não consigo esquecer alguns artistas esnobes, com os quais tentei durante um longo, longo tempo ter uma palavra.

Mas de que adianta protelar? Quando tivesse terminado com esses, haveria novos esnobes para retratar. O trabalho é infinito. Nenhum ser humano poderia completá-lo. Aqui estão apenas cinquenta e dois tijolos... e uma pirâmide a ser construída. É melhor parar. Assim como Jones sempre sai do quarto após dizer suas boas coisas – assim como Cincinato e Washington retiraram-se para a vida privada no apogeu de sua popularidade; assim como o príncipe Alberto, que tão logo colocou a primeira pedra da Bolsa, deixou que os pedreiros completassem o edifício e foi para seu jantar real em casa; assim como o poeta Bunn apresenta-se no final da temporada e, com sentimentos tumultuados demais para serem descritos, abençoa seus *gentiis* amigos sobre a ribalta; assim, amigos, na excitação da conquista e no esplendor da vitória, em meio aos gritos e aplausos das pessoas – triunfante porém modesto – o Snob da Inglaterra lhes dá adeus.

Mas só por uma temporada. Não para sempre. Não, não. Existe um celebrado autor a quem admiro demais – que vem se despedindo do público a todo momento em seus prefácios, nesses dez anos, e que sempre retorna quando alguém fica contente em vê-lo. Como podemos ter coragem de dizer adeus com tanta frequência? Acredito que Bunn *é* afetado quando abençoa as pessoas. A separação sempre é dolorosa. Até mesmo o chato familiar nos é querido. Eu ficaria pesaroso ao apertar a mão até mesmo de Jawkins pela última vez. Penso que um condenado bem formado, ao voltar para casa do degredo, deve ficar muito triste ao se despedir da terra de Van Diemen. Quando a cortina se fecha na última noite da pantomima, o pobre palhaço deve ficar muito sombrio, acredite. Ah, com que alegria ele corre na noite de 26 de dezembro próximo e diz: "como estão vocês? Aqui estamos nós!" Mas estou ficando sentimental demais – voltemos ao tema:

A MENTE NACIONAL DESPERTOU PARA O ASSUNTO DOS ESNOBES. A palavra esnobe ocupou um lugar em nosso honesto vocabulário inglês. Talvez não saibamos defini-la. Não podemos dizer o que é, assim como não conseguimos definir a graça, o humor ou a falsidade;

mas *sabemos* o que é. Há algumas semanas, quando tive a felicidade de sentar ao lado de uma jovem dama em uma mesa hospitaleira, onde o pobre velho Jawkins falava de uma maneira absurda e pomposa, escrevi sobre o imaculado damasco "S – B", e chamei a atenção de minha vizinha para a pequena observação.

A jovem dama sorriu. Entendeu de imediato. Sua mente completou no mesmo instante as duas letras disfarçadas com apostrófica reserva e vi em seus concordantes olhos que ela sabia que Jawkins era um *snob*. É verdade que, por enquanto, raras vezes você consegue fazê-las usar a palavra; mas é inconcebível a linda expressão que suas boquinhas sorridentes assumem, quando elas pronunciam a palavra. Se alguma jovem dama duvida, que vá para seu quarto, olhe-se fixamente no espelho e diga: *snob*. Se fizer essa simples experiência, aposto minha vida, ela sorrirá; e como a palavra fica bem, de modo surpreendente, em sua boca. Uma linda palavrinha redonda, composta de letras suaves, com um assobio no início só para deixá-la picante, por assim dizer.

Enquanto isso, Jawkins continuou falando asneiras, jactando-se e entendiando, de maneira bem inconsciente. E assim, sem dúvida, ele continuará urrando e zurrando até o fim dos tempos, ou pelo menos enquanto as pessoas o escutarem. Você não pode alterar a natureza dos homens e esnobes por nenhuma força da sátira; assim como encher de listras o dorso de um burro não o transforma em zebra.

Mas podemos advertir a vizinhança de que a pessoa que eles e Jawkins admiram é um impostor. Podemos aplicar nele o teste do esnobe para ver se é um presunçoso e charlatão, ou se é pomposo e se carece de humildade – se descaridoso e orgulhoso de sua alma estreita. Como ele trata um grande homem, como vê um pequeno? Como se comporta na presença de Sua Alteza o Duque, e como na de Smith, o comerciante?

Parece-me que toda a sociedade inglesa está amaldiçoada pelo espírito da avareza; e que, por um lado, estamos rastejando e nos subjugando e bajulando e, pelo outro, tiranizando e desprezando, do mais baixo ao mais alto. Minha esposa fala com grande circunspecção – "orgulho adequado", é como ela chama – com nossa vizinha, a mulher do comerciante; e ela, refiro-me à Sra. Snob, Eliza, daria um dos olhos para ir à Corte, como sua prima, a esposa do capitão, foi. Ela, repito, é uma boa alma, mas custa-lhe agonias ser obrigada a confessar que moramos na Upper Thompson Street, Sommers Town. E embora eu acredite que em seu coração a Sra. Whiskerington seja mais amiga nossa do que de seus primos, os Smigsmag, vocês deviam ouvi-la tagarelando sobre Lady Smigsmag – e "eu disse a Sir John, meu caro John"; e sobre a casa e festas dos Smigsmag no Hyde Park Terrace.

Quando Lady Smigsmag encontra Eliza – que é uma espécie de um tipo de um gênero de parente da família – ela estica um dedo que minha esposa toma a liberdade de abraçar da maneira mais cordial que possa imaginar. Mas, oh, vocês deviam ver o comportamento da Lady nos dias de jantares e festas, quando Lord e Lady Longears aparecem.

Já não suporto mais isso – essa invenção diabólica do pariato que mata a gentileza natural e a amizade honesta. Orgulho adequado, de fato! Classe e precedência, sem dúvida! A lista de classes e níveis é uma mentira e devia ser atirada ao fogo. Organizar classe e precedência! Isso ficava bem para os mestres de cerimônia de eras passadas. Apresente-se, algum grande marechal, e organize a igualdade na sociedade, e seu castigo engolirá todos os coronéis impostores da velha corte. Se isso não for a verdade dos evangelhos – se o mundo não tender à igualdade, se a veneração hereditária dos nobres não for uma fraude e uma idolatria – que os Stuart retornem e que as orelhas da Imprensa Livre sejam cortadas no pelourinho.

Se algum dia nossos primos, os Smigsmag, me convidassem para conhecer Lord Longears, eu gostaria de ter uma oportunidade depois do jantar para dizer, da maneira mais agradável do mundo: "Sir, a Boa Fortuna lhe dá todos os anos um presente de vários milhares de libras. A inefável sabedoria de nossos ancestrais colocou-o como chefe e legislador hereditário sobre mim. Nossa admirável Constituição (o orgulho dos bretões e inveja das nações vizinhas) me obriga a recebê-lo como meu senador, superior e guardião. Seu primogênito, Fitz-Heehaw, está seguro de ter um assento no Parlamento; seus filhos mais novos condescenderão gentilmente em ser capitães navais e tenentes-coronéis e em nos representar em cortes estrangeiras ou aceitar um bom sustento quando for conveniente. Esses prêmios que nossa Constituição (o orgulho e inveja etc.) pronuncia serem seus, sem levar em conta sua estupidez, seus vícios, seu egoísmo, ou sua inteira incapacidade e loucura. Por mais estúpido que o senhor seja (e tanto temos o direito de supor que milorde seja um asno como, em outra proposição, um patriota iluminado); por mais estúpido que o senhor seja, como eu disse, ninguém o acusará dessa monstruosa loucura, a ponto de supor que o senhor seja indiferente à boa sorte que possui ou que tenha alguma inclinação a se separar dela. Não – e patriotas que somos, em circunstâncias mais felizes, eu e Smith, não tenho dúvidas, se fôssemos duques, estaríamos às suas ordens.

Nós nos submeteríamos, de boa vontade, a ocupar um alto posto. Concordaríamos com essa admirável Constituição (orgulho e inveja etc.) que fez de nós chefes e do mundo nossos inferiores; não contestaríamos nenhum conceito de superioridade hereditária, que faz tanta gente simples encolher-se aos nossos joelhos. Talvez nos congregássemos em torno da Lei do Trigo; oporíamos resistência contra o projeto da Reforma, preferiríamos morrer a revogar os atos contra católicos e dissidentes; através de nosso nobre sistema de legislação de classe, colocaríamos a Irlanda em sua admirável condição atual.

Mas por enquanto eu e Smith não somos condes. Não acreditamos que seja do interesse do exército de Smith que o jovem Dr. Bray seja feito coronel aos vinte e cinco anos – do interesse das relações diplomáticas de Smith que Lord Longears seja embaixador em Constantinopla – do interesse de nossa política que Longears ponha seu pé hereditário em cima dela.

Esse Smith reverente e servil acredita ser o instrumento dos esnobes; e fará tudo a seu alcance e poder para ser um esnobe e parar de se submeter aos esnobes. Ele diz a Longears: "não podemos deixar de ver, Longears, que somos tão bons quanto você. Podemos soletrar até melhor, conseguimos pensar tão bem quanto; não queremos tê-lo como patrão, nem engraxar mais seus sapatos. Seus lacaios o fazem, mas são pagos; e o sujeito que vem obter a relação de convidados quando você dá um banquete ou um desjejum dançante na *Longueoreille House*, recebe dinheiro dos jornais para realizar esse serviço. Mas quanto a nós, muito obrigado por nada, Longears, meu garoto, e não desejamos pagar a você mais do que devemos. Tiraremos nossos chapéus para Wellington[126] porque ele é Wellington; mas para você... quem é você?"

Estou farto das *Notícias da Corte*. Detesto a inteligência *haut ton*. Creio que palavras como Elegante, Exclusivo, Aristocrático e semelhantes sejam epítetos malvados e anticristãos, que deviam ser banidos dos vocabulários honestos. Afirmo que um sistema de Corte que coloca homens de gênio em segundo plano é um sistema esnobe. Uma sociedade que se arvora de ser polida e que ignora as Artes e Letras acho que é uma sociedade esnobe. Você que despreza seu vizinho é um esnobe; você que esquece seus amigos para seguir tor-

---

126. *Duque de Wellington* (1769-1852): general britânico, chefiou as forças vencedoras na batalha de Waterloo; foi primeiro-ministro de 1828 a 1830.

pemente aqueles de nível mais alto é um esnobe; você que se envergonha de sua pobreza e cora por causa de seu ofício é um esnobe; assim como o são vocês que se jactam de sua linhagem ou que sentem orgulho da própria riqueza.

Rir disso é o ofício do Sr. *Punch*. Que ele ria com honestidade, não dê um tiro errado e diga a verdade mesmo que com o sorriso mais largo – nunca esquecendo que se o Divertido é bom, a Verdade é ainda melhor e o Amor o melhor de tudo.

Coleção **L&PM** POCKET (lançamentos mais recentes)

559(4).**Júlio César** – Joël Schmidt
560.**Receitas da família** – J. A. Pinheiro Machado
561.**Boas maneiras à mesa** – Celia Ribeiro
562(9).**Filhos sadios, pais felizes** – R. Pagnoncelli
563(10).**Fatos & mitos** – Dr. Fernando Lucchese
564.**Ménage à trois** – Paula Taitelbaum
565.**Mulheres!** – David Coimbra
566.**Poemas de Álvaro de Campos** – Fernando Pessoa
567.**Medo e outras histórias** – Stefan Zweig
568.**Snoopy e sua turma (1)** – Schulz
569.**Piadas para sempre (1)** – Visconde da Casa Verde
570.**O alvo móvel** – Ross Macdonald
571.**O melhor do Recruta Zero (2)** – Mort Walker
572.**Um sonho americano** – Norman Mailer
573.**Os broncos também amam** – Angeli
574.**Crônica de um amor louco** – Bukowski
575(5).**Freud** – René Major e Chantal Talagrand
576(6).**Picasso** – Gilles Plazy
577(7).**Gandhi** – Christine Jordis
578.**A tumba** – H. P. Lovecraft
579.**O príncipe e o mendigo** – Mark Twain
580.**Garfield, um charme de gato (7)** – Jim Davis
581.**Ilusões perdidas** – Balzac
582.**Esplendores e misérias das cortesãs** – Balzac
583.**Walter Ego** – Angeli
584.**Striptiras (1)** – Laerte
585.**Fagundes: um puxa-saco de mão cheia** – Laerte
586.**Depois do último trem** – Josué Guimarães
587.**Ricardo III** – Shakespeare
588.**Dona Anja** – Josué Guimarães
589.**24 horas na vida de uma mulher** – Stefan Zweig
590.**O terceiro homem** – Graham Greene
591.**Mulher no escuro** – Dashiell Hammett
592.**No que acredito** – Bertrand Russell
593.**Odisséia (1): Telemaquia** – Homero
594.**O cavalo cego** – Josué Guimarães
595.**Henrique V** – Shakespeare
596.**Fabulário geral do delírio cotidiano** – Bukowski
597.**Tiros na noite 1: A mulher do bandido** – Dashiell Hammett
598.**Snoopy em Feliz Dia dos Namorados! (2)** – Schulz
599.**Mas não se matam cavalos?** – Horace McCoy
600.**Crime e castigo** – Dostoiévski
601(7).**Mistério no Caribe** – Agatha Christie
602.**Odisséia (2): Regresso** – Homero
603.**Piadas para sempre (2)** – Visconde da Casa Verde
604.**À sombra do vulcão** – Malcolm Lowry
605(8).**Kerouac** – Yves Buin
606.**E agora são cinzas** – Angeli
607.**As mil e uma noites** – Paulo Caruso
608.**Um assassino entre nós** – Ruth Rendell
609.**Crack-up** – F. Scott Fitzgerald
610.**Do amor** – Stendhal
611.**Cartas do Yage** – William Burroughs e Allen Ginsberg
612.**Striptiras (2)** – Laerte
613.**Henry & June** – Anaïs Nin
614.**A piscina mortal** – Ross Macdonald
615.**Geraldão (2)** – Glauco
616.**Tempo de delicadeza** – A. R. de Sant'Anna
617.**Tiros na noite 2: Medo de tiro** – Dashiell Hammett
618.**Snoopy em Assim é a vida, Charlie Brown! (3)** – Schulz
619.**1954 – Um tiro no coração** – Hélio Silva
620.**Sobre a inspiração poética (Íon)** e ... – Platão
621.**Garfield e seus amigos (8)** – Jim Davis
622.**Odisséia (3): Ítaca** – Homero
623.**A louca matança** – Chester Himes
624.**Factótum** – Bukowski
625.**Guerra e Paz: volume 1** – Tolstói
626.**Guerra e Paz: volume 2** – Tolstói
627.**Guerra e Paz: volume 3** – Tolstói
628.**Guerra e Paz: volume 4** – Tolstói
629(9).**Shakespeare** – Claude Mourthé
630.**Bem está o que bem acaba** – Shakespeare
631.**O contrato social** – Rousseau
632.**Geração Beat** – Jack Kerouac
633.**Snoopy: É Natal! (4)** – Charles Schulz
634(8).**Testemunha da acusação** – Agatha Christie
635.**Um elefante no caos** – Millôr Fernandes
636.**Guia de leitura (100 autores que você precisa ler)** – Organização de Léa Masina
637.**Pistoleiros também mandam flores** – David Coimbra
638.**O prazer das palavras** – vol. 1 – Cláudio Moreno
639.**O prazer das palavras** – vol. 2 – Cláudio Moreno
640.**Novíssimo testamento: com Deus e o diabo, a dupla da criação** – Iotti
641.**Literatura Brasileira: modos de usar** – Luís Augusto Fischer
642.**Dicionário de Porto-Alegrês** – Luís A. Fischer
643.**Clô Dias & Noites** – Sérgio Jockymann
644.**Memorial de Isla Negra** – Pablo Neruda
645.**Um homem extraordinário e outras histórias** – Tchékhov
646.**Ana sem terra** – Alcy Cheuiche
647.**Adultérios** – Woody Allen
648.**Para sempre ou nunca mais** – R. Chandler
649.**Nosso homem em Havana** – Graham Greene
650.**Dicionário Caldas Aulete de Bolso**
651.**Snoopy: Posso fazer uma pergunta, professora? (5)** – Charles Schulz
652(10).**Luís XVI** – Bernard Vincent
653.**O mercador de Veneza** – Shakespeare
654.**Cancioneiro** – Fernando Pessoa
655.**Non-Stop** – Martha Medeiros
656.**Carpinteiros, levantem bem alto a cumeeira & Seymour, uma apresentação** – J.D. Salinger
657.**Ensaios céticos** – Bertrand Russell
658.**O melhor de Hagar 5** – Dik e Chris Browne
659.**Primeiro amor** – Ivan Turguêniev
660.**A trégua** – Mario Benedetti
661.**Um parque de diversões da cabeça** – Lawrence Ferlinghetti
662.**Aprendendo a viver** – Sêneca
663.**Garfield, um gato em apuros (9)** – Jim Davis
664.**Dilbert 1** – Scott Adams

665. **Dicionário de dificuldades** – Domingos Paschoal Cegalla
666. **A imaginação** – Jean-Paul Sartre
667. **O ladrão e os cães** – Naguib Mahfuz
668. **Gramática do português contemporâneo** – Celso Cunha
669. **A volta do parafuso** *seguido de* **Daisy Miller** – Henry James
670. **Notas do subsolo** – Dostoiévski
671. **Abobrinhas da Brasilônia** – Glauco
672. **Geraldão (3)** – Glauco
673. **Piadas para sempre (3)** – Visconde da Casa Verde
674. **Duas viagens ao Brasil** – Hans Staden
675. **Bandeira de bolso** – Manuel Bandeira
676. **A arte da guerra** – Maquiavel
677. **Além do bem e do mal** – Nietzsche
678. **O coronel Chabert** *seguido de* **A mulher abandonada** – Balzac
679. **O sorriso de marfim** – Ross Macdonald
680. **100 receitas de pescados** – Sílvio Lancellotti
681. **O juiz e seu carrasco** – Friedrich Dürrenmatt
682. **Noites brancas** – Dostoiévski
683. **Quadras ao gosto popular** – Fernando Pessoa
684. **Romanceiro da Inconfidência** – Cecília Meireles
685. **Kaos** – Millôr Fernandes
686. **A pele de onagro** – Balzac
687. **As ligações perigosas** – Choderlos de Laclos
688. **Dicionário de matemática** – Luiz Fernandes Cardoso
689. **Os Lusíadas** – Luís Vaz de Camões
690(11). **Átila** – Éric Deschodt
691. **Um jeito tranqüilo de matar** – Chester Himes
692. **A felicidade conjugal** *seguido de* **O diabo** – Tolstói
693. **Viagem de um naturalista ao redor do mundo** – vol. 1 – Charles Darwin
694. **Viagem de um naturalista ao redor do mundo** – vol. 2 – Charles Darwin
695. **Memórias da casa dos mortos** – Dostoiévski
696. **A Celestina** – Fernando de Rojas
697. **Snoopy: Como você é azarado, Charlie Brown! (6)** – Charles Schulz
698. **Vida dura** – Claudia Tajes
699(9). **Poirot sempre espera** – Agatha Christie
700. **Cecília de bolso** – Cecília Meireles
701. **Apologia de Sócrates** *precedido de* **Êutifron e** *seguido de* **Críton** – Platão
702. **Wood & Stock** – Angeli
703. **Striptiras (3)** – Laerte
704. **Discurso sobre a origem e os fundamentos da desigualdade entre os homens** – Rousseau
705. **Os duelistas** – Joseph Conrad
706. **Dilbert (2)** – Scott Adams
707. **Viver e escrever** (vol. 1) – Edla van Steen
708. **Viver e escrever** (vol. 2) – Edla van Steen
709. **Viver e escrever** (vol. 3) – Edla van Steen
710(10). **A teia da aranha** – Agatha Christie
711. **O banquete** – Platão
712. **Os belos e malditos** – F. Scott Fitzgerald
713. **Libelo contra a arte moderna** – Salvador Dalí
714. **Akropolis** – Valerio Massimo Manfredi
715. **Devoradores de mortos** – Michael Crichton
716. **Sob o sol da Toscana** – Frances Mayes
717. **Batom na cueca** – Nani
718. **Vida dura** – Claudia Tajes
719. **Carne trêmula** – Ruth Rendell
720. **Cris, a fera** – David Coimbra
721. **O anticristo** – Nietzsche
722. **Como um romance** – Daniel Pennac
723. **Emboscada no Forte Bragg** – Tom Wolfe
724. **Assédio sexual** – Michael Crichton
725. **O espírito do Zen** – Alan W.Watts
726. **Um bonde chamado desejo** – Tennessee Williams
727. **Como gostais** *seguido de* **Conto de inverno** – Shakespeare
728. **Tratado sobre a tolerância** – Voltaire
729. **Snoopy: Doces ou travessuras? (7)** – Charles Schulz
730. **Cardápios do Anonymus Gourmet** – J.A. Pinheiro Machado
731. **100 receitas com lata** – J.A. Pinheiro Machado
732. **Conhece o Mário?** vol.2 – Santiago
733. **Dilbert (3)** – Scott Adams
734. **História de um louco amor** *seguido de* **Passado amor** – Horacio Quiroga
735(11). **Sexo: muito prazer** – Laura Meyer da Silva
736(12). **Para entender o adolescente** – Dr. Ronald Pagnoncelli
737(13). **Desembarcando a tristeza** – Dr. Fernando Lucchese
738. **Poirot e o mistério da arca espanhola & outras histórias** – Agatha Christie
739. **A última legião** – Valerio Massimo Manfredi
740. **As virgens suicidas** – Jeffrey Eugenides
741. **Sol nascente** – Michael Crichton
742. **Duzentos ladrões** – Dalton Trevisan
743. **Os devaneios do caminhante solitário** – Rousseau
744. **Garfield, o rei da preguiça (10)** – Jim Davis
745. **Os magnatas** – Charles R. Morris
746. **Pulp** – Charles Bukowski
747. **Enquanto agonizo** – William Faulkner
748. **Aline: viciada em sexo (3)** – Adão Iturrusgarai
749. **A dama do cachorrinho** – Anton Tchékhov
750. **Tito Andrônico** – Shakespeare
751. **Antologia poética** – Anna Akhmátova
752. **O melhor de Hagar 6** – Dik e Chris Browne
753(12). **Michelangelo** – Nadine Sautel
754. **Dilbert (4)** – Scott Adams
755. **O jardim das cerejeiras** *seguido de* **Tio Vânia** – Tchékhov
756. **Geração Beat** – Claudio Willer
757. **Santos Dumont** – Alcy Cheuiche
758. **Budismo** – Claude B. Levenson
759. **Cleópatra** – Christian-Georges Schwentzel
760. **Revolução Francesa** – Frédéric Bluche, Stéphane Rials e Jean Tulard
761. **A crise de 1929** – Bernard Gazier
762. **Sigmund Freud** – Edson Sousa e Paulo Endo
763. **Império Romano** – Patrick Le Roux
764. **Cruzadas** – Cécile Morrisson
765. **O mistério do Trem Azul** – Agatha Christie
766. **Os escrúpulos de Maigret** – Simenon
767. **Maigret se diverte** – Simenon
768. **Senso comum** – Thomas Paine
769. **O parque dos dinossauros** – Michael Crichton
770. **Trilogia da paixão** – Goethe

771. A simples arte de matar (vol.1) – R. Chandler
772. A simples arte de matar (vol.2) – R. Chandler
773. Snoopy: No mundo da lua! (8) – Charles Schulz
774. Os Quatro Grandes – Agatha Christie
775. Um brinde de cianureto – Agatha Christie
776. Súplicas atendidas – Truman Capote
777. Ainda restam aveleiras – Simenon
778. Maigret e o ladrão preguiçoso – Simenon
779. A viúva imortal – Millôr Fernandes
780. Cabala – Roland Goetschel
781. Capitalismo – Claude Jessua
782. Mitologia grega – Pierre Grimal
783. Economia: 100 palavras-chave – Jean-Paul Betbèze
784. Marxismo – Henri Lefebvre
785. Punição para a inocência – Agatha Christie
786. A extravagância do morto – Agatha Christie
787. (13). Cézanne – Bernard Fauconnier
788. A identidade Bourne – Robert Ludlum
789. Da tranquilidade da alma – Sêneca
790. Um artista da fome *seguido de* Na colônia penal e outras histórias – Kafka
791. Histórias de fantasmas – Charles Dickens
792. A louca de Maigret – Simenon
793. O amigo de infância de Maigret – Simenon
794. O revólver de Maigret – Simenon
795. A fuga do sr. Monde – Simenon
796. O Uraguai – Basílio da Gama
797. A mão misteriosa – Agatha Christie
798. Testemunha ocular do crime – Agatha Christie
799. Crepúsculo dos ídolos – Friedrich Nietzsche
800. Maigret e o negociante de vinhos – Simenon
801. Maigret e o mendigo – Simenon
802. O grande golpe – Dashiell Hammett
803. Humor barra pesada – Nani
804. Vinho – Jean-François Gautier
805. Egito Antigo – Sophie Desplancques
806. (14). Baudelaire – Jean-Baptiste Baronian
807. Caminho da sabedoria, caminho da paz – Dalai Lama e Felizitas von Schönborn
808. Senhor e servo e outras histórias – Tolstói
809. Os cadernos de Malte Laurids Brigge – Rilke
810. Dilbert (5) – Scott Adams
811. Big Sur – Jack Kerouac
812. Seguindo a correnteza – Agatha Christie
813. O álibi – Sandra Brown
814. Montanha-russa – Martha Medeiros
815. Coisas da vida – Martha Medeiros
816. A cantada infalível *seguido de* A mulher do centroavante – David Coimbra
817. Maigret e os crimes do cais – Simenon
818. Sinal vermelho – Simenon
819. Snoopy: Pausa para a soneca (9) – Charles Schulz
820. De pernas pro ar – Eduardo Galeano
821. Tragédias gregas – Pascal Thiercy
822. Existencialismo – Jacques Colette
823. Nietzsche – Jean Granier
824. Amar ou depender? – Walter Riso
825. Darmapada: A doutrina budista em versos
826. J'Accuse...! – a verdade em marcha – Zola
827. Os crimes ABC – Agatha Christie
828. Um gato entre os pombos – Agatha Christie
829. Maigret e o sumiço do sr. Charles – Simenon
830. Maigret e a morte do jogador – Simenon
831. Dicionário de teatro – Luiz Paulo Vasconcellos
832. Cartas extraviadas – Martha Medeiros
833. A longa viagem de prazer – J. J. Morosoli
834. Receitas fáceis – J. A. Pinheiro Machado
835. (14). Mais fatos & mitos – Dr. Fernando Lucchese
836. (15). Boa viagem! – Dr. Fernando Lucchese
837. Aline: Finalmente nua!!! (4) – Adão Iturrusgarai
838. Mônica tem uma novidade! – Mauricio de Sousa
839. Cebolinha em apuros! – Mauricio de Sousa
840. Sócios no crime – Agatha Christie
841. Bocas do tempo – Eduardo Galeano
842. Orgulho e preconceito – Jane Austen
843. Impressionismo – Dominique Lobstein
844. Escrita chinesa – Viviane Alleton
845. Paris: uma história – Yvan Combeau
846. (15). Van Gogh – David Haziot
847. Maigret e o corpo sem cabeça – Simenon
848. Portal do destino – Agatha Christie
849. O futuro de uma ilusão – Freud
850. O mal-estar na cultura – Freud
851. Maigret e o matador – Simenon
852. Maigret e o fantasma – Simenon
853. Um crime adormecido – Agatha Christie
854. Satori em Paris – Jack Kerouac
855. Medo e delírio em Las Vegas – Hunter Thompson
856. Um negócio fracassado e outros contos de humor – Tchékhov
857. Mônica está de férias! – Mauricio de Sousa
858. De quem é esse coelho? – Mauricio de Sousa
859. O burgomestre de Furnes – Simenon
860. O mistério Sittaford – Agatha Christie
861. Manhã transfigurada – Luiz Antonio de Assis Brasil
862. Alexandre, o Grande – Pierre Briant
863. Jesus – Charles Perrot
864. Islã – Paul Balta
865. Guerra da Secessão – Farid Ameur
866. Um rio que vem da Grécia – Cláudio Moreno
867. Maigret e os colegas americanos – Simenon
868. Assassinato na casa do pastor – Agatha Christie
869. Manual do líder – Napoleão Bonaparte
870. (16). Billie Holiday – Sylvia Fol
871. Bidu arrasando! – Mauricio de Sousa
872. Desventuras em família – Mauricio de Sousa
873. Liberty Bar – Simenon
874. E no final a morte – Agatha Christie
875. Guia prático do Português correto – vol. 4 – Cláudio Moreno
876. Dilbert (6) – Scott Adams
877. (17). Leonardo da Vinci – Sophie Chauveau
878. Bella Toscana – Frances Mayes
879. A arte da ficção – David Lodge
880. Stripteras (4) – Laerte
881. Skrotinhos – Angeli
882. Depois do funeral – Agatha Christie
883. Radicci 7 – Iotti
884. Walden – H. D. Thoreau
885. Lincoln – Allen C. Guelzo
886. Primeira Guerra Mundial – Michael Howard
887. Linha de sombra – Joseph Conrad
888. O amor é um cão dos diabos – Bukowski

William Makepeace Thackeray
(1811-1863)

William Makepeace Thackeray nasceu em Calcutá, Índia, em 1811, e morreu em Londres, Inglaterra, em 1863. Filho de um funcionário colonial de família abastada, estudou em Cambridge entre 1828 e 1830. Posteriormente, viajou pela Europa e perdeu a fortuna que recebera como herança, regressando a Londres, onde exerceu o jornalismo. Suas obras foram publicadas na imprensa antes das edições em livro, mas o que lhe assegurou popularidade foi a publicação, em capítulos, de *A feira das vaidades*, romance de costumes que combina sátira social e intenção moralizante. Outras obras suas, como a coletânea de ensaios *O livro dos esnobes* e o romance *Barry Lyndon*, revelam visão crítica das convenções sociais em uma prosa ágil e realista. Respeitado pelo público e pelos especialistas, trabalhou ativamente como conferencista, tanto em seu país quanto nos Estados Unidos. Deixou mostra de seu talento crítico no ciclo de palestras reunidas em *Humoristas ingleses do século XVIII* (1853). É considerado um dos grandes escritores realistas britânicos do século XIX. Suas principais obras são: *A feira das vaidades*, 1847-1848; *Barry Lyndon*, 1852 e *Os virginianos*, 1857-1859.